文学话语的语音修辞

历时视角

张春泉 陈光磊 著

西南师范大学出版社
国家一级出版社 全国百佳图书出版单位

图书在版编目（CIP）数据

文学话语的语音修辞：历时视角 / 张春泉，陈光磊著．—重庆：西南师范大学出版社，2018.4
ISBN 978-7-5621-9117-9

Ⅰ．①文… Ⅱ．①张… ②陈… Ⅲ．①文学语言－修辞－研究 Ⅳ．①I045

中国版本图书馆 CIP 数据核字 (2018) 第 064030 号

文学话语的语音修辞：历时视角

WENXUE HUAYU DE YUYIN XIUCI : LISHI SHIJIAO

张春泉　陈光磊　著

责任编辑： 何雨婷
装帧设计： 闰江文化
排　　版： 重庆大雅数码印刷有限公司 · 张祥
出版发行： 西南师范大学出版社
地址：重庆市北碚区天生路 2 号
邮编：400715　市场营销部电话：023-68868624
经　　销： 新华书店
印　　刷： 重庆市正前方彩色印刷有限公司
成品幅面尺寸： 148mm × 210mm
印　　张： 11.125
字　　数： 260 千字
版　　次： 2018 年 4 月　第 1 版
印　　次： 2018 年 4 月　第 1 次印刷
书　　号： ISBN 978-7-5621-9117-9

定　　价： 68.00 元

目录

导论

第一章 | 诗歌语音修辞

第 二 章 | 散文语音修辞

第 三 章 | 小说语音修辞

第 四 章 | 戏剧和影视剧语音修辞

第五章 | 其他文体的语音修辞

导论

文学话语是修辞话语的重要组成部分。文学话语是具有审美性的话语。文学话语尤见于文学作品中，也可见于其他特定的具有审美性的类文学作品或其他言语作品中，表现为并存于特定的文体。语音修辞是文学话语得以生成或建构的重要机制之一。语音修辞可以表现为语音美，语音美是形成语言美的基本要素和必要条件。汉语语音美大概可以分为汉语语音的自然美和汉语语音的艺术美，如何利用汉语语音的各种手段使其由自然美转化为艺术美，是汉语语音修辞学的题中应有之义。古往今来，丰富的语音修辞宝藏蕴藏于汉语文学话语资源中，值得深入挖掘，需要历时探究。

相关研究概况

目前学界关于语音修辞历时研究的研究成果散见于文艺学、文学批评史、音韵学、修辞学、修辞史等领域。朱光潜《谈文学》（尤指其中的《散文的声音节奏》，上海文艺出版社，2001 年），朱光潜《诗论》（三联书店，1984 年），朱光潜《文艺心理学》（安徽教育出版社，1996 年），施议对《词与音乐关系研究》（中国社会科学出版社，1985 年），杨仲义、梁葆莉《汉语诗体学》（学苑出版社，2000 年）等在研究文艺学问题时对语音修辞有所涉及。

古代文论、文学批评史等方面也有不少关于语音修辞研究的成果，例如：洪亮吉《北山诗话》（人民文学出版社，1983 年），王国维《宋元戏曲史》（载《王国维文学论著三种》，商务印书馆，2001 年），梁启超《中国之美文及其历史》（东方出版社，1996 年），郭绍虞《郭绍虞说文论》（上海古籍出版社，2000 年），袁行霈《中国诗歌艺术研究》（增订本）（北京大学出版社，1996 年），陆侃如、冯沅君《中国诗史》（山东大学出版社，1996 年），郑家治《古代诗歌史论》（巴蜀书社，2003 年），何丹《〈诗经〉四言体起源探论》（中国社会科学出版社，2001 年），郭建勋《楚辞与中国古代韵文》（湖南师范大学出版社，2001 年），刘跃进《赋到沧桑——中国古典诗歌引论》（清华大学出版社，1998 年），蒋伯潜、蒋祖怡《骈文与散文》（上海书店出版社，1997 年），泽田总清《中国韵文史》（上册）（商务印书馆，1998 年），谭德晶《唐诗宋词的艺术》（学林出版社，2001 年），王小盾、杨栋编《词曲研究》（湖北教育出版社，2004 年），许金榜《中国戏曲文学史》（中国文学出版社，1994 年）。

在音韵学、修辞学、语法学方面，也有一些著作探讨了文学话语中的语音修辞。例如：王力《诗词格律十讲》（商务印书馆，2002 年），王力《诗经韵读》（上海古籍出版社，1980 年），启功《诗文声律论稿》（中华书局，2000 年），夏援道《诗词曲声律浅说》（湖北教育出版社，2000 年），陈望道《修辞学发凡》（上海教育出版社，1997 年），陈光磊《修辞论稿》（北京语言文化大学出版社，2001 年），胡奇光《文笔鸣凤》（语文出版社，1990 年），夏传才《诗经语言艺术新编》（语文出版社，1998 年），吴洁敏、朱宏达《汉语节律学》（语文出版社，2001 年），王锳《古典诗词特殊句法举隅》（新华出版社，1999 年）。

以上成果或者高屋建瓴，或者具体而微地研究了语音修辞问题，只是未及从历时视角，专题探讨文学话语中的语音修辞现象和生成及运作机制（含动因）。

“语音修辞”的初步界定

语音是语言的物质外壳，它是语言使用者，更是文学创作者运用语言传情达意到对方的物质手段，也是人们领略、感受语言意义和语言艺术的物质凭借。语音的调整适用情况直接决定着语言的使用是否适切，是否有效。语音修辞指的是：“修辞上对于各种语音形式手段的运用。讲究字音、句调、语气、节奏、韵脚、格律、音响等方面的调整和配合，以求达到音调抑扬顿挫、表达声情并茂的境界。艺术语言中诗词曲文和表演发声尤其注重语音修辞。”[①] 似乎可以说，语音修辞也具有积极语音修辞和消极语音修辞之两大分野。“艺术语言中诗词曲文和表演发声”中的语音修辞不妨说是积极语音修辞，而日常语言中则往往使用消极语音修辞，即以语音的清晰让人听明白为主。

千百年来，汉语修辞史上浩如烟海的文字文献为我们记录了汉语言语音修辞演变的轨迹，历史上的这些语音修辞实践及其成果所形成的弥足珍贵的文化基因，值得我们重视和继承。根据史料及修辞史上人们对修辞手法的重视，我们主要侧重于追溯积极语音修辞的演变历史。

① 戚雨村等．语言学百科词典 [M]．上海：上海辞书出版社，1993.456

汉语语音修辞在整个汉语修辞体系中具有举足轻重的地位。应该说任何一种修辞手段，在一定程度上都离不开对语音的要求，比如：反问有反问的语气，呼告有呼告的韵味，跳脱有跳脱的口风；夸张起来也往往是可表现为“声色俱厉”的，折绕也是有意地作“绕口令”；至于对偶、排比、回文，就在于音响的、节奏的、韵致的呈现。

即使日常说话，一句“你错了”，可以是严厉的，配置以强烈的语气（书面上可以以“！”表示）；也可以是关心的态度；亦可以是嗔怪的意味；也可以是讽刺、嘲讽的口吻；还可以是善意提醒的韵味：这些实际上都是语音修辞。但是因为其太“动态”了，反而在语音修辞上有“难作为”的研究尴尬。尤其是历史上的真正口语语音修辞，由于日常语音的“不可捉摸”，更由于这些“原声”的语音现象稍纵即逝，无从“全真”考察，所以我们的语音修辞史研究主要将着眼于经过艺术加工了的，以书面的形式传承下来的语音修辞事实。

似乎可以这么说，语音比其他语言要素也许更具审美性和可感知性。而修辞是适切性与美感性的统一，由此可见语音修辞的重要性。“音以律文，其可忽哉？”或曰：“凡有文藻，即须明声韵。”（陆法言《切韵·序》）忽略音律，难以成文，那就“声与心纷”，情志无从艺术地表达出来。

汉语语音修辞的历时发展概述

语音修辞的历时视角考察其实是历史与逻辑的统一，历时与共时的辩证。语音修辞发展有其历史，可以粗略地分为：先秦语音修辞、秦汉至隋语音修辞、隋唐语音修辞、宋元语音修辞、明清语音修辞、现当代语音修辞。分期不是目的，即我们不是为了分期而分期，主要是为了对文学话语语音修辞的历时发展脉络有一个更为清晰的宏观认知。

先秦时期的语音修辞，可以分为诗骚语音修辞和散文语音修辞来讨论。散文语音修辞又可大别为二：诸子散文语音修辞和历史散文语音修辞。需要指出的是，我们分开来加以讨论，并不意味着诗骚语音修辞和散文语音修辞之间没有共同特征。事实上，散文和韵文的区分也只是就篇章的整体特征而言的，而在使用上两者多有融通。我们分开来讨论是为了叙述的方便，同时也是着眼于典型特征而言的。

如果说《诗经》时代，主要是讲究“韵”，则魏晋时期，主要追求句内之“和”。“异音相从谓之和，同声相应谓之韵。”刘勰关于“异音相从谓之和，同声相应谓之韵”的理论，在汉语声律的理论和实践的发展上，具有承前启后的重要意义。这既是对齐梁之前古代诗文声律演进的总结，又是对齐梁之后汉语诗文声律发展的启导。

汉语语音修辞经历了先秦以《诗经》《楚辞》和诸子散文、历史散文为代表的肇始和发展之后，在秦汉至隋又得到进一步发展。其间，主要以古体诗、汉赋骈文及《世说新语》《史记》《汉书》等言语作品中的语音修辞为代表。

汉语语音修辞在隋唐进一步发展，其时的典型形式是律诗所体现出来的语音修辞现象。律诗的兴起是中国诗的一个十分重大的转变，成为继魏晋诗歌的自觉之后中国诗的第二个转变的关键。

宋词、元散曲、元杂剧等是宋元时期的较为典型的言语作品。相应的，这段历史时期在语音修辞上具有代表性的成果也是宋词、元散曲、元杂剧。如前所提及，宋词和元散曲的渊源关系尤近。从语音修辞的角度，着眼于整个汉语语音修辞史，我们试将宋词和元散曲概括为一个大的部类置于整个语音修辞史中考察，径名之为词曲语音修辞。不妨说，宋元时期在语音修辞上的典型形式是词曲语音修辞和元杂剧语音修辞。

明清时期颇具典型性的语音修辞是其在小说语音上的调整适用。明清小说在语音修辞上与宋元话本有其类似之处。在人们口头上使用的口语，尤其是动态的真正的口语语音修辞，随着口头语语音修辞使用者的“不在场”，几已无法考究。有鉴于此，我们仍然以其时在文体上尤具特色的明清小说为典型，考察其语音修辞，借此管窥明清时期的语音修辞。明清小说在语音修辞上非常重视读听的互动，注重说述听解的结合。语音是联系读者（这里尤指说书人）与读者（一般听众）的一个重要纽带。

现当代各种类型的言语作品呈现“百花齐放”的态势。这与以往任何一个时期均不尽相同：各种文体似乎在不断竞争，至少在目前我们还很难概括出现当代究竟是哪一种文体的言语作品独领风骚，而像“楚之骚、汉之赋、六代之骈语、唐之诗、宋之词、元之曲、明清之小说”那样，“皆所谓一代之文学，而后世莫能继焉者也”（王国维《宋元戏曲考·序》）。现当代诗歌、散文、小说、戏剧、相声、歌词，甚至手机短信等各类言语作品“争奇斗妍”，蔚为大观。这些作品中的语音修辞也相应地大放异彩。

汉语语音修辞从先秦到当代不断发展，在发展过程中，以下几个方面值得我们注意。

首先是注重声韵调的和谐配置。汉语语音中相对独立的具有表意功能的基本单位是音节，一个汉字往往就是一个音节。一个音节往往由声、韵、调三个部分组成。汉语音节分明，声韵双合而元音占优势，且又有声调的变化。汉语音节中可以没有辅音，但不能没有元音。一个音节可以只由一个单元音或者一个复元音构成，同时，由于复元音构成的音节比较多，而元音是乐音，所以汉语语音乐音成分比例大。这样，汉语本身即具有音乐的“自然美”，这成为语音修辞“艺术美”的重要资源。

第二，注重音节的和谐安排。汉语中一个音节可以有一个声调，音节与音节之间在声音的洪、细，以及声韵的联绵等方面在发展过程中逐步得到重视。音节的停顿、组合协调等在发展过程中逐步得到自觉运用，并不断趋向调整适用上的和谐。

第三，音义的协调象似。语音和语义之间实为形式和内容之间的关系，在一定意义上也体现了语音与世界外物之间的对应关系。音义之间的关系在汉语语音修辞史上不断发展。起初，先秦时期人们主要是注重对所描写的事物的声响的描摹，后来逐步形成音义的协调象似，即由语音暗示特定的语义，从而使语音带有较强的象征意味。

第四，语言系统内部要素之间的互动关联。语言是一个系统，它往往由语音、词汇、语法组成，此外还有记录语言的文字体系。语言系统内部诸要素对语音修辞的发展具有一定的影响。反过来，语音修辞的发展对语法、词汇、文字等要素的修辞发展也具有影响。在语音系统内部，语音的演变往往由局部带动全面，比如声调的发展可以带动押韵的具体格式发生变化。

第五，语音系统内部与语言外要素的紧相关联。语言外要素诸如音乐的发展、人们的审美观念的更新等都会影响语音修辞的发展。此外，诸如“古文运动”“诗界革命”“白话文运动”“文学改良运动”等运动也会直接或间接地影响语音修辞的发展。

历时考察汉语语音修辞的主要方法

在研究方法上，我们拟借鉴“原型–范畴理论”，引入“典型分析法”。鉴于文体与语音修辞的密切联系，又由于历史上可供利用的各类话语作品浩如烟海，举不胜举，所以我们能够考察的只能是用各种文体中具有典型意义的话语作品（在静态意义上，即在作为“语言运用的结果”这个意义上，我们并不将“言语作品”和“话语作品”做严格区分，下同）来分析汉语语音修辞的发展历程。我们采取由点带面、点面结合、上贯下联、史论结合的方法开展研究。

其次，可以运用系统考察法。语言是一个系统，由语音、词汇、语法等子系统组成。语音、词汇、语法等语言要素构成的语言系统相互之间既具有一定的独立性，又相互之间有一定的影响。例如停顿和节奏，既是语法关注的问题，也是语音修辞考察的对象。又如虚词（尤指语气标记语），既是语法，也是语音修辞关注的对象。再如，音节构成，既是词汇学关注的现象，又是语音修辞考察的现象。语音也是一个系统，语音修辞的发展也是以系统的方式运作的。汉语语音系统由声母、韵母、声调组成，体现为音段特征和超音段特征。运用系统考察法，重视系统内部的构成要素，也重视要素之间的结构关系。

汉语语音修辞历时考察的语料来源

文学话语语音修辞的历时考察探究首先需要关注的是材料。在材料选取上，我们主要选取韵文和非韵文两大类，以韵文为主，兼及非韵文。韵文与语音修辞的关系较非韵文更为密切和显然，毕竟，“韵文”的得名以及“韵文”与“非韵文”的区分主要依据的其实就是其在语音调整适用方面是否注重用韵等。

韵文语音修辞史主要以诗歌作为主要材料。因为诗歌对于形式是特别注重的。“形式可以说是诗的灵魂，做一首诗实在就是赋予一个形式与情趣。‘没有形式的诗’实在是一个自相矛盾的名词，许多新诗人的失败都在于不能创造形式，换句话说，不能把握住他所想表现的情趣所应有的声音节奏，这就不啻说他不能作诗。”[①] 诗对于形式是如此之重视，以至于诗与更为形式化的“语音”的关联就具有一定的“天然性”，诗还能更为典型地体现语言的声音美。“在散文里可以把声音的美表现出来，诗就更不要说了。诗是非常严格地要求具有声音美的，它每句一定要把平仄列起来。你念一篇旧诗、旧词，就能充分明白中国语言声音的美。昆曲唱起来所以那么好听，就是因为昆曲对声音的

① 朱光潜．诗论 [M]. 北京：生活·读书·新知三联书店，1984.282

要求很严格。"[①] 而权威的《不列颠百科全书》认为，"诗是一种特殊的运用语言的方式"[②]。最后，诗与语音形式的关系如此之密切，以至于有学者对诗的定义即着眼于此："我们可以下诗的定义说：'诗是具有音律的纯文学。'"[③] 语言运用的方式及其效果就正是修辞所讲究的。既然"诗"可视为一种运用语言的方式，那么以诗为材料研究修辞，尤其是语音修辞就是可行的，甚至是当然的。

从修辞的过程来看，诗与语音修辞的关系也是十分密切的。"诗人在写诗的时候自然会注意声音的组织，既要用语言所包涵的意义去影响读者的感情；又要调动语言的声音去打动读者的心灵，使诗歌产生音乐的效果。"[④] 凡此诸端表明，我们可以有理由主要以韵文作品追溯汉语语音修辞史。同时，非韵文语音修辞也是值得关注的，其也是文学话语语音修辞的一个不可忽略的方面。

韵文语音修辞主要包括诗骚语音修辞、古体诗语音修辞、近体诗语音修辞、词曲赋语音修辞、现代新诗语音修辞等。非韵文语音修辞则主要由先秦散文、秦汉散文、明清小说、戏剧、现当代小说、影视剧的语音修辞等构成。为了说明问题的方便，这里将韵文和非韵文细化为诗词曲赋、散文、戏剧、小说等文体，这些文体是文学话语得以体现的体裁载体。为了行文表述的方便，以下分诗歌语音修辞、散文语音修辞、戏剧和影视剧语音修辞、小说语音修辞、其他文体语音修辞等方面展开。

① 舒济．老舍演讲集［M］．北京：生活·读书·新知三联书店，1999.138
② 刘跃进．赋到沧桑——中国古典诗歌引论［M］．北京：清华大学出版社，1998.5
③ 朱光潜．诗论［M］．北京：生活·读书·新知三联书店，1984.111
④ 袁行霈．中国诗歌艺术研究（增订本）［M］．北京：北京大学出版社，1996.95

第一章

诗歌语音修辞

诗词曲，是韵文的代表，都讲究韵律，都特别注重语音修辞。作为文体，诗、词、曲是有区别的。只是就语音的调整适用而言，三者较为接近，因而可以把三者放到一起来集中考察。

第一节 诗骚语音修辞

先秦韵文中具有代表性的作品是《诗经》和《楚辞》,《诗经》和《楚辞》的语音修辞在一定意义上堪称先秦韵文语音修辞的典型。先秦语音修辞的一个重要特色是其十分重视音节修辞，并且以音节为基础，重视句子、篇章话语的整体协调。

在《诗经》《楚辞》之前已有的一些作者不详、传说中的歌谣，也是以韵文的形式出现的。其在语音修辞史上也具有一定的价值。比如,《弹歌》传说是黄帝时的歌，歌辞是：“断竹、续竹、飞土、逐肉。”《蜡辞》相传是伊耆氏即尧时的歌，歌辞是：“土反其宅，水归其壑，昆虫毋作，草木归其泽。”显然，以上言语作品在音节上均是整齐的，均具有一定的节奏。更早的时候，则有“举重劝力之歌”，所谓“今夫举大木者，前呼‘邪许’，后亦应之”（《淮南子·道应训》）。这种前呼后应显然体现了语音节奏上的某种和谐。

以上修辞作品均与音乐的关系十分密切，均在语音上值得重视。概言之，上古语音修辞与音乐有着“天然”的联系。

在历史上诗与乐有很久远的渊源，在起源时它们与舞蹈原来是三位一体的混合艺术。声音、姿态、意义三者互相应和，互相阐明，三者都离不开节奏。这就成为它们的共同命脉。[①]

在一定意义上，声音尤其是语音与节奏的关联更自然，更紧密。在具体的修辞作品中，韵文与音乐的关系较之散文而言更为密切。

这里需要指出的是，“韵文”和“韵语”在严格意义上是有区别的。一般说来，韵文出现的范围相对较窄，且多与文学的关系更为密切。至于韵语，它在上古时代的发达，更是后来所不及的。这里所谓韵语，除了诗歌之外，还包括格言、俗谚及一切有韵的话语文章。比如后代汤头歌诀和六言告示，它们是韵语，却不是诗歌。古人著理论的书，有全部用韵的，例如《老子》《文子》《吕氏春秋》《淮南子》《法言》等。文告和卜易铭刻等，也掺杂着韵语，例如《尚书》《易经》和周代的金石文字。[②]除此之外，韵语还广泛分布于其他诸如学术科技语体之中，例如一些记载兵法、医学的文献中也有所见，兵法如《三略》《六韬》，医书如《灵枢》《素问》，都有大量韵语。这些书虽不是先秦的书，但至少是模仿先秦的风格而作的，于此可见韵语在上古是怎样地占优势了。

我们这里着眼于语音修辞史，对“韵文”和“韵语”这一对概念并不加严格的区分。主要是因为从史的角度看，那还不是一个传声时代，历史上的“口头语”都只有诉诸文献才得以传承。

我们先探讨韵文的语音修辞发展史。而韵文中（这里主要指汉语）较为典型的形式是诗歌。《诗经》和《楚辞》可作为先秦诗歌的典型。

> 中国诗的历史从以义就音的时期起。《诗经》和汉朝的《乐府歌辞》大半是可歌的，歌各有曲调，曲调与诗词虽相

① 朱光潜．诗论 [M]. 北京：生活·读书·新知三联书店，1984.122
② 王力．诗词格律十讲 [M]. 北京：商务印书馆，2002.145

谐合却可分立，正如现在歌调和乐谱一样。诗以义就音时每收句尾一音是最关键，句中各字音的高低长短可以随曲调而转移，平声字唱高些唱短促些可以变成仄声字，仄声字唱长些也可以变为平声字。所以汉魏以前诗只考究韵而不很考究声。①

“以义就音”的实质是突出“音”的无可替代性，凸显了“音”在韵文中的举足轻重的地位。

“音”的调整适用须臾离不开“音律”。音律的最大的价值自然在它的音乐性。音乐自身是一种产生浓厚美感的艺术……②

无疑，音律是美感性与适切性的统一，是语音修辞的动机与结果。

前文已提及，先秦音律美的典型应该首推诗骚。因为《诗经》的作者多数不详，这点和以《离骚》为代表的《楚辞》不尽相同。因此，明确《诗经》的来源就显得尤为重要了。要明了《诗经》的来源，须先辨明采诗与删诗两种传说。采诗之说始于汉代。

一见于《礼记·王制》：“天子五年一巡守。岁二月，东巡守。……命大师陈诗以观民风。”再见于《汉书》：“春秋之月，群居者将散。行人振木铎徇于路以采诗，献之大师，比其音律，以闻于天子。”（卷二十四上《食货志》上）“故古有采诗之官，王者所以观风俗，知得失，自考正也。”（卷三十《艺文志》）三见于何休注《公羊传》（宣公十五年“什

① 朱光潜．诗论 [M]. 北京：生活·读书·新知三联书店，1984.278

② 朱光潜．诗论 [M]. 北京：生活·读书·新知三联书店，1984.121

一行而颂声作矣”句）：“男年六十，女年五十，无子者，官衣食之，使之民间求诗。乡移于邑，邑移于国，国以闻于天子。”[①]

以上诸种有关《诗经》来源的说法不尽相同，但都可表明，“音”在《诗经》中的重要性。事实上，从甲骨文看，“言与音初本同字”。[②]

《诗经》《楚辞》的语音修辞方法和实践，实为后世诗歌、戏曲等艺术（尤其是韵文艺术）的民族传统特色及审美尺度的开山之祖。语音修辞在初民的“永言”中萌芽，在与音乐舞蹈的结合中逐渐形成。

一、韵的“同应”

《诗经》在总体上十分讲究押韵，注意韵的谐和。有论者统计，《诗经》305 篇只有《周颂》中的 8 篇完全不押韵，297 篇都押韵，占总数的百分之九十八。[③]另有一说，305 篇中除周颂的《清庙》《时迈》等 7 篇无韵外，其余 298 篇均有韵。[④]但不管怎样，可以肯定的是《诗经》十分注重“韵读”在表达中的重要意义。

大而言之，《诗经》时代，主要是讲究“韵”，所谓“同声相应”。此时的“韵”主要注重句外押韵，句内押韵的情况比较少。同声相应谓之韵。为了押韵，有时甚至改变句法顺序，例如：

① 陆侃如，冯沅君 . 中国诗史 [M]. 济南：山东大学出版社，1996.6
② 于省吾 . 甲骨文字释林・释言 . 见：胡奇光 . 文笔鸣凤——历代作家风格章法研究 [M]. 北京：语文出版社，1990.1
③ 夏传才 . 诗经语言艺术新编 [M]. 北京：语文出版社，1998.69
④ 吴洁敏，朱宏达 . 汉语韵律学 [M]. 北京：语文出版社，2001.213

泾以渭浊，湜湜其沚，宴尔新婚，不我屑以。（《诗经·邶风·谷风》）

其中“不我屑以”中的“屑”同“洁”，其自然语序应为“不以我屑”，但这里为了使“以”和“沚”的“同应”，改变了自然语序。

《诗经》之用韵，“韵”不一定用在句子的最后一个音节上。例如，《诗经》里的“江之广矣，不可泳思，江之永矣，不可方思”。这四句诗的韵是用在倒数第二个字上的，相应的句末的音节倒都是语尾助词。《诗经》里这样的例子很多。《楚辞》也有类似的情况。到了后代，在词里也偶然还有这种押韵法。①《诗经》韵或见诸句中，或见诸句尾；或句中皆押，一韵到底；或交抱丫换，错落有致。王力《诗经韵读》对此亦有专门的翔实的探讨。《诗经》之用韵，变化多端，但是其主要还是句与句之间的押韵，即主要是句外的押韵，同一个句子内部语词之间的押韵似乎并不多见。

从修辞的角度说，韵之功用，乃在加强语言使用效果尤其是音乐美感，同时也是为了接受者（含读者）在接受时识记的方便。

中国古典诗歌是必须押韵的，因为汉语语音长短、轻重的区别不明显，不能借助于它们形成节奏，于是押韵便成为形成节奏的一个要素。②

这里的“中国古典诗歌”当然包括《诗经》《楚辞》等先秦诗歌。显然，“形成节奏”是调整适用“韵”的结果，是一种修辞效果。

韵文的用韵情况是在不断发展的。诗骚的押韵是依照口语的，兼顾

① 王力．诗词格律十讲［M］．北京：商务印书馆，2002.152

② 袁行霈．中国诗歌艺术研究［M］．北京：北京大学出版社，1996.98

特定的语义内容和语境（比如，究竟是“风”还是歌功颂德的“颂”等）。

> 中国古典诗歌的押韵，唐以前完全依照口语，唐以后则须依照韵书。根据先秦诗歌实际用韵的情况加以归纳，可以看出那时的韵部比较宽，作诗押韵比较容易，汉代的诗歌用韵也比较宽。①

先秦诗歌用韵的情况实际是以《诗经》《楚辞》为代表归纳出来的，这时的用韵主要讲究的是同声相应，这里的“同声”是相对宽泛的。

魏晋以后才逐渐严格起来，即魏晋是一个转折点。其时还相应地出现了一些韵书，如李登的《声类》、吕静的《韵集》、夏侯咏的《四声韵略》等，这些韵书至少有一个共同点，那就是：都不是官方认定的“国标”。就是说，这些私家著作不能起到统一押韵标准的作用，唐代孙愐根据《切韵》刊定《唐韵》，此书遂成为官定的韵书。《切韵》的语音系统的性质尚难确认，其反映的大致是以当时的洛阳音为主的标准音或读书音。作诗押韵既然要以它为依据，那就使诗歌创作的用韵有了规范可循。这是古典诗歌用韵的一大变化。

到了宋代，陈彭年等承续《唐韵》修《广韵》，分四声，共二百零六韵。虽然这种韵书比较烦琐，但是作诗时，即语音的具体运用上允许“同用”，就是说相近的韵可以通押，所以实际上只有一百十二韵，亦即语音修辞上其时可以较为宽泛地用韵。至宋淳祐年间（1241 年—1252 年）平水刘渊增修《壬子新刊礼部韵略》，合《广韵》中可同用的韵部，成为一百零七韵，这就是“平水韵”。值得注意的是这里合并的依据是可以“同用”，强调的是“用”，其实质仍然是基于动态

① 袁行霈．中国诗歌艺术研究 [M]. 北京：北京大学出版社，1996.98

修辞意义上的一种修辞行为。至宋元之际在平水韵的基础上，又有人著《韵府群玉》，进一步并为一百〇六韵。此后元明清以来诗人作诗，或曰韵文表达者在语音修辞实践过程中基本上是按这一百〇六韵用韵的。随着口语的进一步发展，在元代另有一种“曲韵”，是基本按照当时北方话的语音系统编定的，以供北曲语音修辞之所需，其中最具代表性的是周德清的《中原音韵》，此书四声通押，共十九个韵部。发展到现代，“十三辙”实乃承袭《中原音韵》。十三辙符合现代普通话的语音系统，可以作为现当代新诗语音修辞用韵的基础。

以上汉语“韵”的适用简史表明，“韵”的使用，在要求上由松而紧又由紧而松，最后到现代诗歌的“自由”用韵。韵的使用的典型形式是押韵。

> 押韵是同一韵母的有规律的重复，犹如乐曲中反复出现的一个主音，整首乐曲可以由它贯穿起来。中国诗歌的押韵是在句尾，句尾总是意义和声音较大的停顿之处，再配上韵，所以造成的节奏感就更强烈。①

押韵显然是对于音节的一种运作。

> 中国学者讨论诗的音节，向来分声、韵两层来说。……韵有两种：一种是句内押韵，一种是句尾押韵。它们实在都是叠韵，不过在中文习惯里，句内相邻两字成韵才叫“叠韵”，诸句尾字成韵则叫作“押韵”。②

① 袁行霈．中国诗歌艺术研究［M］．北京：北京大学出版社，1996.99
② 朱光潜．诗论［M］．北京：生活·读书·新知三联书店，1984.187

叠音似乎可以说是一种较为特殊的“叠韵”，可以径称之为叠音词的运用，它也是一种较为典型的语音修辞。

前面已提及，诗骚尤其注重句外的押韵。其时的句外押韵是同声相应的。这种同声相应的押韵的起源可以上溯到人类文明史前。史实表明，人类在发明文字之前即已开始唱歌、跳舞，并已有一部分诉诸口耳相传的韵语文学，所以韵的起源要到原始诗歌里去找。“原始诗歌的韵也未尝没有便于记忆一层功用，但它的主要的成因或许是歌、乐、舞未分时用来点明一节乐调和一段舞步的停顿，应和每节乐调之末同一乐器的重复的声音。”韵在这里发挥着“同应”作用，并且具有一定的标志性。“所以韵是歌、乐、舞同源的一种遗痕，主要功用仍在造成音节的前后呼应与和谐。”[①]这里说的是上古韵文的“韵”的调整适用上的功能。

到了《诗经》那里：

> 《毛诗》之韵，不可一律齐也。总之，《毛诗》之韵，动于天机，不费雕刻，难与后世同日论矣。[②]

这里的韵在“从容音节之中，宛转宫商之外”同声相应。

① 朱光潜．诗论［M］．北京：生活·读书·新知三联书店，1984.209

② 陈第．毛诗古音考．见：夏传才．诗经语言艺术新编［M］．北京：语文出版社，1998.83

二、音调的调配

我们这里所说的“音调”指的是一种超音段音位以及这些超音段音位的具体运用和结果。其实，从修辞的角度，我们更注重的是音调的配置及其效果。

音调或曰声调，在诗骚之前，从铭文的文辞上看，韵散交作，声调铿锵。由于此时诗、乐、舞的“三位一体”，因而，作为超音段音位的音调的作用格外突出。其时，感叹语的使用频率较高，往往诉诸语音的音长表意，语音与语义的关系较为紧密。这时各类歌谣对于语音的运用尤其突出。“故歌之为言也，长言之也。”（《乐记》）

在上古的声调中舒声有长短两类，就是平声和上声；促声也有长短两类，就是去声和入声。

到《诗经》时代，人们已熟练地掌握语言音调的变化规律，来表达各种特定的情志。此时，修辞意义上的“音调”可以说颇为成熟了。《诗经》声调低昂、和谐。但对以《诗经》为代表的先秦汉语，古今学者的分析也不同，这里依据王力的分析，《诗经》字词的声调分平声、上声和长的入声和短的入声。[①] 不论声调如何具体区分，这些不同声调的高低升降曲直长短，可以巧妙地使之和谐地组合起来，发出抑扬顿挫的音响，声韵和声调有机地结合，自然地产生节奏有序、铿锵流畅、和谐悦耳的音乐效果。[②] 例如：

[1] 关关雎鸠（平平平平）

[2] 在河之洲（仄平平平）

① 王力．诗经韵读 [M]．上海：上海古籍出版社，1980.10

② 夏传才．诗经语言艺术新编 [M]．北京：语文出版社，1998.8

[3] 窈窕淑女（仄仄仄仄）

[4] 君子好逑（平仄仄平）

[5] 参差荇菜（平平仄仄）

[6] 左右流之（仄仄平平）

[7] 窈窕淑女（仄仄仄仄）

[8] 寤寐求之（仄仄平平）

[9] 求之不得（平平仄仄）

[10] 寤寐思服（仄仄平仄）

[11] 悠哉悠哉（平平平平）

[12] 辗转反侧（仄仄仄仄）

《诗经·周南·关雎》

上例中，音调的配置在修辞上的功用是十分明显的。[1] 和 [2] 之间以第二句的第一个音节“在”（仄声）避开了两句全为平声；[4] 句内平仄分开，错综初步形成；[5] 和 [6] 较为整齐入律；[7] 和 [8]、[9] 和 [10] 甚至 [11] 和 [12] 与之相类似。另外，“洲”和“逑”等押韵。

事实上，在上古时代，入声和阴声的关系比较密切，因此，汉字的谐声偏旁往往是入声和阴声相通的，如“肃”声有“萧”，“叔”声有“椒”等；至于一部分去声字（来自长入）的谐声偏旁和入声相通，如“辱”声有“耨”。① 从修辞的角度来看，这种相通可以造成语音上的节奏，可以形成音调的和谐。其时，“四声”至少已经有雏形了。

① 王力．汉语史稿 [M]．北京：中华书局，1980.205

四声的“调质”的差别比长短、高低、轻重诸分别较为明显，它对于节奏的影响虽甚微，对于造成和谐则功用甚大。①

这些都有利于形成同声相应。

韵的同应势必形成一定的节奏。就押韵的要求来说，《诗经》只要求同韵相押，即只要韵母相同（包括近韵通押），平声、上声、入声都可通押，即不计较声调的具体调值和调类。而在节奏点上，只求声调的升降急促顺口悦耳，不要求每个节奏点上声调的平仄。《诗经》及《诗经》时代的韵律没有平仄规则。汉魏以来的古诗是继承《诗经》这个传统的，唐代的律诗和宋代的词，才有严格的平仄格律。

三、声音的摹拟

从修辞的角度看，声音的摹拟是值得重视的。

则是本于拟声与感声的语词，其本身即具有一种声音美，所以中国文辞只须巧为运用这些语词，自然容易显出声象与声情之美，而同时也容易显出音节之美。②

无疑，“声音美”“声象美”“声情美”“音节之美”均体现了美感性与适切性的统一，体现了语音的修辞价值，是人们所追求的一种修辞效果。

① 朱光潜．诗论 [M]．北京：生活·读书·新知三联书店，1984.174
② 郭绍虞．郭绍虞说文论 [M]．上海：上海古籍出版社，2000.239

诗骚自然是十分注重声音的摹拟的。为什么呢？这似乎与语音的起源不无关系。

> 语音之起，本于拟声与感声。拟声是摹写外界客观的声音，感声是表达内情主观的声音。拟声语词既善于摹状声貌，感声语词尤足以表达声情。所以只须巧为运用这些拟声或感声的语词，就足以增加行文之美。但是，这条件，只有在单音缀的语言中始可以充分发挥，因为他能够保有原始的拟声感声的作用。[①]

“拟声感声”其实就是一种声音的摹拟，是调整适用声音以更好地传情达意的一种努力。

声音的摹拟本身即人类对语言文字（这里尤指语音）的一种自觉的运用。并且，声音的摹拟还具有较强的主观性，并不是纯粹客观的。

> 大凡事理的辨析，是由于字义解释的效果；而情绪的感发，却为了声音的激动。《礼记·乐记》篇剖析其所以能如此的原因，说得很为透彻：凡音之起，由人心生也；人心之动，物使之然也。感于物而动，故形于声；声相应，故生变；变成方，谓之音。[②]

“情绪”“声音”及“物”之间的关系是如此之密切，以至于声音的摹拟几乎是人的一种“天性”。

> “音”“言”甚至在文字不甚完备、教育不甚发达的上

① 郭绍虞．郭绍虞说文论[M]．上海：上海古籍出版社，2000.233
② 蒋伯潜，蒋祖怡．骈文与散文[M]．上海：上海书店出版社，1997.182

古有其同一性。在上古，“生民之音曰言”。[1]

由于此时文字不甚发达，而且一般平民受教育的程度和机会比以后任何时期都少，所以对于语音的重视具有一定的“天然性”。这种天然性的“语音”重视是离不开对特定声音的摹拟的。

此后，声音的摹拟逐步定型，逐步得以约定俗成，“约之以命”，并逐渐形成有“文”的“音”。“声成文，谓之音。”（《毛诗序》）这里的“音”不妨说指的是语音修辞。

对声音的摹拟常常形成拟声词或曰“摹声词”，《诗经》中拟声词不乏其例。如《卢令》之“卢令令”，《大车》之“大车槛槛”，《伐木》之“伐木丁丁”，《鹿鸣》之“呦呦鹿鸣”，《车攻》之“萧萧马鸣”。《诗经》用摹声，巧夺天工地传达出当时的情景。以《诗经》中的拟声词为典型的先秦拟声词可用单音，如击鼓其镗；或用叠音，如呦呦鹿鸣。修辞以适应题旨情境为第一义，《诗经》中声音摹拟其适题应境的效果是十分明显的。

声音的摹拟形成一定的象声词。

> 象声词的效果在于直接传达客观世界的声音节奏，把人和客观世界的距离缩短，使人有身临其境之感。[2]

例如“坎坎伐檀兮”中的“坎坎”，“关关雎鸠”中的“关关”等，这类象声词于《诗经》中可谓俯拾皆是。

《离骚》中也有此用例。例如：

> 邅吾道夫昆仑兮，路修远以周流。扬云霓之晻蔼兮，鸣

① 胡奇光．文笔鸣凤——历代作家风格章法研究 [M]. 北京：语文出版社，1990.1

② 袁行霈．中国诗歌艺术研究 [M]. 北京：北京大学出版社，1996.102

玉鸾之啾啾。朝发轫于天津兮，夕余至乎西极。凤皇翼其承旂兮，高翱翔之翼翼。

其中“啾啾”即为摹拟玉銮铃的鸣声如凤。

四、音节的复叠

诗骚中音节的复叠主要表现为叠音词和联绵词的大量使用以及大量的重章迭唱。这些音节的复叠无疑是具有表现力的，适应了特定的题旨情境，并且，其使用频率也几乎是空前绝后的。

在《诗经》中，有关“重言连语”可真是比比皆是。“重言词多用于像《诗经》《楚辞》等一类诗歌中。”[①] 例如，《豳风·鸱鸮》一诗：

予羽谯谯，予尾翛翛。予室翘翘，风雨所漂摇。予维音哓哓。

“这几句所用的重言连语，其声义也相近。《毛传》于谯谯训杀，翛翛训敝，翘翘训危，哓哓训惧，都与连语‘漂摇’这声义相近。此类声义相同或相近的字连缀一起，自然诵读时也觉有‘予唯音哓哓’的情形了。刘师培《正名隅论》谓‘侯类、幽类、宵类之字均含诘屈卷束之义’，而此诗所用，却正是这些含有曲义的字。”[②]

再如《豳风·七月》中的“春日迟迟，采蘩祁祁”即连用了“迟迟”“祁祁”等。

① 赵克勤．古代汉语词汇学[M]．北京：商务印书馆，1994.56
② 郭绍虞．郭绍虞说文论[M]．上海：上海古籍出版社，2000.239

此外，《诗经》中还可列举出如下的叠音词：

冲冲、坎坎、纠纠、佻佻、契契、粲粲、交交、惴惴、偕偕、彭彭、傍傍、燕燕、惨惨、悠悠、离离、靡靡、摇摇、烈烈、翼翼、依依、霏霏、栖栖、央央、赫赫、琐琐、蹙蹙、京京、愈愈、梦梦、烨烨、湑湑、奕奕、跃跃、蛇蛇、萋妻、兢兢、涣涣、翘翘、关关、蚩蚩、汤汤、旦旦、耿耿、棣棣、悄悄、夭夭、灼灼、丁丁、嘤嘤、蹲蹲、罩罩、汕汕、翩翩、呦呦、秩秩、逸逸、温温、反反、幡幡、采采、敖敖、镳镳、洋洋、活活、发发、揭揭、孽孽、猗猗、青青、凄凄、喈喈、踽踽、萧萧、蓼蓼、哀哀、将将、晰晰、沃沃、谯谯、哓哓等等。[1]

《楚辞》中也有不少叠音词。例如《离骚》：“纷总总其离合兮，斑陆离其上下。吾令帝阍开关兮，倚阊阖而望予。时暧暧其将罢兮，结幽兰而延伫。”其中的“总总”“暧暧”，“总总”现代还在使用，比如“林林总总”等。余则至少有如下的：

謇謇、冉冉、岌岌、菲菲、忽忽、曼曼、总总、暧暧、剡剡、啾啾、婉婉、邈邈、欣欣、昭昭、皇皇、忡忡、眇眇、被被、辚辚、冥冥、滔滔、鳞鳞、磊磊、蔓蔓、填填、飒飒、淫淫、郁郁、湛湛、杳杳、莽莽、昧昧、浩浩、惘惘、默默、戚戚、漫漫、芒芒、绵绵、悄悄、汹汹、容容、翻翻、遥遥、雍雍、狺狺、逴逴、抟抟、习习、丰丰、芰芰、阗阗、衙衙、锵锵、从从等等，汉乐府诗中的激激、肃肃、震震、田田、

① 杨仲义，梁葆莉．汉语诗体学[M]. 北京：学苑出版社，2000.47~48

盈盈、煌煌、怆怆、渫渫、累累、隐隐、旬旬、区区、劳劳、徐徐、庵庵、寂寂、攒攒、修修、喧喧。[①]

以上叠音词的使用均取得了良好的修辞效果，其中的绝大部分后世仍然沿用。

据统计，《诗经》中有647对叠字。[②]另有一同类统计数据为：《诗经》重言（即叠音音步）共547处，使用678次之多，还不包括双声叠韵词。如《关雎》就使用了19个双叠音节。[③]尽管在具体数据上，两家有所出入，但均表明，《诗经》叠字极多，却又极其自然。叠字是借声音的和谐张大语调的和谐。用此法既可增强歌诗的音乐性，也有利于唤起形象感。即以上叠音词均具有良好的修辞效果，它们或者摹声，或者凸显加强某种语气，或者渲染某种情绪情感，或者凑足音节。

叠字增强诗歌语言的音乐性，有时还运用于补足音节。《诗经》以四言为主体，有时会发生音节不足的问题，为了补足音节使结构整齐、节奏和谐上口，不外两个办法，一个是加虚字，一个是用叠字。[④]利用叠音词，有时还可以完充语义。

为什么《诗经》大量运用叠音词（叠字），而且其中有些篇章集中运用，达到句句有叠音词（叠字）？首先，“因为它能产生特殊的艺术效果，具有增强语言音乐性、生动地写貌状物、难以替代的拟声这三种功用”[⑤]。这三种功用与其说是“艺术效果”，不如说是语音修辞效果，因为它们都是语音对于情意的表达在适切性与美感性上的统一。

① 杨仲义，梁葆莉．汉语诗体学[M]. 北京：学苑出版社，2000.48
② 夏传才．诗经语言艺术新编[M]. 北京：语文出版社，1998.62
③ 吴洁敏，朱宏达．汉语节律学[M]. 北京：语文出版社，2001.213
④ 夏传才．诗经语言艺术新编[M]. 北京：语文出版社，1998.58
⑤ 夏传才．诗经语言艺术新编[M]. 北京：语文出版社，1998.56

此外，叠音词大量运用的另一个动因还表现为：在诗骚之前的上古时代，这一时期语音在诗、乐、舞“三位一体”中扮演着十分重要的角色。人们对语音的运用比较质朴，主要靠反复吟咏形成情感上的变化、对比。所谓“歌永言，声依永”（《尧典》）。

《诗经》还可以诉诸叠音词形成句子乃至篇章上的反复。《诗经》常用复沓形式，造成回环的韵味，以增强语音的整体感与节奏感。“词语或篇章间的反复或异语反复，是《诗经》韵律的又一特色。这使语音链上产生声韵律的节奏。”[①]如《卫风·木瓜》：

> 投我以木瓜，报之以琼琚。匪报也，永以为好也。
>
> 投我以木桃，报之以琼瑶。匪报也，永以为好也。
>
> 投我以木李，报之以琼玖。匪报也，永以为好也。

“其中，每章18个音节中只有两个音节不同，全篇共有6个音节不同，即‘瓜、桃、李’和‘琚、瑶、玖’。其他48个音节均为反复，加上章句组合为（5+5+3+5），参差长短组合有序，读来抑扬顿挫，非常好听。”[②]显然，这里的“抑扬顿挫”“非常好听”就是语音修辞效果的呈现。

五、音节的联绵

在诗骚中除了叠音词的大量运用之外，还表现为音节的狭义联绵，形成了大量的联绵词，或者双声，或者叠韵，或者双声叠韵。

① 吴洁敏，朱宏达 . 汉语节律学 [M]. 北京：语文出版社，2001.214

② 吴洁敏，朱宏达 . 汉语节律学 [M]. 北京：语文出版社，2001.214

以《诗经》为例，联绵词的使用，能够产生音响意趣，体现了《诗经》语言的音乐性，且使之更适宜于吟诵，更便于记忆，更适宜于广泛传播。具体可以从以下数例见出：

双声如参差、倾筐、玄黄等。

叠韵如窈窕、辗转、崔嵬、虺隤等。

双声兼叠韵的，分列如下：（含同声近韵、近声同韵）

双声叠韵为形容词：

二之日栗烈。《七月·豳风》中的“栗烈”。

双声叠韵为动词：

悠哉悠哉，辗转反侧。《周南·关雎》中的“辗转”。

经营四方，告成于王。《大雅·江汉》中的“经营”。

名词：

伊威在室，蟏蛸在户。《豳风·东山》中的“蟏蛸”。

双声叠韵主要功用在于歌诗时使语流顺畅，易于上口，体现了表达与接受的互动。

总体来看，三百篇无一篇无双声叠韵，以及《楚辞》《三都》《两京》诸赋，无不尽然。唐代诗人以杜子美为宗，其五言、七言近体，也几乎无一无双声叠韵。偶有对句双声叠韵而出句或否者，然亦不过十分之一。中唐以后，韩、李、温诸家亦然。至宋、元、明诗人能知此者渐鲜。[①] 以上不妨看作是先人对双声叠韵适用史的一个简单勾勒。

为什么《诗经》中大量使用叠音词、双声叠韵词语呢？

第一，修辞意义上的叠音词等在被使用时，总是处于一定的“语

① 洪亮吉．北山诗话 [M]. 北京：人民文学出版社，1983.2

流”中的。既为语流，势必会有两音相邻的情形，“两音相邻时由前一音滑入后一音，有顺有拗。大约双声而叠韵的两音读来最顺口，由甲声转入性质不同的乙声（例如由唇音转喉音），由甲韵转入性质不同的乙韵（例如由开口转撮口），则比较费力”。朱光潜接着在《诗论》中给出了实例，例如：“‘玉女’的‘玉’与‘玉山’的‘玉’，‘堂堂’的第一个‘堂’与‘堂庙’‘堂宇’的‘堂’，都略有分别。”第二，正如朱光潜所言：“各国语言节奏大半有先抑后扬的倾向（英文 iambic 节奏最占势力，法文在顿上略扬，都可以为证）。中国语言中有许多叠音字，两字同声同韵，而长短高低轻重仍略有分别，例如‘关关’‘凄凄’‘萧萧’‘冉冉’‘荡荡’‘漠漠’之类都先抑后扬。这两层分别虽然甚微，但对于节奏仍有若干影响。”① 第三，就具体功用而言，“双声叠韵都是要在文字本身见出和谐。诗人用这些技巧，有时除声音和谐之外便别无所求，有时不仅要声音和谐，还要它与意义调协。在诗中每个字的音和义如果都互相调协，那是最高的理想。音律的研究就是对于这最高理想的追求，至于能做到什么地步，则全凭作者的天资高低和修养深浅”②。说到底，双声叠韵乃至于所有音节的复叠，追求的仍然是和谐，是节奏上的协调。李重华《贞一斋诗说》云：“叠韵如两玉相叩，取其铿锵；双声如贯珠相连，取其宛转。”王国维《人间词话》云：“余谓苟于词之荡漾处多用叠韵，促节处用双声，则其铿锵可诵，必有过于前人者。”诚如袁行霈所言：“铿锵、宛转、荡漾、促节的细微区别，虽未必尽然，但双声、叠韵的音乐效果是确实存在的，而且叠音词的效果也是一样。它们的音乐效果可以这样概括：即在一连串声音不同的字中，出现了声韵部分相同或完全相同的

① 朱光潜．诗论 [M]. 北京：生活・读书・新知三联书店，1984.167
② 朱光潜．诗论 [M]. 北京：生活・读书・新知三联书店，1984.171~172

两个邻近的字，从而强调了某一个声音以及由此声音所表达的情绪，铿锵的越发铿锵，婉转的益见婉转，荡漾的更加荡漾，促节的尤为促节。至于象声词则是模仿客观世界的声音而构成的词，它只有象声的作用而不表示什么意义。”①

有鉴于此，所以朱光潜说：“诗讲究声音，一方面在节奏，在长短、高低、轻重的起伏；一方面也在调质，在字音本身的和谐以及音与义的调协。在诗中调质最普通的应用在双声叠韵。”② 这表明，“双声叠韵”是一种运用，是调质的一种应用，并且这种应用以和谐与协调为旨归，即以有效的语音修辞效果为其大量使用的动因。

可以说，这些诗骚中语音的复叠仍然是音节上的修辞。之所以如此，首先就音节而言，汉语自始就不是纯粹的单音节词占绝对优势，先秦时代已经有了大量的双音节词。古人把纯粹的双音节词（不能再分析为两个词素者）叫作联绵字，联绵字当中十分之九以上都是双声或叠韵的词。

---

① 袁行霈．中国诗歌艺术研究 [M]. 北京：北京大学出版社，1996.102
② 朱光潜．诗论 [M]. 北京：生活・读书・新知三联书店，1984.170~171

六、音节的配置

音节的配置主要表现为音节上的停顿。这里的停顿包括句内停顿和句外停顿。此外，我们将那些需要接受者阅读（尤指诵读）时延声加力的地方也称作停顿。

配置音节的手段或方法在诗骚中主要有虚词的适用和每句诗（每行诗）字数（音节数）的使用，诗行音节数的配置等。

就虚词的适用而言，语气词在《诗经》中大量出现。据统计，“兮”（啊）字一共用了321次，“矣”字用了207次，“也”字用了90次。[①]无疑，《诗经》中的语气词是有其语音修辞上的功能的。“《诗经》中的语气词还有另一种功能：有时是为了凑足音节，使句式韵律整齐和谐；有时句句或隔句用同一语气词，造成韵脚的一致。所以，成功地运用语气词，除了适当地起到语法和修辞作用，而且促成音节的铿锵和谐，产生音响的意趣。”[②]

《诗经》中虚词的使用除了数目甚多，其在使用过程中也有较为广泛的分布，并有其相应的语音修辞功能。《诗经》中的虚词既用在句中增强语气，调整音节；亦常用在句末，前面再加韵字，构成“富韵”，如：之、兮、矣、也、止、思、忌、只、焉、载等。考其本原，相当于“永言”。

《诗经》中的虚词及其应用是在不断演化的。概言之，《诗经》中诸虚字，皆由转化而来。这种“转化”不妨说是一种“修辞化”的过程，这一过程与“语法化”相应相生。刘熙载云：“用虚字正乐家歌诗之法也。”可见此法遂为后世各声、腔的滥觞。

① 夏传才．诗经语言艺术新编[M].北京：语文出版社，1998.6
② 夏传才．诗经语言艺术新编[M].北京：语文出版社，1998.5~6

以上虚字的使用本身即句内停顿的一个标志，它可以形成一定的节奏。这时候的虚词，可以在一定意义上被视为“衬字”。《楚辞》在韵律上的一个突出特点即每篇大量使用这种衬字。“据统计，25篇中：用‘兮’作衬字的23篇，占92%；以‘之’为主体衬字有《天问》一篇，以‘些’为主要衬字有《招魂》一篇，各占4%。此外，还有用‘以’‘而’‘乎’‘只’‘焉’等作衬字的。”[①]起着后世戏曲中衬字作用的虚词在诗歌里面主要起调整节奏作用，在语流音链上产生韵律节奏，形成特定的语音美。

就句内停顿而言，《楚辞》中的“兮”作为一种提顿标志，是十分典型的。《楚辞》中，由虚词“兮”提顿的模式类型主要有如下几类：

第一种是“××××××兮，××××××”型。这种情形下，往往在句中第三个音节配置一个起衬字作用的虚词或意义较虚的字，比如“而、以、乎、其、夫”等，以舒缓语流，调整节奏。这种模式中，“兮”字前后的音节数偶有所变化，或五言，或七言、八言，亦有四言的，如“滔滔孟夏兮，草木莽莽。伤怀永哀兮，汩徂南土”（《怀沙》），但一般都是六言。因此，有论者指出：“‘兮’字前后各六字，可视为此种句型的常格。”[②]

第二种是“××××，×××兮”型。例如《橘颂》：“后皇佳树，橘徕服兮。受命不迁，生南国兮。”显然，此模式下，每句构成了四音节数。不妨说，这种音节配置安排模式受《诗经》的影响较大。此外，“清人钱大昕《十驾斋养新录》云：‘楚词招魂、大招多四言，去些、只助语，合两句读之，即成七言。’”[③]。梁启超云：“七言诗的发达，

① 郭建勋．楚辞与中国古代韵文[M].长沙：湖南师范大学出版社，2001.145
② 郭建勋．楚辞与中国古代韵文[M].长沙：湖南师范大学出版社，2001.145
③ 郭建勋．楚辞与中国古代韵文[M].长沙：湖南师范大学出版社，2001.147

实际上比五言诗为更早。而初期的七言，大率皆每句押韵。如《楚辞》的《招魂》，自‘魂兮归来入脩门些’以下，若每句将‘些’删去，便是一七言长篇。”[①] 似乎可以说，这种结构是《诗经》时代四言与近体诗七言音节构成的过渡模式。

第三种是“××× 兮 ×××”型。这种“兮”字句（我们不妨把含有“兮”字的特定诗句称之为“兮”字句）是相对完整和自含的。有论者认为这种句子音节构成模式“可以说是南方荆楚民歌的嫡传，保留着浓郁的民间歌谣韵味”。其语音修辞功能仍然与节奏等语音修辞要素密切相关。“由于‘兮’字在此句型中居于枢纽的地位，给前后两部分的灵活变化提供了很大的自由度，作者可以根据表达的需要调整字数，避免板滞，而不致产生节奏上的混乱。”[②] 此句型主要用于《九歌》，偶尔也杂用于《九辩》等少量篇目。在历时发展上，汉代的《招隐士》《九叹》等仿骚体言语作品均沿用此音节构成模式，两晋、南朝则更为普遍采用。这种模式之于修辞主体的情绪情感关系尤为密切，似更有助于直抒胸臆，更能显示出内在情感与外在节奏之间的某种象似。

第四种是“×××× 兮 ×××”型。例如《招魂》中的“乱辞”。在历时传承上，后世的“楚歌”言语作品经常沿用，如汉高祖刘邦《大风歌》等。在语音修辞功能上，有论者指出，其中的“‘兮’字只有表泛声的单一功能，在后世的演变也只能是虚化与省略一途，这也是后世七言诗句衍生的一种途径”[③]。

从总体上说，在音节安排配置上，“在古代诗歌中，大半是奇‘读’

① 梁启超 . 中国之美文及其历史 [M]. 北京：东方出版社，1996.98
② 郭建勋 . 楚辞与中国古代韵文 [M]. 长沙：湖南师范大学出版社，2001.149
③ 郭建勋 . 楚辞与中国古代韵文 [M]. 长沙：湖南师范大学出版社，2001.150

偶‘句’，在《楚辞》中‘读’后常加一衬字如‘兮’之类，表示声音略停留延长。例如‘惟草木之零落兮，恐美人之迟暮’……这类句子都借衬字‘兮’字把前后两部划得很分明。这些句子在意义上本可小顿，但《楚辞》中也有本来不可分拆的句子而用‘兮’字拆开为两‘顿’者，例如‘穆将愉兮上皇’”①。可以说，没有“顿”就没有节奏，没有节奏就没有语音修辞，也就无所谓语音修辞的功能分析了。

以上是就先秦音节配置手段——虚词——而言的，我们主要是以《楚辞》为例的，《楚辞》也主要是以其较具特色的“兮”为典型讨论的。其实在音节配置上，尤其是音节自身的安排上，《诗经》亦有其特色。《诗经》的音节配置主要是通过其诗行中音节数目的安排而表现出来的。

就整体音节数而言，《诗经》中最短的诗，全篇只有18个字，见《周颂·维清》：

维清缉熙，文王之典。肇禋，迄用有成，维周之祯。

这首诗歌只用18个音节。

诗骚，尤其是《诗经》中每个诗行（句子）的音节数均为数不多，且四言占绝对优势，几成正统。之所以在诗骚中每个句子的音节数均不太多，多数以四个为主，即所谓“四言”，主要是基于停顿的考虑。这种停顿上的考虑是鉴于表达和接受上的具体运作。简单地说，主要是基于语音修辞效果上的追求而为之的。就接受者而言，具体地说就是为了记忆方便，“又为便利我们记忆起见，不能不使用简单而有音调的言语。这言语和记忆经济乃是从另一方面观察韵文的适当的术语”②。如前所述，在上古诗骚时代，由于记录语音的文字不甚完备和

① 朱光潜．诗论［M］．北京：生活·读书·新知三联书店，1984.183

② ［日］泽田总清．中国韵文史（上册）［M］．王鹤仪编译．北京：生商务印书馆，1998.4

教育的不甚发达，诗骚往往是诉诸口耳相传的，这种共时传播和历时传承的途径、方式就在一定意义上限制了诗骚在音节上的停顿，尤其是对其句外的停顿的限制更为直接。

有论者指出，通过对《诗经》语句全面的统计、分析和多角度的展开式探讨，说明《诗经》四言体在有周一代诗歌中具有独占式的垄断地位，并且，“诗体”的结构基础，不是落实在语义层面，而是落实在语音/节奏层面。[①] 由此可见语音修辞在先秦修辞艺术中的举足轻重的地位，以及四言等音节配置在语音修辞上的重要性。

值得注意的是，除了四言句，《诗经》中还有一些杂言句。《诗经》中的杂言句主要有《魏风·伐檀》三章、章九句。《邶风·式微》二章，章五句等。例如：

> 敝，予又改为兮。《郑风·缁衣》
>
> 肇禋，迄用有成，维周之祯。《周颂·维清》
>
> 振振鹭，鹭于飞。《鲁颂·有駜》
>
> 谁谓雀无角。《召南·行露》
>
> 我姑酌彼兕觥。《周南·卷耳》
>
> 今也日蹙国百里。《大雅·召旻》
>
> 天命不撤，我不敢傚我友自逸。《小雅·十月之交》

以上分别为一、二、三、五、六、七、八言。但是，这些“杂言”尤其是“杂言诗”在整个《诗经》中所占的比例是极其小的。据有论者统计，“在整部《诗经》中，共有杂言诗 12 首，都在《国风》和《周颂》中”[②]。显然，这相对于《诗经》中有确切记载的 305 篇而言是很

① 何丹.《诗经》四言体起源探论 [M]. 北京：中国社会科学出版社，2001.1

② 何丹.《诗经》四言体起源探论 [M]. 北京：中国社会科学出版社，2001.5

小的一个比例。

另据统计，八言以上共11句；七言23句，其中有六言带“兮”字者，有二五或三四节奏者，亦有四三节奏大致符合后世七言诗句者；六言近百句，其中有四二节奏者，有三三节奏者，亦有五言带“兮”字者。《诗经》的五言共360余句，其中《国风》近160句，《雅》近150句，《颂》50余句，在“风雅颂”三部分中分布较为平均，就时代来讲分布也较为平均。五言句中符合或基本符合后世二三节奏句式的有180句，句尾带“兮”的近60句，一四或三二节奏句式约110句。五言诗句在较早的《颂》《雅》中多是一四或三二节奏的散文句式，如《小雅·北山》后三章每章4句，全为一四节奏；在较晚出的《国风》中则多是二三节奏的诗化句式，如《召南·行露》后两章12句中有8句五言诗，4句一组；又如《卫风·木瓜》三章12句，五言计9句，其中二三节奏6句。少于四言的二言句极少，而三言句则较多。如《诗·召南·江有汜》，全诗三章15句，其中三言12句；《周南·螽斯》全诗三章12句，三言9句。如果将四言句中的“兮”去掉，其中三言句则更多，《齐风·猗嗟》《陈风·月出》等诗则成了整齐的三言诗。三言诗主要出现在《国风》里，多达120句，占总句数的5%；如加上带“兮”的四言180句，则占总数的11%；如加上带“矣”“哉”等其他句尾语气词的四言句，则三言句的比例可达20%。而《雅》《颂》《诗》中三言句仅37句，占其总句数的比还不到1%，且在较晚出的《鲁颂》中就有14句；而大致可定为周初的作品，如《周颂》仅5句，《大雅》仅6句，《商颂》与《桧风》《豳风》则无三言句，也很少有“兮”等句尾语气词，可以说三言句及“兮”等句尾语气词的多少是判定《诗经》年代早晚的重要依据。①

① 郑家治．古代诗歌史论［M］．成都：巴蜀书社，2003.188

从二言到四言的过渡期间有三言韵语，或在四言诗后期三言诗取得了较大的发展，这在其他古代典籍里也有据可查。如《易经·离·九四》：“突如，其来如，焚如，死如，弃如。”《易经·归妹·上六》爻辞：“女承筐，无实；士刲羊，无血。”这是一首牧歌，三言、二言有规律地间杂，似乎是二言到三言的过渡形态。可以说《易经》的二言、三言及四言韵语或歌谣对西周后期及春秋时代产生的大量三言诗句及二言诗句有直接的影响，至少说有联系。[①]

四言、三言诗句比起二言诗句来讲都有其优势：首先是都延长了句式，扩充了容量；其次是为句法结构、语音修辞开辟了新天地。四言、三言相比较又各有其优势，即四言可以大量使用双音节词、联绵词，能更充分地反映生活，表达思想感情，还可构成反诘、对比、对偶及摹状等多种修辞格；三言虽然语句短促，容量较小，但它有单双两个音节，可构成一二或二一节奏，比起四言句单调的二二节奏来讲反而灵活一些。可以说原始诗歌中的二言句式与《诗经》中的三言、四言句式有机结合促进了五言以上的长句产生，即二三言组合成五言，四二言或三三言组合成六言，四三言或二五言组合成七言。[②]

由四言不能不提到与之关系十分密切的“五言”等。上文已提及，在《诗经》时代其实就已经有了五言。如：“或燕燕居息，或尽瘁国事。或息偃在床，或不已于行。”（《小雅·北山》）其实，更早还可以将“五言”上溯至三代。“在古代汉语诗歌史上，五言诗的出现、成熟，经历了一个漫长的酝酿和发展过程。诗骚之前，夏歌、楚谣就间用五言成句。后来，五言句又屡见于诗骚之中。战国秦代，通篇五言的歌谣已经出现，但句句用韵，标准未成。如秦《长城歌》：‘生男慎勿

① 郑家治．古代诗歌史论 [M]. 成都：巴蜀书社，2003.189
② 郑家治．古代诗歌史论 [M]. 成都：巴蜀书社，2003.189

举，生女哺用脯。不见长城下，尸骸相支柱。’及至汉代，隔句用韵的五言体民歌民谣和宫廷乐歌，已经相当普遍。但是，汉初文人作诗，却是一袭《诗经》，如司马相如的《郊祀歌》、韦孟的《讽谏歌》等；而拟骚体，如淮南小山的《招隐士》，东方朔的《七谏》等，走的是一条僵化的道路。直到东汉中期，文界还视四言为‘正体’，五言为‘流调’。随着五言为主的杂言体乐府的长期盛行，文人们终于认识了五言体的优长，仿习之作陆续出现。其最早者当数东汉末班固的《咏史》：‘三王德弥薄，惟后用肉刑。太仓令有罪，就递长安城。’”[①] 显然，五言是以四言为基础，是后起的，在魏晋以后才蔚为壮观。

音节的配置形成特定的语音停顿，特定的语音停顿形成一定的节奏。就现有的材料来看，原始歌谣的篇幅短小，一般只有几句，而且韵律较为单调，缺乏变化，节奏也不稳定。到了《诗经》，它的形式多为四言一句，隔句用韵的形式是后世诗歌形式的基础，后来的五言诗、七言诗，实际上都是在四言的基础上加以变化而来的。《诗经》的形式在保持基本稳定的同时，又富于变化，除以四言为基本格式外，还有相当多的诗采用杂言的形式，使吟诵起来错落有致，合乎自然的节奏。比如《伐檀》就是一首杂言诗，《王风·兔爰》杂用二言、三言、四言，《郑风·扬之水》杂用三言、四言、五言、六言，这些杂言诗虽节奏不如单纯的四言诗稳定，但由于它们合乎自然的节奏，错落有致，所以不显拗口。但杂言诗有其天生的弱点，如不致意修饰，使句式过长或节奏零乱，就会显得拗口，如《秦风·权舆》《魏风·陟岵》就不免有这样的毛病。[②]

节奏是与语音尤为密切的。“节奏在时间绵延中最易见出，所以

① 杨仲义，梁葆莉.汉语诗体学[M].北京：学苑出版社，2000.95
② 孙立，师飚.先秦两汉文学史[M].广州：中山大学出版社，1999.71

在其他艺术中不如在诗与音乐中的重要。诗与乐所用的媒介有一部分是相同的。音乐只用声音，诗用语言，声音也是语言的一个重要成分。声音在音乐中借节奏与音调的‘和谐’（harmony）而显其功用，在诗中也是如此。”[①] 作为诗这种对语言的特殊运用的结果的作品《诗经》，其节奏也是通过语音体现出来的。

在句外停顿方面，与《诗经》同处于上古时期的屈原的早期作品中的停顿也颇值得重视，如《橘颂》，头几句就是四言的形式：“后皇佳树，橘徕服兮。受命不迁，生南国兮。深固难徙，更壹志兮。绿叶素荣，纷其可喜兮。”这种四言对后来的语音停顿（诗行）的发展有一定的影响。同时也体现了先秦韵文在较大语音停顿上以 4 个音节为主的特点。

一般说来，汉语一个字为一个音节，四言诗 4 个音节一句，五言诗 5 个音节一句，七言诗 7 个音节一句，每句的音节是固定的，每一句就是一个较大的语音停顿。

在每一句中，还有着句内的语音停顿，即一句诗中的几个音节并不是孤立的，一般是两个两个地在线性序列上组合在一起形成顿。“顿，有人叫音组或音步。四言二顿，每顿两个音节；五言三顿，每顿的音节是二二一或二一二；七言四顿，每顿的音节是二二二一或二二一二。必须指出，顿不一定是声音停顿的地方，通常吟诵时倒需要拖长。顿的划分既要考虑音节的整齐，又要兼顾意义的完整。”[②] 声音的拖长说到底是一种音节上的配置、组合。

音节的线性组合不仅形成顿，还形成读（或曰“逗”）。读（逗），也就是一句之中最显著的那个顿，往往是整个句子的表达重点所在。“中国古、近体诗建立诗句的基本规则，就是一句诗必须有一个逗，这个

① 朱光潜．诗论［M］．北京：生活·读书·新知三联书店，1984.122
② 袁行霈．中国诗歌艺术研究［M］．北京：北京大学出版社，1996.97

逗把诗句分成前后两半，其音节分配是：四言二二，五言二三，七言四三。林庚先生指出这是中国诗歌在形式上的一条规律，并称之为'半逗律'。他说，'半逗律'乃是中国诗行基于自己的语言特征所遵循的基本规律，这也是中国诗歌民族形式上的普遍特征。"①

七、方音的适用

《楚辞》带有较为浓厚的楚地方言特色，如上文所述及之"兮"字的大量使用。顾名思义，"楚辞"即楚地的辞章。近人容肇祖云："七言诗大概是从楚声起的。《九歌》中的《山鬼》《国殇》，已有近于七言体的趋势。楚汉之际，项王的《垓下歌》、高帝的《大风歌》，都是汉代的七言诗的滥觞，当然楚一带地方民间会盛行这种作品。武帝的《秋风辞》《瓠子歌》，都是这种七言诗而带着楚声的。"②这里的"带着楚声"其实就是楚地方音的体现。"像'侘傺''婵媛''汩''羌''扈'等，不仅读音相同，意义也与当时中原雅音有别。"③宋人黄伯思《新校〈楚辞〉序》④云：

> 屈宋诸骚，皆书楚语，作楚声，纪楚地，名楚物，故可谓之楚辞。若些、只、羌、谇、蹇、纷、侘傺者，楚语也；顿挫悲壮，或韵或否者，楚声也；沅、湘、江、澧、修门、夏首者，楚地也；兰、茝、荃、药、蕙、若、芷、蘅者，楚物也。率若此，故以楚辞名之。

① 袁行霈．中国诗歌艺术研究 [M]. 北京：北京大学出版社，1996.97
② 容肇祖．中国文学史大纲 [M]. 北京：朴社，1935.114
③ 孙立，师飚．先秦两汉文学史 [M]. 广州：中山大学出版社，1999.129~130
④ 孙立，师飚．先秦两汉文学史 [M]. 广州：中山大学出版社，1999.131

这些看似谈论的是方言词汇，其实与方言语音修辞是休戚相关的。因为词汇毕竟是诉诸语音这一物质外壳才能体现出来的。

除了《楚辞》，《诗经》中的不少篇什也带有一定的地域色彩，往往吸收一些当时的方音。比如《诗经》中的“风”。其实，古人所谓“风”，主要是就音调而言，例如《郑风》就是当时郑国的调儿，《齐风》就是齐国的调儿，十五国风就是十五个不同地方的音调。

八、其他语言要素与语音修辞

诗骚中，还常常借助语言内其他要素来调整适用语音，比如词法手段、句法手段等。

例如在《诗经》中可以见到如下情形：

为调谐声韵而倒装。例如：

> 节彼南山，维石岩岩。赫赫师尹，民具尔瞻。《诗经·小雅·节南山》

其中，“民具尔瞻”中的“尔瞻”的正常自然语序应为“瞻尔”，即“看着你”之意。这里，述宾结构倒装为“宾述”结构，实乃“瞻”与“岩”押韵的需要。又如：

> 我车既攻，我马既同。《诗经·小雅·车攻》

其中的“同”与“我马”倒装，“同”在此意为“齐”，“我马既同”的自然正常语序应为“既同我马”，即“已选齐我的马”之意。

这里之所以倒装，仍然是为了与其前之“攻”押韵。再如：

> 捷捷幡幡，谋欲谮言。岂不尔受？既其女迁。《诗经·小雅·巷伯》

其中的“既其女迁”的正常语序应为“既其迁女”，意即“祸害将降及你自己”。之所以将“迁女”倒装为“女迁”，实际仍然是为了押韵计，倒装之后，“迁”与“言”“幡”押韵。又如：

> 驾八龙之婉婉兮，载云旗之委蛇。《离骚》

其中的“婉婉”本作“八龙”的定语，这里后置，同样，“委蛇”本应为“云旗”的定语，此处定语后置。这里之所以改变常规自然语序，恐怕主要是为了使整个句子在音节结构上更为整齐。倒装后，“驾”与“载”对应，“八龙”与“云旗”对应，“婉婉”与“委蛇”对应。并且，这些词在词性上的对应也较为工整，尤其值得注意的是“婉婉”为叠音词，而“委蛇”为联绵词，本身即形式大于内容的词。因此，此处整饬句式形式大于内容，也实际是为了语音修辞上的适切性与美感性。

先秦诗歌有时为讲究音节匀称而整饬句式，即应节奏整齐与音韵和谐的要求，往往在单音节词的前后加上一定的虚词。应该说，这些虚词的语音功能大于其句法语义功能，如上文所述及之《楚辞》中大量使用的“兮”。此外，还有大量的类似后代衬字的虚词。

以《诗经》为例，加前缀的如：击鼓其镗（《邶风·击鼓》），北风其凉（《邶风·北风》），静女其姝、静女其娈（《邶风·静女》），有蕡其实（《周南·桃夭》），忧心有忡（《邶风·击鼓》），有厌其杰（《周颂·载芟》），庸鼓有斁（《商颂·那》），有芃者狐（《小雅·何草不黄》）。其中的“其”“有”具有前缀的性质和作用。有加后缀的如：咥其笑矣（《卫风·氓》），凄其以风（《邶风·绿衣》），其叶沃若（《卫风·氓》），抑若扬兮（《齐风·猗嗟》），惠然肯来（《邶风·终风》），烝然罩罩（《小雅·南有嘉鱼》）。[①]

显然，以上诸端均是借助语音外的语言要素而形成的，且均可取得语音上的修辞效果。

除了语法等语言要素，文字对语音修辞的演变也是可以产生影响的。正如王力先生所言：“语音的演变，对文字产生一定的影响，反过来说，文字的形式对语音的变化也产生一定的影响。”[②] 诗骚中大量的“连边词语”的使用即是明证。例如《离骚》：“乘骐骥以驰骋兮，来吾道夫先路。”其中的“骐骥”与“驰骋”均从“马”，几乎是紧密连在一起使用，而且“骐骥”自身叠韵，“驰骋”自身双声，两者组合在一起，兼具声音和形体的美，颇具审美价值，取得了良好的语音修辞效果。

① 赵克勤．古代汉语词汇学［M］．北京：商务印书馆，1994.56

② 王力．汉语史稿［M］．北京：中华书局，1980.205

第二节 古体诗语音修辞

从语音的调整适用上讲，如果说魏晋之前主要是讲究句外之“韵”的话，则魏晋时期及其后相当长一段时间主要追求句内之“和”。异音相从谓之和。

之所以出现句内之“和”，这恐怕首先得从句子的线性组合上来找答案。简单地说，此时，一个句子已经不是像《诗经》时代那样，主要是以“四言”为主了，而是“五言”诗大量流行，即一个基本的话语单位（句子或诗行）主要由 5 个或 5 个以上的音节构成，而不是像先秦时期那样以 4 个音节为主。

这其实涉及“韵”和“音节”的关系问题。音节多了，一个线性组合长了，自然要求换韵了，否则不便于表达自己和读者的感知（比如诵读等），而且，由于线性组合增长，势必会直接影响读者的接受效果，甚至形成一定意义上的接受懈怠，出现审美疲劳。于是，换韵大概是有效防止“审美疲劳”而形成“陌生化”的一个较为稳妥和基本的语音修辞手段，并且，赋和骈文在这一时段流行起来。由这种文体，产生了语音适用上的问题，比如排偶的流行和声律的格外被重视等。对于语音形式的格外重视，是与当时汉赋和骈文的广泛使用密切相关的。

此外，《释名》等训诂著作中的“声训”，也是当时语音修辞发展的一个结果和动因。秦汉训诂专著，尤其是《释名》主要是以语音的联系开展训释活动的。“音训”对当时语音修辞的适用是十分重要的。

齐梁时期，“异音相从”的原则，已经贯彻到两句之中；“同声相应”的要求，已经形成明确的规则。民间口头创作的语音修辞，比如鼓词、平话等的兴起也有力地推动了汉语语音修辞的发展。

对音律的重视，追求的是“一简之内，音韵尽殊；两句之中，轻重悉异”。沈约这样说：“夫五色相宣，八音协畅，由乎玄黄律吕，各适物宜。欲使宫羽相变，低昂互节，若前有浮声，则后须切响。一简之内，音韵尽殊；两句之中，轻重悉异。妙达此旨，始可言文。”（《宋书·谢灵运传论》）这里说的其实主要是语音修辞的自觉追求。

基于发展的讲究韵律的汉语诗歌是汉语语音修辞的典型文本。可以这样说，从汉代到“五四运动”以前，中国的诗几乎没有无韵的。

一、语音修辞与音乐之间的关系

此阶段语音与“意象”的关系不甚紧密，但是，音乐与语音修辞的联系仍然十分紧密。语音修辞的艺术魅力日增，更细腻、委婉、含蓄、精巧；起伏更大，旋律更长。语音修辞从表现自我发展到能够具有充分的表现力，能够自如地表现人物性格、事物特征和自然景观。

就语音上的对偶用韵等而言，先秦往往着重意象的对称，而不太注重语词的对称以及语音上的和谐。此时对偶的音韵特征十分明显，如刘勰所言：“丽句与深采并流，偶意共逸韵俱发。”也就是说，此时，语音的审美意味更浓，语音在修辞上的功能发挥得更为突出。

此时，诗与音乐的关系较之前疏远。语音在这个意义上更显独立，更具“唯美”倾向。“中国诗的转变只有两个大关键。第一个是乐府五言的兴盛，从十九首起到陶潜止。它的最大的特征是把《诗经》的变化多端的章法、句法和韵法变成整齐一律，把《诗经》的低回往复一唱三叹的音节变成直率平坦……这个大转变是由于诗与乐歌的分离。《诗经》是大半伴乐可歌的；汉魏以后，诗逐渐不伴乐，不可歌。”[①] 此时的语音在语用功能上更趋完善。

说到底，这时语音自身的音乐性得到张扬，而不是要像先秦那样借助于音乐。事实上，六朝人讲声律也十分注重和谐的音乐美。这种音乐美显然是从语音本身运用上所得到张扬的。

二、和的宽泛“异从”

“异音相从谓之和。”这一时期的“和”还不甚严格，属于那种宽泛意义上的“异从”。

古体诗在总体上并不像近体诗那样注重音律，尤其是魏晋诗人的用语方面。元嘉时代的代表诗人鲍照、谢灵运、颜延之等在诗歌格律方面较之魏晋诗人更为关注一些。比如鲍照的诗句“归华先委露，别叶早辞风”“蜀琴抽白雪，郢曲发阳春”“珠帘无隔露，罗幌不胜风”“扬氛紫烟上，垂采绿云中”，等等，除了“扬氛紫烟上”一句外，其余诸句都是律句。有论者曾统计过颜延之和谢灵运的五言四句和五言八

① 朱光潜．诗论 [M]．北京：生活·读书·新知三联书店，1984.199~200

句诗凡七首，共 48 句。其中严格律句有 9 句（占所统计数的 18%）。这 9 句严格入律句是：谢灵运《东阳谿中赠答》“明月在云间”“缘流乘素舸”“月就云中堕”；颜延之《五君咏》“长啸若怀人”“寻山洽隐沦”“刘伶善闭关”“实禀生民秀”“探道好渊玄”“交吕既鸿轩”。我们虽然还不能说这些诗句是诗人有意调配平仄，但确实是比魏晋诗人运用得更加自如，尽管还带有很大的自发性。另外，这种平仄也仅限于句而非联。[①] 这种情形到永明以后，则发生了很大的变化。

严格入律句在永明诗人的言语作品中占有极高的比例，这确实是前所未有的现象，堪称汉语语音修辞史上的一个转折点，永明以诗歌为代表的言语作品中所出现的“严格入律句”也就在某种意义上在汉语语音修辞的发展历程中具有里程碑意义了。不仅如此，永明诗人的言语作品还不是偶用严格律句，有时一首诗绝大多数是入律句，比如沈约的《夜夜曲》：

河汉纵且横，北斗横复直。星汉空如此，宁知心有忆？
孤灯暖不明，寒机晓犹织。零泪向谁道，鸡鸣徒叹息。

其中，“直”“忆”“织”“息”都属于后来人们所说的“一七”韵，可看作是偶句押韵。

又，他的《早行逢故人车中为赠》：

残朱犹暧暧，余粉尚霏霏。昨宵何处宿，今晨拂露归。

其中的“暧暧”与“霏霏”平仄相对。“霏”和“归”押韵。

类似的如，谢朓的《铜雀悲》《听妓》等大多不仅句句入律，而

① 刘跃进．赋到沧桑——中国古典诗歌引论 [M]. 北京：清华大学出版社，1998.159

且有的“粘”与“对”已接近其后的唐代作品。比如沈约诗句“残朱犹暖暖，余粉尚霏霏”、谢朓诗句“落日高城上，余光入惠帷”等已完全符合唐人心目中的对句标准。另外，谢朓《听妓》诗的后两联“情多舞态迟，意倾歌弄缓。知君密见亲，寸心传玉腕”平仄完全相同，对句非常工整。当然，按照唐人标准，这两联成了“顺风旗”，失粘。这说明，永明诗人大抵注意两句平仄相对，但对于全诗的格律还不很注意。换句话说，他们充分注意到每联之内的“颠倒相配”而尚未顾及全篇。①而这恰好是由古体诗向近体诗发展在语音修辞上的具体体现。

同属古体诗这个大的范畴，“永明体”比“元嘉体”在用韵上严格。在我们看来，“永明体”并不是一种严格意义上的“文体”，它是汉语韵律，或曰语音修辞发展到一定阶段的产物。与元嘉时期的言语作品相比较，永明诗歌在用韵方面细密考究，多押宽韵，但也押窄韵。值得注意的是，尽管永明诗人在其作品中用韵较为考究细致，但他们对于声韵的调整适用配置还不及唐宋诗歌表达得那么精细，而是绝大多数押宽韵、中韵，像近体诗那样押窄韵的很少。这同时表明，语音修辞的发展是渐趋精密细致的。具体而言，根据王力总结出来的标准，永明诗人沈约的《江南曲》《秋夜》《早行逢故人车中为赠》，谢朓的《同王主簿有所思》，王融的《咏火》《古意》这六首诗就押“文微覃”三韵，尤以“文微”二韵为多。这两部尽管字数不多，但永明以后诗人很爱用。萧纲的《咏中妇流黄》《金闺思》、萧绎的《和刘上黄》等用的是“微”韵。至于唐人尤其爱用“文微”二韵，这也许是继承了永明诗人的传统。但南朝诗人很少有用“江佳肴咸”等险韵的。尽管如此，永明诗人较之前代诗人用韵仍然要细微得多。从所统计的颜、谢诸诗中，连一首

① 刘跃进．赋到沧桑——中国古典诗歌引论［M］．北京：清华大学出版社，1998.160

窄韵都没有，而永明诗人竟占有六首之多。这不能不说是一个进步。[①]这种进步当然不是哪个具体作家的个人“发明”，它其实是一种时代现象，是语音修辞不断精细发展的一个写照，语音修辞发展的历史使然。

作为在语音修辞史上具有承上（元嘉体等近体诗所体现的语音修辞）启下（唐代格律诗所体现的语音修辞）作用的永明体，在语音修辞上的特征似乎可以概括为：在诗行中律句大量涌现，已经有了平仄相对的“先声”，但主要关注的还是句与句之间的相对，而基本上没有自觉构建联与联的粘接；用韵已经较为考究，其时押平声韵为多，在通韵上，几与后来出现并盛行的近体诗相类。

相对而言，汉代用韵较宽。这有两个可能的理由：第一是押韵只求近似，并不求其十分谐和；第二是偶然模仿古韵，以致古代可押的也押，当代口语可押的也押，韵自然就宽了。[②]到了六朝，用韵又渐渐趋向于严。这是时代的风气，和实际口语韵部的多少是没有关系的。[③]

声与韵的关系是十分密切的，但是两者的发展并不见得就是同步的。“从历史看，韵的考究似乎先于声的考究。中国自有诗即有韵，至于声的考究起于何时，向来没有定论，一般人以为它起于齐永明时代（第五世纪末）。”[④]此时，在“声”的方面，出现了四声的区别。

① 刘跃进．赋到沧桑——中国古典诗歌引论[M].北京：清华大学出版社，1998.160
② 王力．诗词格律十讲[M].北京：商务印书馆，2002.147
③ 王力．诗词格律十讲[M].北京：商务印书馆，2002.147
④ 朱光潜．诗论[M].北京：生活·读书·新知三联书店，1984.218

三、四声的区别

“四声”即平声、上声、去声、入声，把四声运用到诗歌创作上，并使之出现一定的审美效果，即诉诸“声调”的语音修辞。沈约是最早把四声应用到诗歌创作上的诗人。四声各有其音律特征和相应的修辞功能。唐代的《元和韵谱》说：“平声哀而安，上声历而举，去声清而远，入声直而促。”清代江永的《音学辨微》也说：“平声长空，如击钟鼓；上去入短实，如击木石。”明代王骥德的《曲律》云：“字句长短平仄,须调停得好,令情意婉转,音调铿锵,虽不是曲,却要美听。”这些都表明，“四声”是可以而且应该是有区别的，将其区别开来使用势必会产生不同的修辞效果。所谓“平声平道莫低昂，上声高呼猛烈强，去声分明哀远道，入声短促急收藏”。

此时的语音修辞，进一步实现了音韵的自觉运用，即有意识地把声律用之于诗歌创作等修辞实践。由于“四声八病”等音韵理论在这个时期的创立，语音修辞实践有了诸如“四声”的客观依据。

四声也许是客观存在的，但是作为一种调整适用语辞的手段，“齐梁以前并不知道声调的区别，齐梁之际才发现平上去入四种声调”①。《梁书·庾肩吾传》载：“齐永明中，文士王融、谢朓、沈约文章始用四声，以为新变。”这表明，四声的发现和自觉运用并作为一种调整适用语辞的手段是有一个过程的。

至永明时期，基于“四声”的语音修辞已经成为自觉。可以说永明是声调修辞的一个重要“驿站”。永明，是南齐武帝萧赜的年号（483年—493年）。“永明诗人的最大贡献是把声律论直接运用到五言诗的创作实践中，创造了影响于当时及后世的‘永明体’，使风行诗坛

① 袁行霈．中国诗歌艺术研究[M]．北京：北京大学出版社，1996.100~101

数百年的诗体渐渐趋于规范，遥开唐代律诗的先河。”[1]永明时期言语作品中的语音修辞在声调的配置上亦起到了承上启下的作用。

汉魏以来，尽管五言律体远未成熟，但在五言古诗中，入律的句子已经常形诸诗人笔下。例如：

从军渡函谷，驱马过西京。（曹植《赠丁仪王粲诗》）

为“平平仄平仄，平仄仄平平”式。

南登霸陵岸，回首望长安。（王粲《七哀诗》）

为“平平仄平仄，平仄仄平平”式。

晨风飘歧路，零雨被秋草。（孙楚《征西官属送于陟阳侯作诗》）

为“平平平平仄，平仄仄平仄”式。

朔风动秋草，边马有归心。（王赞《杂诗》）

为“仄平仄平仄，平仄仄平平”式。

以上各句均为律句，均为较为典型的古体诗，其体现出的语音修辞也可以径名之古体诗语音修辞。再如：

置酒高堂上。（阮瑀《杂诗》）

为“仄仄平平仄”式。

明月照高楼。（曹植《七哀诗》）

为“平仄仄平平”式。

① 刘跃进．赋到沧桑——中国古典诗歌引论［M］．北京：清华大学出版社，1998.141

以上已注意到了平仄的“搭配”，尽管这种搭配还只是“局部”的，比如上举“南登霸陵岸，回首望长安”中的上句就不入律了，即在整体上还不是严格入律的。这其实也是一种过渡状态，即由“局部”入律向“整体”入律过渡，而后者即为近体诗在语音修辞上的要求之一。以上还表明，魏晋时期五言古诗夹杂着律句的现象已时常出现，虽然从其时韵文的总体上看尚不多见，但这至少表明，此时的语音修辞变得有“律”可循了。

四、语音的停顿

此阶段语音的停顿仍然可以从句内停顿和句外停顿两个方面来看，但是尤其值得关注的是句外停顿。

就句外停顿而言，出现了5个音节一个较长语音停顿的情形，即所谓“五言”的大规模使用和流行。班固之后，应亨作《赠四王冠》，张衡作《同声歌》一首，秦嘉作《赠妇诗》三首，郦炎作《见志诗》二首，赵壹作《疾邪诗》二首，孔融作《杂诗》二首，辛延年作《羽林郎》一首等，文人创作五言诗日趋普遍，且艺术上也日臻完善。产生在汉代末魏晋前的《古诗十九首》，可以说是汉代文人五言诗的典型代表。

五言这一长顿的“五言诗”在汉乐府之后是如此之流行，以至于有论者描述道：“以汉乐府为其先导，始兴于东汉末年的文人五言诗，到魏晋南北朝时期已经‘居文词之要，是众作之有滋味者’（钟嵘《诗品序》），呈现出‘五言腾踊’的兴盛局面。”[1]显然，“有滋味”实

① 杨仲义，梁葆莉．汉语诗体学[M]．北京：学苑出版社，2000.97

乃有修辞效果，准确地说是具备了实际的语音修辞效果。

就五言诗的发生而言，一般认为，应亨是第一个作五言诗的诗人。其作品存者有《赠四王冠诗》一首："令月惟吉日，盛服加元首。人咸饰其容，鲜能离尘垢。"虽然"质木无文"（《诗品序》），但在形式，尤其是在语音修辞上具有"开先河"的重要意义。此前的四言诗在当时确实是被冷落了。唯一的解释，恐怕还在于其四音节形式已不能满足时代的需要。[①] 这正如钟嵘《诗品》所说："夫四言文约意广，取效风骚便可多得。然每苦文繁而意少，故世罕习焉。"

从历时的角度看，成句音节构成数由简而繁几为趋势。先秦时期，4 个音节一句，两个音节一拍，作为一个独立的话语单位，其形式太短，语顿单调，单音节词与双音节词难于搭配，因此，其内容的容量受到很大限制。有鉴于此，如要在一个基本的话语单位，在一个相对独立且相对较长的语音停顿里表现更多的语义内容，只有增加成句音节数目。于是，五音节成句，即五言句应运而生。五言句虽仅多一个音节，但其在音节配置上更具开放性，可以取得良好的语音修辞效果。在五言句中，单音节词、双音节词以至三音节词都可自由纳入，任表达者随情应境搭配，这样一方面促成了后世双音节词愈来愈多的语言运用发展实际；另一方面，语音停顿点的增加和拍节奇偶的错综，也给诗本身带来更多的抑扬顿挫之美，从而使之具备更佳的语音修辞效果。这些都在一定意义上决定了五言体势必取代四言体而"居文词之要"。

就语音修辞的功能和效果而言，上文已提及，四言句每句四音节，每句两顿。这样四言句在音节节奏上就显得有些局促，且缺少变化。而五言就不同了，它虽然只比四言多出一个音节，但语音修辞的功能

① 刘跃进．赋到沧桑——中国古典诗歌引论 [M]. 北京：清华大学出版社，1998.32

和效果则胜出多筹。首先，从“顿”的角度看，五言比四言多出一个节拍单位。这样，五言的音韵节奏就显得更为悠扬婉转。“如果我们以线条来表示就会发现，四言的节拍仅是单调的一个转折：∧，而五言的三个节拍，却一下在四言单调的节拍之上，增加了一个曲折变化：/∨。从形式美的角度分析，四言的音节线条是一种单调的线条，而五言的音节线条却是一种曲折的富于变化的美的线条。另外，由于四言过于短小，因此‘顿’的划分只能是2、2，而五言就不同了，它可以是2、2、1，也可以是2、1、2，这样，顿的位置亦不是固定的。”①由此可见，五言更具抑扬顿挫之语音效果，更具表现力，更有利于表情达意，是一种在较为宽泛意义上的有效语音表达式。

五、音节的复叠

与诗骚相比，魏晋至隋时期的韵文在音节上的复叠没有先前那样的重章迭唱，但是，仍然存在大量的以音节为单位的词语语音上的复叠。这在《古诗十九首》中尤为多见。例如，《古诗十九首》之二：

青青河畔草，郁郁园中柳。
盈盈楼上女，皎皎当窗牖。
娥娥红粉妆，纤纤出素手。
昔为倡家女，今为荡子妇。
荡子行不归，空床难独守。

① 谭德晶．唐诗宋词的艺术[M]．上海：学林出版社，2001.184~185

其中，前六句每句使用了一个叠音词，它们是：青青、郁郁、盈盈、皎皎、娥娥、纤纤。其中，“青青”“郁郁”“盈盈”“皎皎”“纤纤”等现代汉语里还在使用，也就是说，这 6 例中只有 1 例“娥娥”，现代汉语中不常用到。

此外，其中有的叠音词同在《古诗十九首》中多次出现，有的出现频率还较高，比如“盈盈”至少在《迢迢牵牛星》和《青青河畔草》中出现过，其对应的语句分别是：盈盈一水间（《迢迢牵牛星》），盈盈楼上女（《青青河畔草》）。另外，“皎皎”除了在上引这两首诗中出现过，还用在“明月何皎皎，照我罗床纬。忧愁不能寐，揽衣起徘徊”这首诗中。

再比如建安诗人言语作品中的“巍巍”“澹澹”“明明”“慊慊”“亭亭”等。

再有陶渊明诗中的“蔼蔼”“遥遥”“汲汲”“栖栖”“荡荡”“每每”“淡淡”“荣荣”“密密”“双双”“茫茫”等。[1]

以上叠音词多为 AA 式，且在更大的语音单位中没有不可分离的成分，这与后世元杂剧中的叠音词有所不同，后者通常有一个或多个不可分离的直接成分与之直接组合。例如无名氏《认父归朝》第二折：“到日来扑冬冬的征鼙慢凯，韵悠悠的角声哀，响当当的铜锣款筛，忽喇喇的绣旗开。”其中的叠音词均需要在其前冠以相应的形容词并且需要在其后缀以助词“的”，否则在句子中就几乎没有使用价值。

《古诗十九首》等古体诗中的叠音词大部分是当时新产生的，并且其后继续沿用，这些叠音词的使用均具有很好的修辞效果，流畅悦耳，朗朗上口，脍炙人口，而且丰富了意象，深化了意境，耐人寻味。

① 杨仲义，梁葆莉．汉语诗体学 [M]. 北京：学苑出版社，2000.48

第三节 近体诗语音修辞

汉语语音修辞在隋唐进一步发展，其时的典型形式是律诗所体现出来的语音修辞现象。律诗的兴起是中国诗的一个十分重大的转变，成为继魏晋诗歌的自觉之后中国诗的第二个转变的关键。“它（近体诗）的最大特征是丢开汉魏诗的浑厚古拙而趋向精妍新巧。”[①]应该说，“近体诗的最大特征”其实主要是通过语音修辞体现出来的，主要是诉诸语音上的精研新巧形成的。这种精研新巧在两方面见出，“一是字句间意义的排偶；一是字句间声音的对仗”[②]。其中，“意义的排偶”与“声音的对仗”互为表里，后者是前者的可感形式。

“字句间声音的对仗”无疑是一种自觉的修辞行为。这种对仗空前的严密。自然，从历时的角度来看，这种较为严格的韵律调整与适用也是有其先声的。诚如朱光潜所言：“如果把六朝诗和唐诗摆在一条历史线上去纵看，唐人却是六朝人的承继者，六朝人创业，唐人只是守成。说者常谓诗的格调自唐而始备，其实唐诗的格调都是从六朝诗的格调演化出来的。”[③]

① 朱光潜．诗论 [M]. 北京：生活·读书·新知三联书店，1984.200
② 朱光潜．诗论 [M]. 北京：生活·读书·新知三联书店，1984.200
③ 朱光潜．诗论 [M]. 北京：生活·读书·新知三联书店，1984.199

严格的韵律配置体现在声、韵、调等诸方面。从永明年间的沈约到初唐的沈佺期、宋之问，这个过程大概有两百年。平仄的格律配上押韵和对偶的格律，再固定每首诗的句数、字数，就形成了律诗、绝句等近体诗。

近体诗是古体诗的进一步发展，近体诗讲究押韵、韵律的粘和对，所以也可以称其为律诗。“律诗大要，体格声调，兴象风神而已。”（胡应麟《诗薮》）在其发展过程中，沈佺期、宋之问之辈功不可没。明王世贞说：“五言至沈、宋始可言律。律为音律、法律，天下无严于是者。知虚实、平仄不得任情，而法度明矣！王君正是敌手。”（《艺苑卮言》）清钱良择说：“律诗始于初唐，至沈、宋而其格始备。”（《唐音审体》）这些都正确地描述了律诗在语音上的一些特征，同时也表明了沈佺期、宋之问在近体诗语音修辞发展进程中筚路蓝缕，开创之功自不待言。沈佺期生活在公元656年至714年，有意思的是，沈宋二人不但齐名，均致力于律诗，并工律体，注重语音修辞上平仄的严整对应，而且二人几乎“同生共死”，宋之问生活在公元656年至712年。

近体诗格律是一种动态的系统，十分严整。一般说来，近体诗的格律由六大要素构成，即整、俪、叶、韵、谐、度。所谓“整”是就每句的音节数而言，或五言，或七言，在整首诗中须整齐一律；“俪”则是要求律诗的中间两联对偶，在整首诗中须对称均衡；“叶”是要求奇、偶两句的平仄依次相对；“韵”指押平声韵，是对诗行的末尾的音节而言的；“谐”是要求全篇平仄粘对有序；“度”则指全篇字数、句数一定，形成特定的“范式”。这六大因素中，“叶、韵、谐”即是单针对近体诗的音韵节奏而言的。

一、语音修辞与语言外要素之间的关系

首先是语音与音乐的关系。此阶段，语音与音乐的关系更加疏远，但仍然是有关系的。王灼《碧鸡漫志》（卷一）曰："古人初不定声律，因所感发为歌，而声律从之，唐、虞禅代以来是也，余波至西汉末始绝。西汉时，今之所谓古乐府者渐兴，晋、魏为盛，隋氏取汉以来乐器、歌章、古调，并入清乐，余波至李唐始绝。唐中叶虽有古乐府，而播在声律，则甚少矣。士大夫作者，不过以诗一体自名耳。盖隋以来，今之所谓曲子者渐兴，至唐稍盛。今则繁声淫奏，殆不可数。古歌变为古乐府，古乐府变为今曲子，其本一也；后世风俗益不及古，故相悬耳。而世之士大夫，亦多不知歌词之变。"①这段话通过对于"古歌""古乐府"到"今曲子"发展过程的阐述，描绘了我国诗歌与音乐之间的相互关系，以及两者之间关系发展变化的三个阶段：上古至汉，以乐从诗；汉至六朝，采诗入乐；隋唐以来，倚声填词。这是我国诗歌发展史上值得记述的三个阶段。

以上与其说是中国诗歌发展史，不如说是语音修辞史与音乐之间的"关系"史。不难发现，从上古至隋唐，语音修辞始终离不开音乐。如果说，隋唐之前的语音修辞与音乐还在不同时期各有侧重的话，则隋唐时间的语音修辞则趋向于语音修辞与音乐的"互动"，以期达到"谐""协"的效果。并且，近体诗与音乐之间的关系比《古诗十九首》、先秦诗骚等距离音乐远一些。这主要是因为严格入律的音律的形成和自觉追求。"汉魏以前诗大半可歌，大半各有乐曲；汉魏以后诗，逐渐脱离乐曲独立，不可歌唱。这最后一个分别尤其重要。它就是音

① 施议对．词与音乐关系研究 [M]. 北京：中国社会科学出版社，1985.131

律的起源。”[①] 即声律在修辞上的功能或者已经至少部分地取代了音乐在文学作品中的功能。

此外，隋唐时期的语音修辞还直接与文化运动这一相对外围的语言外要素关系较为密切，虽然此前已有一些文化运动，比如先秦的“百家争鸣”运动，汉代的“独尊儒术”“罢黜百家”等政治文化运动，但是这些运动都距离语音修辞要远一些。

二、音义的临境象似

此时，由先秦、秦汉、魏晋至隋的音义的摹拟俨然已过渡为音义的象似关系。此时，语音与语义由简单的摹拟发展为较深层次的象似。此时的“语义”中“语境意义”得到进一步凸显。比如司空图提出的“韵外之致”即属此列。我们称这种凸显语境义的音义象似为音义的临境象似。

从历时的角度看，汉魏是中国诗转变的一个大关键，它是由以义就音到重义轻音的过渡时期。汉魏以前诗的作者主要是普通民众，所以不著作者姓名，有的可能还是集体创作；汉魏以后诗的作者大半是文人，作者姓名大半可考。汉魏以前诗大半是情感的自然流露，浑厚天成；汉魏以后诗大半是文人仿拟古诗和民歌而作的，是有意于艺术的锤炼，修辞在实践上变得更为自觉，所以渐见工巧。严沧浪说，魏晋以前诗无名句可指，魏晋以后诗才有名句可指，其原因即在于此。

语音在声音上更富于暗示性，在语义上更富于指向性，此所谓“象

① 朱光潜．诗论 [M]．北京：生活·读书·新知三联书店，1984.252~253

似”。例如韩愈《听颖师弹琴歌》的头四句：“昵昵儿女情，恩怨相尔汝。划然变轩昂，猛士赴敌场。”“各字音都很圆滑轻柔，子音没有夹杂一个硬音、摩擦音或爆发音；除‘相’字以外没有一个字是开口呼的。所以头两句恰能传出儿女私语的情致。后两句情景转变，声韵也就随之转变。第一个‘划’字音来得非常突兀斩截，恰能传出一幕温柔戏转到一幕猛烈戏的突变。韵脚转到开口阳平声，与首二句闭口上声韵成一强烈的反衬，也恰能传出‘猛士赴敌场’的豪情胜概。从这个短例看，我们可以见出四声的功用在调质，它能产生和谐的印象，能使音义携手并行。”[①] 简言之，上例体现了音义之间的密切的协调暗示。

此时较为重视声音的象似。似乎可以说声音的象似是声音的摹拟的更进一步。“实则有些语词在字面上根本不表示意义，如‘乾剥剥’‘闹火火’‘乌漉秃’‘光辣挞’诸语，所谓‘剥剥’‘火火’‘漉秃’‘辣挞’，都无意义可言；然而一与‘乾’字、‘闹’字、‘乌’字、‘光’字组合，就觉得剥剥真有乾义，火火真有闹义，漉秃真有乌象，辣挞亦合于光象，所以这也是声象乎意的微妙作用。梁廷柟《曲话》极称元曲所用叠字之新异，实则都是语词本身有声义相兼的关系。”[②] 既然“语词本身有声义相兼的关系”，则这种声义相兼即我们所说的象似，它显然比对事物声响的简单摹拟要更进一层。

三、韵的格式化

“格式化”是“格式”的定型化，这里的“定型”主要是以书面

① 朱光潜．诗论[M]. 北京：生活・读书・新知三联书店，1984.173

② 郭绍虞．郭绍虞说文论[M]. 上海：上海古籍出版社，2000.239

的韵书为“规范”。尽管先前的“韵”早已有其特定格式，但是还没有自觉形成“格式化”。

从历时的角度看，诗歌及其他韵文的用韵标准，大约可分为三个时期：唐以前为第一期，在此时期中，完全依照口语而押韵；唐以后至民国初年为第二期，在此时期中，除了词曲及俗文学之外，韵文的押韵，必须依照韵书，不能专以口语为标准；民国初年以后（新文学运动以后）为第三期，在此时期中，除了旧体诗之外，又回到第一期的风气，完全以口语为标准。①

当然，即使在这一阶段用韵书作为标准或规范，也是有一个过程的。唐朝初年（所谓“初唐”），诗人用韵和六朝一样，并没有以韵书为标准。大约从开元、天宝以后，用韵才完全依照了韵书。何以见得呢？比如《唐韵》里的“支”“脂”“之”三个韵虽然注明“同用”，但是初唐的实际语音显然是“脂”和“之”相混，而“支”韵还有相当的独立性。所以初唐的诗往往是“脂”“之”同用，而“支”独用（盛唐的杜甫犹然）。又如“江”韵，在陈、隋时代的实际语音是和“阳”相混了，所以陈、隋的诗人有以“江”“阳”同押韵；到了盛唐以后，倒反严格起来，“江”“阳”绝对不能相混，这显然是受了韵书的拘束。其他像“元”韵和“先”“仙”“山”韵以及“先”“仙”韵，在六朝是相通的，开元、天宝以后的“今体诗”也不许相通了。这一切都表示唐以后的诗歌用韵不复是纯任天籁，而是以韵书为准。②

用韵的格式化直接与“平仄”的自觉配置相关。在齐梁时代，平仄的和谐还只是一种技巧，到了盛唐，这种和谐成为固定的格式，也就变成了格律，已格式化了。

① 王力．诗词格律十讲[M]．北京：商务印书馆，2002.146
② 王力．诗词格律十讲[M]．北京：商务印书馆，2002.148

严格用韵的典型是对偶，以及律诗中的粘和对。这些都跟汉语的特点有关，也跟人们对汉语的这种相关特点的逐步认识密切相关。一般而言，唯有以单音节为主（即使是双音节词，而语素也是单音节）的语言，才能形成整齐的对偶。在西方语言中，即使有意地排成平行的句子，也很难做到音节相同。那样只是排比，不是对偶。关于声律，我们的语言也有特点。汉语是元音占优势的语言，而又有声调的区别，这就使它特别富于音乐性。

律体是从永明体演化得来的。永明体所提出的问题，不外韵与和两部分。韵即四声，和同八病。韵是积极的条件，和是消极的条件。因为韵是积极的条件，所以刘勰说“韵气一定，故余声易遣”；因为和是消极的条件，所以刘勰说“和体抑扬，故遗响难契”。又因为韵是积极的条件，所以四声既分，后世奉为准绳，即进为律体，也不能有所变更。因为和是消极的条件，所以仍没有一定的规律。因知刘勰所谓“属笔易巧，选和至难，缀词难精，而作韵甚易”者，当着眼在这一方面，然后可知它所以难易的原因。

因此，我们可以说从永明体到律体中间的声律问题，也不过着重在“和”的问题而已。易言之，即“和”的问题，从消极的条件，进为积极的条件而已。

和的问题，应当着重在两部分：一是通篇的和，我们称之为“谐”，一是一联的和，即音偶的和，我们称之为“叶”。[①]

律诗的形成在语音上是有一个发展的过程的，“律诗极盛于唐朝，但是创始者是晋宋齐梁时代的诗人。唐朝诗人许多都是六朝诗人的私淑弟子”[②]。永明体虽句有定字，但对全篇句数未做规定，对偶亦无明

① 郭绍虞．郭绍虞说文论[M]．上海：上海古籍出版社，2000.90

② 朱光潜．诗论[M]．北京：生活·读书·新知三联书店，1984.198

确的要求。押韵规定首句不入韵，避免“上尾”；全诗要一韵到底，中途不换的规定，均不太精严。沈、宋对之加以发展完善，规定了四韵八句的篇式及中两联必须对仗、押韵要押平声韵、首句可以入韵等。一种全新的、完善的格律诗体便正式形成了。例如杜甫的《秋兴》：

昆明池水汉时功（平平平仄仄平平）
武帝旌旗在眼中（仄仄平平仄仄平）
织女机丝虚月夜（仄仄平平平仄仄）
石鲸鳞甲动秋风（仄平平仄仄平平）
波漂菰米沉云黑（平平平仄平平仄）
露冷莲房坠粉红（仄仄平平仄仄平）
关塞极天唯鸟道（平仄仄平平仄仄）
江湖满地一渔翁（平平仄仄仄平平）

以上四联八句是严格入律的。两两相对，形成一联。同一联中形成对仗。首联的第二句和第二联的第一句之间的第一、二、三、四这四个字之间平仄相同，形成“粘”。整首诗没有出现三平调，也没有犯孤平，完全符合律诗的基本要求。

律诗中如果不合格的则要求改变日常语序，或者紧缩句子的结构，以此显示语音的修辞动态过程。例如：

细草微风岸，危樯独夜舟。星垂平野阔，月涌大江流。名岂文章著，官应老病休。飘飘何所似，天地一沙鸥。（杜甫《旅夜书怀》）

这首诗中的句子的句法关系（含语序等）均是十分灵活的。第一句的“规范”语序为：岸（上的）风（吹着）威（风凛凛的）细草。该五言诗顿的安排是2、2、1或2、3，此时，只有把单音节的“岸”放在最后才切合其节奏模式（包括平仄格式）。[①] 第二句也是为了调整平仄和节奏等而改变了日常语序。意为：在夜晚我只身一人待在孤舟上，孤舟上有孤凛凛的桅杆树立，似与我形影相吊。[②]

同为杜甫的言语作品：

香稻啄余鹦鹉粒，碧梧栖老凤凰枝。（杜甫《秋兴八首》）

这里的正常自然语序应为：鹦鹉啄余香稻粒，凤凰栖老碧梧枝。之所以这样调主要还是为了平仄相调。

类似的：

空山新雨后，天气晚来秋。（王维《山居秋暝》）

第一句“空山新雨后”的话语顺序就有所调整，这种调整的动因之一是兼顾押韵的需要。“后”字置于末以押韵。第二句“天气晚来”中的“来”是一个衬字，起促足音节之修辞作用。“天气晚来”是指一天的傍晚，“秋”则是季节，但为了押韵，诗人将“秋”放在了末尾。

又如：

苍苍竹林寺，杳杳钟声晚。荷笠带夕阳，青山独归远。（刘长卿《送灵澈上人》）

上例句序也经过了调整，“杳杳”按照正常自然的语序似应该置

① 谭德晶．唐诗宋词的艺术 [M]. 上海：学林出版社，2001.174~175

② 谭德晶．唐诗宋词的艺术 [M]. 上海：学林出版社，2001.175

于“钟声”之后，但是为了和首句中的“苍苍”平仄相对，叠音词前置。并且，这样一来，“晚”与“远”也就押韵了。足见，话语顺序的调整主要是为语音计。

我欲因之梦吴越，一夜飞渡镜湖月。（李白《梦游天姥吟留别》）

上例虽为古体诗，虽可不拘平仄，却不能不押韵，因而“一夜飞渡镜湖月”的“月”字挪后，就纯粹是为了与上句的“越”字协调，并使全句合乎七言诗上四下三的一般节奏。①

不须浪饮丁都护，世上英雄本无主。（李贺《浩歌》）

上例中“不须浪饮丁都护”的自然语序应该是：丁都护不须浪饮。显然，按照自然语序“饮”与“主”不谐韵，经调整后不仅加强了诗意，而且使得“护”和“主”押韵。

东门酤酒饮我曹，心轻万事如鸿毛。（李颀《送陈章甫》）

朱自清说：“‘饮我曹’就是‘我曹饮’，从上下文可知。”② 这里之所以改变其自然语序，一个很重要的原因是为了使“曹”与“毛”押韵。

青海长云暗雪山，孤城遥望玉门关。（王昌龄《从军行》）

其中将作定语的“孤城”提前，一个重要原因就是为了严格符合七绝的平仄格式。

① 王锳．古典诗词特殊句法举隅［M］．北京：新华出版社，1999.35
② 王锳．古典诗词特殊句法举隅［M］．北京：新华出版社，1999.4

晓看红湿处，花重锦官城。（杜甫《春夜喜雨》）

其中“锦官城”后置的一个重要原因即为了协调五律的平仄。

舴艋猿偷上，蜻蜓燕兢飞。（司空图《杂题》）

其中“舴艋猿偷上”的自然语序为：猿偷上舴艋。将“舴艋”提前的一个重要原因也是为了平仄的调配。

时难年荒世业空，弟兄羁旅各西东。田园寥落干戈后，骨肉流离道路中。吊影分为千里雁，辞根散作九秋蓬。共看明月应垂泪，一夜乡心五处同。（白居易《望月有感》）

这里的“西东”本应为“东西”才符合人们常见常用的自然语序，此处的颠倒，实乃为押韵计，即使之更好地与“空”“中”“蓬”“同”押韵。

以上诗行在话语顺序上之所以超越了“规范”的自然顺序，主要都是为了语音修辞上的需要。

四、平仄的协调

沈约主张把平、上、去、入四声的字加以间隔组合，并为此规定了各种“病犯”，提出了所谓“四声八病”。后来，沈佺期、宋之问对其做了简化、改进，由论四声转为论二声，把平、上、去、入颠倒相配变成平、仄相配，格律体的句、联格式便完善成熟，易于驾驭了，同时也表明平仄等非音质特征具备了有效的语音修辞效果。

中古以后，平仄和四声的规则成为中国诗格律的重要构成部分。平仄和四声也不是诗人们制造出来的，而是人民的语言里本来存在着的。古人说沈约“发明”四声，那是和事实不符的。沈约、周颙等人意识到当时的汉语存在着四种声调。沈约并且写了一部《四声谱》。但是，平仄的格律并不是沈约一个人所能规定的。直到唐代有了律诗，才有了严格的平仄规则。沈约自己的诗里面并没有按照律诗的平仄。从第五世纪到第八世纪，经过三百年的长期摸索，诗人们才积累了足够的经验，形成了完备的律诗。从第五世纪中叶到第七世纪初期，这一百五十多年，是从古诗到律诗的过渡时期。这个时期的诗叫“齐梁体”。齐梁体已经具备了律诗的雏形，但是句子的数目还不一定，平仄也还没有十分固定，特别是上下句的平仄关系（专门术语叫作“对”和“粘”）还没有标准。初唐的时候，律诗逐渐形成，但是格律还不太严。景龙年间（八世纪初期），律诗才算成了定式。但是，即使在盛唐时代，各个诗人也还不一致。王维比杜甫早不了许多，但是王维律诗的格律就比杜甫宽些。这一个历史事实证明了一个最重要的原理：诗的格律是历代诗人们艺术经验的总结。诗律不是任何个人的创造，而是艺术的积累。这样的格律才能使社会乐于接受，这样的格律才能使诗具有真正的形式美，即声调的美。①

依照律诗的平仄而且用平韵的“绝句”是律诗产生以后才产生的。在此以前，虽然也有五言四句的诗，但是没有依照律诗的平仄。特别是七言绝句，更显得是律诗以后的产物，因为鲍照以前的七言诗都是句句押韵的，而绝句则是第三句不押韵，像律诗的第三句、第五句或第七句。

① 王力．诗词格律十讲 [M]．北京：商务印书馆，2002.153

此时，“四声”明确地分为“平仄”“四声”，即平上去入。此前，沈约只有四声二元化的朦胧意识。此时以平仄论声律，而不是像此前主要是以“四声”论律诗，“平仄”声律论比“四声”声律论更为简便，也更为合理，更合人们的语感。

就押韵而言，近体诗的一个重要特征就是要押平声韵，凡是押仄声韵的，根据传统的看法，往往归入古体诗的范畴。有论者统计，沈约押平声韵的诗歌有 24 首，占所收诗的 76%；押仄声韵的诗 7 首，约占 23%。王融押平声韵的诗 13 首，约占 81%；押仄声韵的诗 2 首，约占 13%。谢朓押平声韵的诗有 30 首，约占 69%；押仄声韵的诗 14 首，约占 31%。综括这三位诗人作品，押平声韵的诗占 73%。在押仄声韵的诗中，押入声韵的诗居于首位，约占 14%。萧纲、萧绎兄弟的诗歌大体亦是如此。这说明，从元嘉诗到永明诗，到宫体诗，以至近体诗，押平声韵的诗越来越多，特别是从元嘉到永明这一时期，变化更为明显。近体诗确立以后，则将押平声韵定为正则，而押仄声韵则成为变例了。[①]

就修辞表达而言，作诗不必依声调谱去调平仄，但在实际应用中宜用平声的地方往往不能易以仄声字，宜用仄声的地方也不能随意换平声。例如白居易的《琵琶行》：

> 大弦嘈嘈如急雨，小弦切切如私语。嘈嘈切切错杂弹，大珠小珠落玉盘。

“第一句‘嘈嘈’决不可换仄声字，第二句‘切切’也决不可换平声字。第三句连用六个舌齿摩擦的音，‘切切错杂’状声音短促迅速，如改用平声或上声、喉音或牙音，效果便绝对不同。第四句以‘盘’

① 刘跃进．赋到沧桑——中国古典诗歌引论 [M]. 北京：清华大学出版社，1998.164

字落韵，第三句如换平声‘弹’字为去声‘奏’字，意义虽略同，听起来就不免拗。第四句‘落’字也胜似‘堕’‘坠’等字，因为入声比去声较斩截响亮。我们如果细心分析，就可见凡是好诗文，平仄声一定都摆在最适宜的位置，平声与仄声的效果绝不一样（最好的分析材料是状声的诗文，如《庄子·齐物论》人籁天籁段，《文选》‘音乐’类的赋，李颀写听音乐的诗，欧阳修《秋声赋》，元曲里《秋夜梧桐雨》之类）。”[①] 把平仄摆在最适宜的位置，即调整适用平仄等超音段特征，才会取得理想的语音修辞效果。

五、“和”的严格“异从”

一旦在韵律上更注重“平仄”之后，“和”才真正有了实现的可能。毕竟，“和”即和音：指句中双声叠韵及平仄之和谐。

“约句准篇。”唐人把沈约等人在两句十字里做的四声试验，变为在全篇八句里的定平仄格式，这是诗歌语言上的一个飞跃。

此时在韵律要求上，由此前的“一句之内必须平仄抵换”“一联之中出句与对句必须平仄相反，就是异声相对”，进一步发展，另增一条：“下联出句与上联对句必须平仄相同，即同声相粘”。例如杜甫的《闻官军收河南河北》：

剑外忽传收蓟北　（仄仄仄平平仄仄）
初闻涕泪满衣裳　（平平仄仄仄平平）
却看妻子愁何在　（仄平平仄平平仄）

① 朱光潜．诗论 [M]. 北京：生活·读书·新知三联书店，1984.173~174

漫卷诗书喜欲狂 （仄仄平平仄仄平）

白日放歌须纵酒 （仄仄仄平平仄仄）

青春作伴好还乡 （平平仄仄仄平平）

即从巴峡穿巫峡 （仄平平仄平平仄）

便下襄阳向洛阳 （仄仄平平仄仄平）

显然，上例每一句句内平仄相间，没有“三平调”，也没有孤平，并且，“一联之中出句与对句必须平仄相反”，即对仗，又做到了“下联出句与上联对句必须平仄相同，即同声相粘”，但是，又没有“合掌”。

杜甫《闻官军收河南河北》等诗堪称和的严格“异从”。白居易的诗亦讲求韵律的和谐，易诵、易唱是白诗广为流传的主要原因之一。

元稹（779年—831年）在《乐府古题序》里，把“乐府”的各种诗体分为两类。一是“选词以配乐”，如“诗、行、咏、吟、题、怨、叹、章、篇”九种体式。这些体式“后之审乐者，往往采取其词，度为歌曲”。这与白居易所谓“其体顺其肆，可以播于乐章歌曲也”异曲同工。二是“由乐以定词，非选调以配乐”，“在音声，因声以度词，审凋以节唱。句度短长之数，声韵平上之差，莫不由之准度”。这实际上是提倡诗歌语言的音乐化。

易懂、易感、易诵相结合的典范，是白居易的《琵琶行》《长恨歌》。

和的严格异从的一个典型是对仗。“对仗表面看来只是一种修辞方法，实际上它关涉到诗的意境和容量，会产生多方面的美学效应。诸如工整对称的形式美、言简意赅的精炼美、抑扬对应的音乐美，还有一种事理、情趣上的联系，或并列展意，或前后映带，或互为比照，不但可扩大诗篇的容量，丰富诗歌的意境，而且能引起读者联想的飞跃，拓展诗歌的意味。”[①]

永明体只对格律诗的律联提出了“两句之中，轻重悉异”的要求，但是对于联与联之间却未提出任何要求，其结果只能造成同一式联的单调重复，像《咏芙蓉》：“微风摇紫叶（平平平仄仄），轻露拂朱房（仄仄仄平平），中池所以绿（平平平仄仄），待我泛红光（仄仄仄平平）。”而沈、宋则发现了联与联之间的平仄对应关系，提出了“粘”和“对”的格律要求，单调重复的问题解决了，诗读起来便更富抑扬多变之致。这里的“对”即在整个上下文语境中确保不“合掌”情况下的对仗。

六、音节的联绵

此时音节的联绵更具整体性，考虑到了上下文的协调。

典型形式是“拗救”中的“双叠”。“唐人拗句，不仅有峭劲之美，同时更有圆润之美。外方而内圆，先忤而复合，所以于不谐和之中，只觉其峭劲而不觉其诘屈，只觉其爽朗而不觉其生涩。则以在音节上，又能利用双叠以救拗的缘故。”[②]利用双叠以救拗实际上是把“双叠”放在了整个诗行乃至更大言语片段的整体中考虑的。

例如：“刘沧诗：‘风生寒渚白苹动，霜落秋山黄叶深。’白苹双声，黄叶双声，以正应救拗。”[③]

又如，韩愈《听颖师弹琴歌》的头四句：

① 杨仲义，梁葆莉．汉语诗体学 [M]. 北京：学苑出版社，2000.175
② 郭绍虞．郭绍虞说文论 [M]. 上海：上海古籍出版社，2000.252
③ 郭绍虞．郭绍虞说文论 [M]. 上海：上海古籍出版社，2000.252

昵昵儿女情，恩怨相尔汝。划然变轩昂，猛士赴敌场。

“昵昵”“儿”“尔”以及“女”“汝”诸字，或双声，或叠韵，或双声而兼叠韵，读起来非常和谐。

再比如：

韦应物诗：“寒树依微远天外，夕阳明灭乱流中。”“远乱”叠韵广通，“天流”双声广通，以全应救拗。白居易诗：“涛声夜入伍员庙，柳色春藏苏小家。”“伍苏”叠韵广通，以合应救拗。这犹是拗调之例。至于古调，也是如此。杜甫《白帝城最高楼》诗：“城尖径仄旌旆愁，独立缥缈之飞楼。”“城旌”叠韵，“径”亦与“之”叠韵广通。“尖仄”双声，“独立楼”三字双声，“缥缈飞”三字双声，而“缥缈”又为叠韵。《崔氏东山草堂》诗：“爱汝玉山草堂静，高秋爽气相鲜新。”“相鲜新”三字双声，而“秋爽”亦与之双声广通。“盘剥白鸦谷口栗，饭煮青泥坊底芹。”“盘剥白”三字双声，“谷口”二字双声，“剥谷栗”三字叠韵广通。《覃山人隐居》诗：“南极老人自有星，北山移文谁勒铭。”“北勒”叠韵，“山文”叠韵，“移谁”又叠韵。杜诗中如此尽量利用双声叠韵之处甚多，所以尽管不叶平仄，却极调唇吻。古诗不避双叠，因为是诵的音节；永明体到律体，渐渐避忌双叠，因为是吟的音节。拗体却复利用双叠，因为虽是吟的音节，却是诵的句式。诵的句式而出以吟的音节，所以峭劲圆润兼而有之。后人拗句，不很注意这些，于是或则利用虚字使成文调，或则出以奥思，增其别致，不是滥熟，便成生涩。而此种峭劲圆润兼具的音节，便只能在《竹枝词》中求之了。[1]

此外，不少叠音词对于意境的心营意造，对于音节的完足、语势的加强是有意义的。例如，“杜甫诗中的‘靡靡’‘森森’‘飘飘’‘滚滚’‘扬扬’‘时时’‘恰恰’‘纷纷’‘细细’‘娟娟’‘深深’‘款款’‘飞飞’等等，白居易诗中的‘离离’‘喧喧’‘戋戋’‘草草’‘苍苍’‘沉沉’‘瑟瑟’‘嘈嘈’‘切切’‘唧唧’”等等，此外，还可延续到陆游诗中的‘昏昏’‘磔磔’‘熠熠’‘阴阴’‘漠漠’‘喔喔’‘语语’‘飞飞’等等”[2]。

七、音节的停顿

此时音节的停顿在句内主要表现为音步和节拍。句内的停顿其实是与平仄配置密切相关的。比较基本的和典型的形式是七绝的句内停顿。就平仄而言，七言律诗跟五言律诗一样，共有四种平仄格式，即在五言律诗的前面加两个音节。总体来说，如果是仄起的五言句，就把它变成平起的七言句；如果是平起的五言句，就把它变成仄起的七言句。通常有这样的入韵及停顿方式：二一二/二二一二。

例如杜甫的《重题郑氏东亭》：

华亭入翠微（平平仄仄平）（二一二）
秋日乱清晖（平仄仄平平）（二一二）

① 郭绍虞．郭绍虞说文论[M]．上海：上海古籍出版社，2000.252~253
② 杨仲义，梁葆莉．汉语诗体学[M]．北京：学苑出版社，2000.48

上例即为一平起入韵式的五言律诗中的首联。与之对应的七言律诗其首联，就如杜甫的《堂成》：

背郭堂成荫白茅（仄仄平平仄仄平）（二二一二）

缘江路熟俯青郊（平平仄仄仄平平）（二二一二）

由以上两例不难看出停顿与平仄之间的密切关系。

此时音节的停顿在句外表现为七言体的形成与繁荣，即在表达和接受上7个音节（即“字”，因为汉语常常是一个音节一个汉字）一个较大的语音停顿。

七律的产生以五言为基础。“七律和长律的产生和定型稍晚，是到杜甫手里才成熟的。所谓‘五言长韵、七言四韵律诗，断以少陵为宗’（钱良择《唐音审体》）。”[1]

七言中这种停顿方式其实还可以进一步溯源。最远自然可以追溯到《诗经》《楚辞》，因为如前面第一章所述，《诗经》中已有一些七言句子，《楚辞》中的七言句数量仅次于六言句（不算“兮”字）。如果把“兮”字计算在内，则《山鬼》《国殇》简直就是十分整齐的七言诗。而《诗经》《楚辞》中的七言句，又来源于民间歌谣。《礼记·檀弓》所载《成人歌》：“蚕则绩而蟹有匡，范则冠而蝉有緌，兄则死而子皋为之衰。”三句中就有两句是七言句。入汉以后，七言歌谣已十分流行。《汉书·冯野王传》所载汉成帝时的《上郡歌》就可看作是一首比较完整的七言歌谣：“兄弟继国相因循。聪明贤知惠吏民，政如鲁卫德化钧。周公康叔犹二君。”汉乐府中亦有不少七言句子。如“冬雷震震夏雨雪”（《上邪》），“秋风肃肃晨风飔，东

① 杨仲义，梁葆莉．汉语诗体学［M］．北京：学苑出版社，2000.127

方须臾高知之"（《有所思》）等。现代大多数人认为最早的文人七言诗，是东汉张衡的《四愁诗》。

七言相对于五言是复杂化了，因此有人就其形成联想到了也是相对复杂的赋，认为"意义的排偶与声音的对仗都起于描写杂多事物的赋"①。主要理由是，"在赋的演化中，意义的排偶较早起，声音的对仗是从它推演出来的，这就是说，对称原则由意义方面推广到声音方面"，并且，"诗的意义排偶和声音对仗都是受赋的影响"。具体表现在时间上，"'律赋'早于'律诗'，在律诗方面，声音的对仗也较意义的排偶稍后起"②。这自可备一说。

以此为切入点，进而可以探索中国诗乃至中国韵文何以走上律的道路这一问题。"对于'中国诗何以走上律的路'这个问题做一个简赅的答复。一、声音的对仗起于意义的排偶，这两个特征先见于赋，律诗是受赋的影响。二、东汉以后，因为佛经的翻译与梵音的输入，音韵的研究极发达。这对于诗的声律运动是一种强烈的刺激剂。三、齐梁时代，乐府递化为文人诗到了最后的阶段。诗有词而无调，外在的音乐消失，文字本身的音乐起来代替它。永明声律运动就是这种演化的自然结果。"③值得注意的是朱光潜《诗论》这里所说的"中国诗"实际上可以表述为中国韵文，更为确切地说是汉语韵文。

① 朱光潜．诗论 [M]. 北京：生活·读书·新知三联书店，1984.218
② 朱光潜．诗论 [M]. 北京：生活·读书·新知三联书店，1984.218
③ 朱光潜．诗论 [M]. 北京：生活·读书·新知三联书店，1984.227~228

第四节 新诗语音修辞

作为诗的国度，我国近体诗的沿用时间较长，从唐直至现当代，虽然不同的时间段有不同程度的起伏，到现当代才逐步式微。现当代主要是指“五四运动”（1919年）以后至今，其间的诗歌，我们可以将之统一称为“新诗”。

一、新诗基于口语的宽泛用韵

此时的韵文用韵较此前要宽泛简单得多，主要表现为不必句句押韵，也不必隔句押韵，平仄的调配也不是那么严格。例如：

孩子们在场上看着月，
还数着天上的星：
“一，二，三，四……”
“五，八，六，两……”

刘半农《一个小农家的暮》

此处用“两”而不用“二”实际上是作者颇费思量，“别有用心”的。

无疑，用“两”的效果要比“二”好，尽管两者此时在理性意义上是相同的。但是，如果用“二”一方面与上行“二”重复，另一方面“两”的韵为“ang”，在一定意义上与上文的“亮”、下文的“唱”相谐。下文紧接着的是：

他们数，他们唱：
“地上人多心不平，
天上星多月不亮。”

可以看出，该诗行用了韵，但韵律不是十分的严整。再比如：

黄昏时孩子们倦着睡着了，
后院月光下，静静的水声，
是母亲替他们在洗衣裳。

刘半农《母亲》

这首诗没有严格用韵，其中，“睡着了”“水声”“衣裳”等都是口语色彩比较浓郁的词。

尽管这一时期有些语辞、文辞的押韵和格律相对而言比较“考究”，比如闻一多的诗，但是，这种韵律具有如下语音修辞上的特点：第一，押韵不是为了押韵而押韵，而是为了朗诵的需要；第二，内容大于形式，此时不像魏晋南北朝时期以内容迁就形式。例如：

我不骗你，我不是什么诗人，
纵然我爱的是白石的坚贞，
青松和大海，鸦背驮着夕阳，
黄昏里织满了蝙蝠的翅膀。

你知道我爱英雄，还爱高山，
我爱一幅国旗在风中招展。
自从鹅黄到古铜色的菊花，
记著我的粮食是一壶苦茶！
可是还有一个我，你怕不怕？——
苍蝇似的思想，垃圾桶里爬。

闻一多《口供》

本诗每行字数一样，两行押韵。这首诗看起来在音节上是相对严整的，可是在音节的数目、韵脚的安排上仍然是灵活的，仍然“考究”的是诗句的内容。再比如：

这是一沟绝望的死水，
清风吹不起半点漪沦。
不如多扔些破铜烂铁，
爽性泼你的剩菜残羹。

也许铜的要绿成翡翠，
铁罐上锈出几瓣桃花；
再让油腻织一层罗绮，
霉菌给他蒸出些云霞。

让死水酵成一沟绿酒，
飘满了珍珠似的白沫；
小珠笑一声变成大珠，
又被偷酒的花蛇咬破。

那么一沟绝望的死水，
也就夸得上几分鲜明。
如果青蛙耐不住寂寞，
又算死水叫出了歌声。

这是一沟绝望的死水，
这里断不是美的所在，
不如让给丑恶来开垦，
看他造出个什么世界。

闻一多《死水》

显然，全诗大体押二四脚韵。但是，韵脚仍然是口语色彩非常浓的言语片段，例如“破铜烂铁”“桃花”“白沫”“大珠”“咬破”“死水”等。再比如另一位较为注重格律的新诗诗人王独清的诗句：

我从 Cafe 中出来，
身下添了
中酒的
疲乏，
我不知道
向那处走去，才是我的
暂时的住家……
啊，冷静的街衢
黄昏，细雨！

我从Cafe中出来，
在带着醉
无言地
独走，
我底心内
感着一种，要失了故国的
浪人底哀愁……
啊，冷静的街衢，
黄昏，细雨！

王独清《我从Cafe中出来……》

以上诗行特别注重利用诗的形式和音响效果。各节诗句长短不齐；起句之外，每节均是二五行、三六行、四七行、八九行押韵；前后两节各句字数完全相同，一八九且完全重复，两节实际上完全对称。作者王独清是现代派诗人，曾自谓：（情+力）+（音+色）=诗。这首诗，是颇为接近他的这种诗歌主张的。[①]

这一时期的用韵，与近体诗的严格追求形式上的严整不尽一致。如上所举的几例，都不是为了形式而形式，即使是如闻一多等格外注重格律的那些表达者。具体而言，这一时期由于受“诗界革命”所倡导的“我手写我口”以及“白话文”运动的先后影响，尤其重视把外部的韵律和内部的韵律结合起来，从而使诗歌的韵律在形式上更为自由，相对自由的押韵形式与相对独特的主体的内心世界的关联更为细致。有时候是以韵律的形式直抒胸臆。换言之，其时的语音修辞更有利于语辞适应题旨情境。舒婷的《祖国啊，我亲爱的祖国》便是这方

① 文鹏等．中国现代名诗三百首[M]．北京：北京出版社，2000.53

面的杰作：

我是你河边上破旧的老水车，
数百年来纺着疲惫的歌；
我是你额上熏黑的矿灯，
照你在历史的隧洞里蜗行摸索；
我是干瘪的稻穗；是失修的路基；
是淤滩上的驳船，
把纤绳深深
勒进你的肩膊；
——祖国啊！

我是贫困，
我是悲哀。
我是你祖祖辈辈
痛苦的希望啊，
是“飞天”袖间
千百年来未落到地面的花朵；
——祖国啊！

我是你簇新的理想，
刚从神话的蛛网里挣脱；
我是你雪被下古莲的胚芽；
我是你挂着眼泪的笑涡；
我是新刷出的雪白的起跑线；
是绯红的黎明

正在喷薄；

—— 祖国啊！

我是你的十万万分之一，

是你九百六十万平方的总和；

你以伤痕累累的乳房

喂养了

迷惘的我、深思的我、沸腾的我；

那就从我的血肉之躯上

去取得

你的富饶、你的荣光、你的自由；

—— 祖国啊！

我亲爱的祖国！

在诗外部韵律上，诗人选择了“歌”部韵，“歌”“索”“膊”“朵”等韵脚字不遵隔句用韵原则，而是依内在节奏和内在情绪需要，在适当的地方用韵，相对传统用韵原则这样用韵是很自由的。内部韵律上，诗人用或长句、或短句、或长句分行排列成短句等形式，直抒胸臆，对于祖国的拳拳赤子之心溢于言表，使内容与形式即时统一了起来。

再如：

啊，我年青的女郎！

我不辜负你的殷勤，

你也不要辜负了我的思量。

我为我心爱的人儿，

燃到了这般模样！

啊，我年青的女郎！
你该知道了我的前身？
你该不嫌我黑奴卤莽？
要我这黑奴底胸中，
才有火一样的心肠。

啊，我年青的女郎！
我想我的前身，
原本是有用的栋梁，
我活埋在地底多年，
到今朝才得重见天光。

啊，我年青的女郎！
我自从重见天光，
我常常思念我的故乡，
我为我心爱的人儿，
燃到了这般模样！

郭沫若《炉中煤》

这首诗也是直抒胸臆的。全诗共四节，“啊，我年青的女郎”作为每节的首句，重复出现，形成重章迭唱之势。虽然，全诗在总体上押韵，韵脚有“郎”“量”“样”“莽”“肠”“梁”“光”“乡”，但可以看出它们在音节数上是不完全一致的，又不是偶句押韵，每节的句子数不是偶数，且韵脚还不断有重复，比如“郎”“样”“光”等。这就是一种宽泛意义上的用韵。

此外，有些诗在讲究韵律的同时，由于韵律的不尽严整和节奏的不尽鲜明，可以形成语句的能指和所指的关系的某些变异，这些变异（或曰“变易”）形成读者接受上的模糊。当代的一些朦胧诗即属此列。例如：

两块高大的石壁，
在倾斜中步步紧逼。
是多么灼热的仇恨，
烧弯了铁黑的躯体。
树根的韧带紧紧绷住，
岩石的肌肉高高耸起。
可怕的角力就要爆发，
只要露水再落下一滴。
这一滴却在压缩中突然凝结，
时间变成了固体。
于是这古老的仇恨便得以保存，
引起了我今天一点惊异。

顾城《石壁》

这首诗两行一节，形式大体整齐，一韵到底，仄声韵短促有力。这种韵律特征，倒使得语句所指的语义张力很大，形成耐人寻味的“朦胧美”。

在当代诗歌语言中，仍然有些诗行在音节构成上十分灵活，富于错综，这不妨说是对近体诗的继承，并在继承的基础上又有所超越。这种超越可以表现为是对近体诗和元代词曲的一种综合。例如毛泽东《十六字令三首》中的第三首：

山（平）

刺破青天锷未残（ 仄仄平平仄仄平）

天欲堕（平仄仄）

赖以拄其间（仄仄仄平平）

以上音节较为错综，一至四句分别为一言、七言、三言、五言。但是，这并未在总体上影响它们句尾的押韵。

再如臧克家《三代》：

孩子

在土里洗澡

爸爸

在土里流汗

爷爷

在土里埋葬。

以上诗行虽不是严格押韵，但是在总体音节构成上却颇具特色，形成错综而又整齐的“二、五、二、五、二、五”结构，令人耳目一新。

事实上，就单首的诗这一言语片段而言，诗行的音节数不太固定、错落有致，常常可以形成一种错综美。例如：

她在灶下煮饭，

新砍的山柴，

必必剥剥的响。

灶门里嫣红的火光，

闪着她嫣红的脸，

闪红了她青布的衣裳。
他衔着个十年的烟斗，
慢慢地从田里回来；
屋角里挂去了锄头，
便坐在稻床上，
调弄着只亲人的狗。
他还踱到栏里去，
看一看他的牛，
回头向她：
“怎样了——我们新酿的酒？”
门对面青山的顶上，
松树的尖头，
已露出了半轮的月亮。
孩子们在场上看着月，
还数着天上的星：
“一，二，三，四……”
“五，八，六，两……”
他们数，他们唱：
“地上人多心不平，
天上星多月不亮。”

刘半农《一个小农家的暮》

以上韵文是宽泛押韵的，但是其诗行的音节数不囿于一个固定的套路，在形式上颇为鲜活玲珑。

有时候，为了押韵，临时改变句子的自然语序，这种情形现当代诗歌中也存在。这可看作是对前代，尤其是唐代近体诗的继承。毛泽东的一些诗词即对此比较注重。例如：

我失骄杨君失柳，杨柳轻飏直上重霄九。（毛泽东《蝶恋花·答李淑一》）

此处的"杨柳"既指杨花柳絮，又指杨开慧、柳直荀两位烈士的忠魂。此外，这里将"九"后置于"重霄"之后，也是为了押韵而改变语序的。

类似的：

春风杨柳万千条，六亿神州尽舜尧。（毛泽东《七律二首·送瘟神》）

这里的"舜尧"的通常语序为"尧舜"，因为要与前一句句末的"条"押韵，而改变了语序。另可看一例：

早已森严壁垒，更加众志成城。（毛泽东《西江月·井冈山》）

此处的"森严壁垒"实为"壁垒森严"的变式，之所以做这样的改动，是为了在平仄上与"众志成城"相调。

二、诗行音节节奏趋向自由

诗歌节奏，是指按照一定规则组织起来的语音单元，在一定时间的往复回环中呈现出对比性质的音响形象。简单地说，就是由等时性的语音长短、高低、强弱、轻重及其有规则的反复再现所形成的。语音修辞在韵文上的一个重要表现形式是诗行的音节节奏调整配置问题。

现代诗的诗行音节节奏相对于此前的诗句而言，更为自由。它与表达者的个人风格关系更为密切，更能体现表达者的言语风格。

例如以下几乎是同一时代的几首诗，其诗句的每行音节数、行内的节奏安排以及诗节的安排等都各自不同：

（1）

你看，那浅浅的天河，
定然是不甚宽广。
那隔河的牛郎织女，
定能够骑着牛儿来往。

郭沫若《天上的街市》

（2）

收下吧，
请共享
我们
头一回
用劳动
得来的
报酬的
甜味。

胡乔木《金子》

（3）

我是天空里的一片云，
偶尔投影在你的波心——
你不必讶异，
更无须欢喜——

在转瞬间消灭了踪影。

你我相逢在黑夜的海上，
你有你的，我有我的，方向；
你记得也好，
最好你忘掉
在这交会时互放的光亮！

徐志摩《偶然》

卞之琳说：“这首诗在作者诗中是在形式上最完美的一首，每节一、二、五行都可以说以三顿组成，只有第二节第三行出格，多了一顿，三、四行是两顿，韵式是 aabba。”①

显然，以上诗行的音节节奏各不相同，而其表达主体的言语风格也显然是各不相同，各有千秋的。尽管如此，还是可以看出，现代新诗在节奏安排上仍然是有规律可循的。比如，一个节奏单位主要是双音节为主，三音节为一个节奏单位的情形也是有的，但其中往往会有虚词，特别是助词，如“的”“着”“了”“啊”“吧”及儿化等。例如：

活着的人好好地活着吧
别指望大地会留下记忆

艾青《交河故城遗址》

一个节奏单位往往以双音节为主，这主要是与现代汉语词语的构成以双音节为主有关。

① 文鹏等．中国现代名诗三百首[M]．北京：北京出版社，2000.40

节奏单位的构成有时还可以是一个短语，甚至小句。例如：

我来了，我喊一声，迸着血泪，
“这不是我的中华，不对不对！”

闻一多《发现》

上例“我来了”是一句具备主语、谓语的独立句，是整个句子作为一个节奏单位，但是这类句子不宜太长，即音节数不宜太多，所以我们将之限定为“小句”。“我喊”则是主谓短语。句内停顿或曰节奏单位（即“音组”）的划分虽然带有一定的主观性，但我们仍然可以定个原则，即每一节奏单位（音组）的成立，都要考虑到语义的完整性，语流的连贯性以及逻辑的合理性。总而言之，是为了读起来顺口，听起来悦耳。

三、诗歌叠音词与象声词的使用更趋口语化、生活化

此前叠音词的使用或者主要单纯摹声状物（比如先秦），或者注重声物的象似（比如《古诗十九首》、汉魏诗等）。而现代诗中的叠音词更加注重叠音词与象声词及人的主体性之间的关联，往往诉诸叠音词表达特定的情绪情感，渗透出浓郁的生活气息。例如：

（1）
她在灶下煮饭，
新砍的山柴，
必必剥剥的响。

灶门里嫣红的火光，

闪着她嫣红的脸，

………

刘半农《一个小农家的暮》

（2）

轻轻的我走了，

正如我轻轻的来；

我轻轻的招手，

作别西天的云彩。

徐志摩《再别康桥》

（3）

软泥上的青荇，

油油的在水底招摇；

徐志摩《再别康桥》

（4）

悄悄是别离的笙箫；

徐志摩《再别康桥》

（5）

悄悄的我走了，

正如我悄悄的来；

徐志摩《再别康桥》

还有一些诗行也在“离别”这一特定的情境下使用“悄悄”这一叠音词，例如：

我将悄悄地自无涯返回有涯，然后再悄悄离去

林泠《不系之舟》

同是林泠的作品，在《阡陌》中，又两次使用了“悄悄”这一叠音词：

> 有一只鹭鸶停落，悄悄小立
> 而我们宁静地寒暄，道着再见
> 以沉默相约，攀过那远远的两个山头遥望
> （一片片纯白的羽毛轻轻落下来）
>
> 林泠《阡陌》

以上紧接着的四行连续使用了三个叠音词“悄悄”“远远”“轻轻”。与之相隔两行，又接着使用了一个叠音词“悄悄”：

> 它曾悄悄下落。是的，我们希望
>
> 林泠《阡陌》

这一时期叠音词的使用不仅状物，而且有助于摹情。再如：

> 霜风呼呼的吹着，
> 月光明明的照着。
>
> 沈尹默《月夜》

又如周作人的《慈姑的盆》：

> 蘸水悄悄地洗澡。

这里是用的“悄悄”，而没有用与之在语义上比较接近的“轻轻”“静静”“偷偷”等，除了意义（尤指某些义素）的考虑之外，恐怕主要的还是涉及音节的谐和问题。这里“悄”和“澡”可以形成句内押韵，相对于其他近义词而言，更为上口悦耳。类似的：

踏着咯吱咯吱的地板

走进一间坡顶的小阁楼，

绿原《波恩，访贝多芬故居》

上例使用了“咯吱咯吱”这一叠音词以摹拟踏地板的声音。“咯吱咯吱”属于ABAB式重叠式，该类叠音词的使用增添了语词的语境义，丰富了诗歌的意境。

四、诗歌语义内容与语音形式匹配的多样化

这一时期在语句的能指和所指的匹配上更趋灵活多变，语音修辞更侧重于为“独抒性灵”、直抒胸臆服务。例如，以下几首同样是表达乡愁的诗，在语音节奏安排、韵律配置上是各各不同的。这不像宋词那样，用相对固定的词牌“律”特定语义内容。我们不妨看以下几首诗：

（1）

给我一瓢长江水啊长江水，

酒一样的长江水。

醉酒的滋味，

是乡愁的滋味。

给我一瓢长江水啊长江水。

给我一张海棠红啊海棠红，

血一样的海棠红。

沸血的烧痛，
是乡愁的烧痛。
给我一张海棠红啊海棠红。

给我一片雪花白啊雪花白，
信一样的雪花白。
家信的等待，
是乡愁的等待。
给我一片雪花白啊雪花白。

给我一朵蜡梅香啊蜡梅香，
母亲一样的蜡梅香。
母亲的芬芳，
是乡土的芬芳。
给我一朵蜡梅香啊蜡梅香。

余光中《乡愁四韵》

（2）

小时候
乡愁是一枚小小的邮票
我在这头
母亲在那头

长大后
乡愁是一张窄窄的船票
我在这头
新娘在那头

后来啊

乡愁是一方矮矮的坟墓

我在外头

母亲在里头

而现在

乡愁是一湾浅浅的海峡

我在这头

大陆在那头

余光中《乡愁》

（3）

故乡的歌是一支清远的笛

总在有月亮的晚上响起

故乡的面貌却是一种模糊的怅惘

仿佛雾里的挥手别离

离别后

乡愁是一棵没有年轮的树

永不老去

席慕蓉《乡愁》

以上，（1）（2）是同一表达者所表达的语辞，（3）是另外的表达者所表达的。但是，题旨（主题）大致相似，即乡愁。

语义内容与语音形式匹配的多样性的一类较为典型的言语作品是所谓"朦胧诗"。北岛的《回答》被认为是中国第一首公开发表的朦胧诗。这首诗作于1976年清明前后。诗中写道：

卑鄙是卑鄙者的通行证，
高尚是高尚者的墓志铭，
看吧，在那镀金的天空中，
飘满了死者弯曲的倒影。

冰川纪过去了，
为什么到处都是冰凌?
好望角发现了，
为什么死海里千帆相竞?

我来到这个世界上，
只带着纸、绳索和身影，
为了在审判前，
宣读那些被判决的声音。

告诉你吧，世界
我——不——相——信!
纵使你脚下有一千名挑战者，
那就把我算作第一千零一名。

我不相信天是蓝的，
我不相信雷的回声，
我不相信梦是假的，
我不相信死无报应。

如果海洋注定要决堤，
就让所有的苦水都注入我心中，

如果陆地注定要上升，

就让人类重新选择生存的峰顶。

新的转机和闪闪星斗，

正在缀满没有遮拦的天空。

那是五千年的象形文字，

那是未来人们凝视的眼睛。

上例基本上不入韵，语音形式可以说是“不拘一格”，这也是其语义张力大、语义内容“朦胧”的一个重要表现和原因。

此外，语义内容与语音形式匹配的多样性还表现在从音外来词的大量使用。这其实表现为一种语码的转换。

我们这里所说的“从音外来词”指的是直接从华语之外的语言中“拿来”的音译词，这些词的语音仍然保持了原来的读法。这种情形更有利于保持语音上的“原汁原味”，在修辞功能上起一种提示和凸现的作用。它可以明白地昭示读者该语音取自何种具体语言。

这种从音外来词在语音修辞上的价值大于其在词汇学上的价值。这除了上面所说的提示和凸现作用之外，还表现在它常常是临时使用的，并不是凝固的，甚至在一定意义上也是不太“规范”的。

而且，这种从音外来词的使用首先是一种语音修辞现象，然后才有可能是一种词汇修辞现象。因为它不是一种词义上的活用，也不单纯是词形上的“另类”调整适用。从音外来词还可以起到一种情境的“营造”至少是“烘托”作用。

为了说明问题的方便，这里以一些现代诗的标题中出现的从音外来词为例，因为标题在现代诗中有其不可替代的举足轻重的作用。例如：

王独清《我从 Cafe 中出来……》中的“Cafe”即为法语咖啡馆，此处直接使用原语种之语音。

徐志摩《沙扬娜拉》中的“沙扬娜拉”即为日语“再见”的音译。它直接与题旨（或许是对东瀛女郎的某种情愫的抒发，而“沙扬娜拉”正好点明了这点），此外它还有一种含蓄的意蕴。类似的：

徐志摩《再别康桥》中“康桥”的“康”即为英语“Cam”的音译。

郭沫若《凤凰涅槃》中的“涅槃”即是梵语“Nirvana”的音译。

绿原《波恩，访贝多芬故居》，直接使用了地名（波恩）和人名（贝多芬）的音译。

邵燕祥《贝尔格莱德别情》，也是直接使用了地名（贝尔格莱德）的音译入题。

车前子《以后的事——赠 MF》，其中的“MF”则更为模糊。它并不是一个词。所以我们可以从这个意义上说它不一定就是一种词汇修辞现象，它可以是某种言语片段的外来词经过组合的缩略。

这种情形在散体文中也较为多见，如果发展到一定程度，在特定地域，比如上海等开埠较早与对外交流较为频繁的地区，就可能形成“洋泾浜”，成为一种汉英夹杂的独特的人文风景。

值得注意的是，当代口语乃至书面语中大量的字母词、从音外来词等也不妨看作是一种语音修辞现象。再有，当下的网络语符也大量使用包括数字、字母等在内的语音相谐表情达意。例如：“886”即“bye-bye 了”的谐音。这种情形先由数字的汉语读音而及英语相关词语的读音，并缀以汉语虚词“了”。这种语言现象在特定人群（比如青少年）中有一定的使用频率。

第二章

散文语音修辞

我们这里所说的散文，是一种狭义的散文，不同于前文所说的散体文。较为典型的散文，包括诸子散文、先秦历史散文、魏晋叙事散文、唐宋古文、现当代散文等。

第一节 诸子散文语音修辞

相对而言，散文语音修辞主要表现于音节上的不必整齐一律，它不太像韵文修辞那样十分注重整体上声韵的配合。似可以说，散文语音修辞与语法（含词法、句法等）的联系更为密切。就语音修辞与语境诸构成要素之间的关系而言，散文语音修辞与社会情景语境的关系比上下文语境的关系更为紧密。这些特征既是散文语音修辞长期演变的结果，同时散文语音修辞史的发展也可以通过这些方面体现出来。

在一定意义上似可以说，先秦散文在语音修辞上十分注重“吟诵”，这种“吟诵”与其时的诗歌等韵文又有所不同，后者比较注重“唱”，因此诗歌等韵文在语音修辞上不妨可以说是十分重视“吟唱”。先秦散文在总体上便于记忆，这固然与其文体体制有关，但更为直接的是其语音修辞发挥作用的表现。

先秦散文除《尚书》外，大多散体单行，灵便简捷，可以说主要是以当时口语为基础而形成的古代散文。此后至秦汉之交，发展为骈体，随后又形成汉赋，东汉以后，抒情小赋一度流行。齐梁之际，骈赋盛行，以至到了唐代，声律和对偶上极其讲究的律赋出现。至此时，古文运动要求散文须不拘一格。

先秦诸子散文语音修辞的方式约略可从以下几个方面考察。

一、韵语的运用

虽说散文并不像诗歌那样细致、严整地讲究用韵，但是先秦诸子散文由于在一定程度上受其时影响甚大的诗骚的影响，相对比较注重使用韵语。

例如诸子散文中，《孙子兵法》时有用韵，虽然这并没有影响其在总体上属于散文这一文体范畴。如《虚实篇》：

> 微乎！微乎！至于无形；神乎！神乎！至于无声。

其音节结构及韵律类似于《老子·第二十一章》：

> 恍兮！惚兮！其中有物；窈兮！冥兮！其中有精。

两者实际上是介于韵文和散文之间，或者可以说是语音修辞上的一种中间状态。再比如《老子》五千精妙文字也常常在语音修辞上饶有韵味。例如《老子·第二十八章》：

> 知其雄，守其雌，为天下谿；为天下谿，常德不离，复归于婴儿。
>
> 知其白，守其黑，为天下式；为天下式，常德不忒，复归于无极。
>
> 知其荣，守其辱，为天下谷；为天下谷，常德乃足，复

归于朴。

朴散则为器，圣人用之则为官长。故大制不割。

其中，“雌”“谿”“离”都相押韵。而“守其辱，为天下谷；为天下谷，常德乃足，复归于朴”则更是句句押韵。

概言之，先秦早期的诸子文是一种韵散相间的格言体散文，这种情形对《论语》也有影响。《论语》的文句一般都比较短，可以粗略地说，《论语》以 4 个音节为句的情形为多见。《孟子》中语音音节总体上的整散结合就比较明显了。《庄子》的语言受自然节奏的浸淫，特别富有韵律感和音乐性，它注意文字本身的音韵特点，在语句的安排上符合语言的内在节奏，使偶散相间，轻重错落，并适当地运用语气词，读来朗朗上口。如《逍遥游》中的几句：

野马也，尘埃也，生物之以息相吹也。天之苍苍，其正色邪，其远而无所至极邪？

抑扬顿挫，十分动听。而《德充符》末段惠庄二人问答也都用韵：

惠子谓庄子曰：“人故无情乎？”庄子曰：“然。”惠子曰：“人而无情，何以谓之人？”庄子曰：“道与之貌，天与之形，恶得不谓之人？”惠子曰：“既谓之人，恶得无情？”庄子曰：“是非吾所谓情也。吾所谓无情者，言人之不以好恶内伤其身，常因自然而不益生也。”惠子曰：“不益生，何以有其身？”庄子曰：“道与之貌，天与之形，无以好恶内伤其身。今子外乎子之神，劳乎子之精，倚树而吟，据槁梧而瞑。天选子之形，子以坚白鸣！”

上例中，“情”“人”“形”“身”“生”“神”“精”“瞑”“鸣”等直接押韵。

类似的，《逍遥游》中“惠子曰”一段，用韵如下：

> 惠子谓庄子曰：“吾有大树，人谓之樗。其大本，拥肿而不中绳墨，其小枝，卷曲而不中规矩。立之涂，匠者不顾。今子之言，大而无用，众所同去也。”庄子曰：“子独不见狸狌乎？卑身而伏，以候敖者。东西跳梁，不避高下。中于机辟，死于网罟。今夫斄牛，其大若垂天之云，此能为大矣，而不能执鼠。今子有大树，患其无用。何不树之于无何有之乡、广莫之野？彷徨乎无为其侧，逍遥乎寝卧其下。不夭斤斧，物无害者。无所可用，安所困苦哉？”

显然，以上“树”“樗”“涂”“顾”“伏”“罟”“鼠”“斧”等在韵上相押，自然有如“天籁”。

二、句子音节的配置

总体上看，先秦时期的散文在每句或每读的音节配置上仍然是以三言、四言、五言、六言为多，特别是以四言居多；以音节数的相对较少、较整齐为主。这里就以庄子《逍遥游》为例讨论其句读音节构成情况。

庄子《逍遥游》中一言的：

> 然！瞽者无以与乎文章之观。
>
> 冬，与越人水战。

以上共 2 例。

庄子《逍遥游》中二言的：

名者，实之宾也。

虽然，犹有末树也。

能不龟手，一也。

以上共 3 例。

庄子《逍遥游》中三言的：

鲲之大……鹏之背……怒而飞……是鸟也……南冥者……天池也。……《齐谐》者……野马也……尘埃也……宿舂粮……天池也。……有鱼焉……有鸟焉……绝云气……负青天……斯已矣。……乘云气……御飞龙……其神凝……连叔曰……之人也……之德也……之人也……庄子曰……客闻之……请与之。……客得之……越有难……或以封……立之涂……庄子曰……

以上共计 31 例。

庄子《逍遥游》中四言的：

北冥有鱼……其名为鲲。……化而为鸟……其名为鹏。……志怪者也。……《谐》之言曰……天之苍苍……其正色邪？……其视下也……时则不至 ……适莽苍者……三飡而反……腹犹果然……适百里者……适千里者……三月聚粮。……此小年也。……众人匹之……不亦悲乎！……复无极也。……穷发之北……有冥海者……其名为鲲。……

其名为鹏……背若泰山……然后图南……行比一乡……德合一君……其自视也……亦若此矣。……故九万里……彼其于世……泠然善也……至人无已……神人无功……圣人无名。……日月出矣……其于光也……不亦难乎！……时雨降矣……而犹浸灌……其于泽也……不亦劳乎！……请致天下。……子治天下……实之宾也。……不过一枝……偃鼠饮河……不过满腹。……归休乎君！……大而无当……往而不反。……大有径庭……不食五谷……吸风饮露……而年谷熟。……是其言也……犹时女也。……世蕲乎乱。……物莫之伤……以盛水浆……不过数金……以说吴王。……大败越人……能不龟手……吾有大树……人谓之樗……匠者不顾。……今子之言……大而无用……以候敖者。……东西跳梁……不避高下……中于机辟……死于罔罟。……今夫斄牛……患其无用……不夭斤斧……物无害者……无所可用……

以上共计80例。

庄子《逍遥游》中五言的：

水击三千里……则芥为之舟……置杯焉则胶……我决起而飞……枪榆枋而止……五百岁为秋……八千岁为秋。……其广数千里……且适南冥也。……斥鴳笑之曰：……而徵一国者……未数数然也。……犹有未树也。……彼于致福者……未数数然也。……此虽免乎行……以游无穷者……而爝火不熄……而我犹尸之……吾自视缺然……而我犹代子……吾将为名乎？……吾将为宾乎？……吾惊怖其言……不近人情焉。……其言谓何哉？……藐姑射之山……有神人居焉。……肌肤若冰雪……淖约若处子……大旱金石流……平海内之政……剖之以为瓢……聚族而谋曰……吴王使之将……与越人水战……裂地而封之。……众所同去也。……今子有大树……安所困苦哉？……彼且奚适也？……我腾跃而上……

以上共计42例。

庄子《逍遥游》中六言的：

亦若是则已矣。……水浅而舟大也。……风之积也不厚……则风斯在下矣……而后乃今培风……之二虫又何知！……小知不及大知……小年不及大年。……奚以知其然也？……朝菌不知晦朔……蟪蛄不知春秋……以五百岁为春……上古有大椿者……以八千岁为春……未有知其修者……翼若垂天之云……不过数仞而下……翱翔蓬蒿之间……此亦飞之至也！……而彼且奚适也？……此小大之辩也。……故夫知效一官……定乎内外之分……辩乎荣辱之境……犹有所待者也。……而御六气之辩……彼且恶乎待哉？……天下既已治也……鹪鹩巢于深林……庖人虽不治庖……吾闻言于接舆……土山焦而不热。……是其尘垢秕糠……孰肯以物为事！……尧治天下之民……则所用之异也。……惠子谓庄子曰……则瓠落无所容。……非不呺然大也……请买其方百金。……惠子谓庄子曰……

以上共计41例。

庄子《逍遥游》中七言的：

不知其几千里也……不知其几千里也……其翼若垂天之云。……鹏之徙于南冥也……去以六月息者也。……而后乃今将图南。……蜩与学鸠笑之曰……而控于地而已矣……楚之南有冥灵者……汤之问棘也是已。……上下四方有极乎？……夫列子御风而行……旬有五日而后反……若夫乘天地之正……尧让天下于许由……夫子立而天下治……予无所用天下为。……肩吾问于连叔曰……犹河汉而无极也……而游乎四海之外……大浸稽天而不溺……窅然丧其天下焉。……其坚不能自举也……我世世为洴澼絖……或不免于洴澼絖……今子有五石之瓠……子独不见狸狌乎？……其大若垂天之云。……彷徨乎无为其侧……逍遥乎寝卧其下……

以上共计30例。

庄子《逍遥游》中八言的：

海运则将徒于南冥……生物之以息相吹也。……其远而无所至极邪？……且夫水之积也不厚……则其负大舟也无力……覆杯水于坳堂之上……则其负大翼也无力。……而宋荣子犹然笑之。……举世非之而不加沮……吾以是狂而不信也。……岂唯形骸有聋盲哉！……将旁礴万物以为一。……将犹陶铸尧舜者也。……魏王贻我大瓠之种……我树之成而实五石……吾为其无用而掊之。……夫子固拙于用大矣！……世世以洴澼絖为事。……今一朝而鬻技百金……而忧其瓠落无所容？……

以上共计 19 例。

庄子《逍遥游》中九言的：

抟扶摇而上者九万里……奚以之九万里而南为？……而彭祖乃今以久特闻……且举世誉之而不加劝……孰弊弊焉以天下为事！……宋人资章甫而适诸越……

以上共计 6 例。

庄子《逍遥游》中十言的：

则夫子犹有蓬之心也夫……背负青天而莫之夭阏者……尸祝不越樽俎而代之矣。……瞽者无以与乎文章之观……聋者无以与乎钟鼓之声……越人断发文身无所用之。……其大本拥肿而不中绳墨……其小枝卷曲而不中规矩……此能为大矣而不能执鼠。……

以上共计 9 例。

庄子《逍遥游》中十一言的：

抟扶摇羊角而上者九万里……宋人有善为不龟手之药者……

以上共计 2 例。

庄子《逍遥游》中十二言的：

何不虑以为大樽而浮乎江湖。

以上共计 1 例。

庄子《逍遥游》中十三言的：

往见四子藐姑射之山、汾水之阳。

以上共计 1 例。

庄子《逍遥游》中十四言的：

何不树之于无何有之乡、广莫之野。

以上共计 1 例。

以上用例情况如下表所示：

句读音节构成数	一言	二言	三言	四言	五言	六言	七言	八言	九言	十言	十一言	十二言	十三言	十四言
篇章中出现次数	2	3	31	80	42	41	30	19	6	9	2	1	1	1

以上不同音节数的句子的使用，一方面突出了主要音节配置方式，即四言、五言、六言，而间或有“杂言”的“调剂”，这在语音修辞上常常是审美的“惯性”与“陌生化”的交互为用，具有良好的语音修辞效果。同时，另一方面还表明了当时以《诗经》和《离骚》为代表的韵文体其实是对散文体具有较为深刻的影响的，显示了语音修辞史上不同文体之间的交叉渗透。

三、句式的调配

就成句音节构成而言，一是诸子文章中有一些五言韵语。先秦诸子中《老子》几乎全部押韵，时间稍后的《庄子》《孟子》《荀子》及《韩非子》中也有不少近似歌谣的韵语，这些韵语以四言、三言居多，也有五六七言，其中有较为完整的五言作品，如《老子·第三十九章》：

天得一以清，地得一以宁，神得一以灵，谷得一以盈……

《老子·第七十三章》：

天之道，不争而善胜，不言而善应，不召而自来，繟然而善谋。

这与《韩非子·五蠹》相似：

国平养儒侠，难至用介士，所利非所用，所用非所利。

这些都是较为整齐的五言韵语，绝非偶然巧合，且《韩非子》中的四句既有韵，又合五言的二三节奏。这些韵语说明诸子虽不从事诗歌创作，但在文章中学习并创制韵语，这对后世五言诗的发展应有一定影响。[①]

这些均一方面表明先秦诸子散文中是可以包含有韵语成分的，另一方面也显示了其在句式调配上的“散”中有“整”，明“散”实“整”，整散结合。又如《孟子》所载《孺子歌》：

沧浪之水清兮，可以濯我缨；沧浪之水浊兮，可以濯我足。

去掉“兮”字即成完整的五言诗。这些歌谣基本可靠，足证五七言诗歌在民间发展，为屈原的《楚辞》、荀子的《成相篇》与汉代五七言诗的发展提供了基础。因此可以说屈原的《楚辞》与荀子的《成相篇》都不是凭空创造的结果，而是以流行于各国的《诗经》与楚地

① 郑家治．古代诗歌史论[M]．成都：巴蜀书社，2003.192

民歌及其他各地民歌为基础发展创造的。[1]由此可见由四言而五言，是有一个承续过渡的过程的，同时也表明《诗经》等在整个语音修辞史上的“源头活水”意义。

四、虚词的运用

先秦诸子散文中也是大量使用虚词的，包括句末语气词，句中表示语气、口气缓冲和提顿的“之”等。

例如《孟子·公孙丑上》有这样一段话：

> 孟子曰：“人皆有不忍人之心。先王有不忍人之心，斯有不忍人之政矣。以不忍人之心，行不忍人之政，治天下可运之掌上。所以谓人皆有不忍人之心者，今人乍见孺子将入于井，皆有怵惕恻隐之心，非所以内交于孺子之父母也，非所以要誉于乡党朋友也，非恶其声而然也。由是观之，无恻隐之心，非人也；无羞恶之心，非人也；无辞让之心，非人也；无是非之心，非人也。恻隐之心，仁之端也；羞恶之心，义之端也；辞让之心，礼之端也；是非之心，智之端也。人之有是四端也，犹其有四体也。有是四端而自谓不能者，自贼者也。谓其君不能者，贼其君者也。凡有四端于我者，知皆扩而充之矣。若火之始然，泉之始达。苟能充之，足以保四海，苟不充之，不足以事父母。”

① 郑家治．古代诗歌史论 [M]. 成都：巴蜀书社，2003.193

上例颇具语音修辞特色，主要是大量助词，尤其是“也”的连用。同时，还多次复叠“不忍人之心”等语，但毫无累赘之感，这一方面是虚词的“插入”，使得原来的叙述不那么单调枯燥，而且还以虚词处作为停顿，更是加强和呈现了话语的节奏感，却又使原文逻辑性和连贯性得以生动显示。

又如朱光潜所指出的：

> 《孔子家语》往往抄袭《檀弓》而省略虚字，神情便比原文差得远：例如“仲子亦犹行古之道也”（《檀》）比“仲子亦犹行古人之道”（《语》），“予恶夫涕之无从也”（《檀》）比“予恶夫涕而无以将之”（《语》），“夫子为弗闻也者而过之”（《檀》）比“夫子为之隐佯不闻以过之”（《语》），风味都较隽永。[①]

足见，虚词（虚字）在散文语音节奏上的作用。

再比如《孙子兵法·行军篇》：

> 军行有险阻、潢井、葭苇、山林、蘙荟者，必谨覆索之，此伏奸之所处也。敌近而静者，恃其险也；远而挑战者，欲人之进也；其所居易者，利也。众树动者，来也；众草多障者，疑也；鸟起者，伏也；兽骇者，覆也；尘高而锐者，车来也；卑而广者，徒来也；散而条达者，樵采也；少而往来者，营军也；辞卑而益备者，进也；辞强而进驱者，退也；轻车先出居其侧者，陈也；无约而请和者，谋也；奔走而陈兵车者，期也；半进半退者，诱也。杖而立者，饥也；汲而

① 朱光潜．谈文学[M]．上海：上海文艺出版社，2001.73

先饮者，渴也；见利而不进者，劳也；鸟集者，虚也；夜呼者，恐也；军扰者，将不重也；旌旗动者，乱也；吏怒者，倦也。粟马肉食，军无悬缻，不返其舍者，穷寇也；谆谆翕翕，徐与人言者，失众也；数赏者，窘也；数罚者，困也；先暴而后畏其众者，不精之至也；来委谢者，欲休息也。

这段文字中连用32个“者”和“也”字，这与后来的汉赋在气势上有类似之处。欧阳修《醉翁亭记》全文连用21个“也”字，与之似有渊源。应该说，诸子散文中的虚词比历史散文中虚词的使用在数量上要多一些。这恐怕主要是因为诸子散文更倾向于趣味性，而历史散文则在形式上更显规约，以凸显其旨趣上的凝重。

第二节 先秦历史散文语音修辞

与诸子散文相类似，历史散文的语音修辞方式，似乎可以大致从“韵语的运用”“句子音节的配置”“复叠形式的使用”“虚词的使用”等方面考察。

一、韵语的运用

历史散文在语音修辞上也与韵文密切相关，这从其起源意义上的成句音节上可以看出。殷墟甲骨卜辞即有类似五言歌谣之作，如：“今日雨？其自西来雨？其自东来雨？其自北来雨？其自南来雨？”（《卜辞通纂》375片）汉乐府相和曲《江南》中的“鱼戏莲叶东，鱼戏莲叶西，鱼戏莲叶南，鱼戏莲叶北”与北朝乐府民歌《木兰辞》中的“东市买骏马，西市买鞍鞯，南市买辔头，北市买长鞭”都与此很相似，可能有某种因果关系。[①]这种可能的因果关系或是语音历时发展的一种内在动因。

在语言诸要素的发展过程中，语音的发展是具有相对独立性的，有时又是较为先行的。相对而言，词汇这一语言的“建筑材料”的存在需要“物质外壳”；语法这一组织规则的形成既需要物质外壳，同时也是“抽象”思维发展到一定阶段的产物；而语音，特别是语音修辞往往是具体的。可以说，在修辞的历时发展过程中语音修辞会起到一定的“先行”作用。语音修辞中韵语的发展在一定程度上也是较为“先行”的，甚至在一定意义上可以说一部语音修辞史主要是一部韵语(文)修辞史。

最早的韵语恐怕仍然是原始歌谣。《吕氏春秋·音初篇》所载涂山氏等候大禹唱的歌：“候人兮猗！”此歌双音节语言“候人”与呼声“兮猗”相结合，当是较为古老的歌谣。此外，周初古籍《周易》中也保留了一些古老的二言歌谣。历史散文《周易》大都押韵，多二、三、四言短句，其中有可称为二言诗者，如《贲·六四》：“贲如，皤如；白马，翰如；匪寇，婚媾。”又如《屯·六二》：“屯如，邅如；乘马，班如；匪寇，婚媾。”再如《中孚·六三》：“得敌，或鼓，或罢，或泣，或歌。”这些当是把原始双音节的劳动呼声换成双音节语言的例子。[②]这些双音节韵语已经具有了颇为鲜明的节奏。

这即是说不只是《诗经》等诗歌，甚至也不只是我们前面所讨论到的《逍遥游》等诸子散文，公元前11世纪前后的《周易》，四言句式也广泛使用，“以添加衬字、复叠、省略、紧缩等方法，使其成为四字结构。如：‘其亡其亡，系于苞桑。’又如：‘鸿渐于陆，夫征

① 郑家治．古代诗歌史论[M].成都：巴蜀书社，2003.192
② 郑家治．古代诗歌史论[M].成都：巴蜀书社，2003.187

不复，妇孕不育’”[①]。

事实上，先秦子史所载歌谣中有一些较古的五七言诗句。如《礼记·檀弓下》的《成人歌》：“蚕则绩而蟹有匡，范则冠而蝉有緌……”三句中有两句七言。又如《左传·定十四》载《野人歌》：“既定尔娄猪，盍归吾艾豭。”为两句五言。又如《左传·哀五》载《莱人歌》：“景公死乎不与埋，三军之事乎不与谋……”其中首句为七言。又如《国语》所载《暇豫歌》：“暇豫之吾吾，不如鸟乌。人皆集于菀，己独集于枯。”四句中有三句五言。又如《论语》所载《楚狂接舆歌》：“凤兮凤兮，何德之衰也！往者不可谏，来者犹可追。已而已而，今之从政者殆而。”有两句五言，一句七言。[②]

以上所说之二言至七言其实显示了历史散文的语音停顿，其效果也是十分明显的。因为历史散文相对于诸子散文而言似乎要规整一些，从内容上看，它不太讲究情节的生动性。因为内容相对于诸子散文枯燥，而且又相对于诸子散文更需要人们去识记——历史其实在一定意义上就是对已发生的事情的记忆。如何解决这一问题呢？韵语的大量使用则是其某种程度上的题中应有之义。例如《左传成公十三年·吕相绝秦》载：

> 文公躬擐甲胄，跋履山川，逾越险阻，征东之诸侯，虞、夏、商、周之胤而朝诸秦，则亦既报旧德矣。

其中，“胄”“阻”“侯”等押韵。

① 吴洁敏，朱宏达．汉语节律学[M]．北京：语文出版社，2001.92

② 郑家治．古代诗歌史论[M]．成都：巴蜀书社，2003.193

二、句子音节的配置

在先秦历史散文中，《左传》的句子音节数比较少，多为四言、五言，《左传》中也大量使用三言句。之所以如此，恐怕还是与《左传》作为历史散文需要人们记忆的性质有关——因为短，所以便于记忆。

例如《左传·成十八》："施舍已责，逮鳏寡，振废滞，匡乏困，救灾患，禁淫慝，薄赋敛，宥罪戾，节器用，时用民，欲无犯时。"又如《左传·僖五》："退而赋曰：狐裘龙茸，一国三公，吾谁适从？"而《国语》和《战国策》则相对复杂。这里我们将选取朱东润主编的《中国历代文学作品选》中所选编的《曹刿论战》（《左传》）、《邵公谏弭谤》（《国语》），比较他们在音节上的繁简。因为是从朱东润主编的《中国历代文学作品选》里所选出来的，故这些选文是有一定代表性的，而且，朱东润先生主编的《中国历代文学作品选》"供综合性大学、师范大学、师范学院中文系作为'中国古代文学作品选'和'中国古典文学史'课程讲读及参考之用"，且"所选以各时期各种体裁的重要作家作品为主，以思想性、艺术性统一为选择标准，同时注意作品题材的广泛性和风格的多样性"[①]。因此这种选文也应该是典型的。此外，《左传·曹刿论战》与《国语·邵公谏弭谤》在总篇幅上相差无几，前者318字，后者323字。这在一定程度上保证了两者的可比性。这样将其作为样本进行比较应该是可行的。

例如《左传·曹刿论战》：

> 十年春，齐师伐我。公将战，曹刿请见。其乡人曰："肉食者谋之，又何间焉？"刿曰："肉食者鄙，未能远谋。"

① 朱东润．中国历代文学作品选 [M]. 上海：上海古籍出版社，1979.1

乃入见。

问何以战。公曰："衣食所安，弗敢专也，必以分人。"对曰："小惠未徧，民弗从也。"公曰："牺牲玉帛，弗敢加也，必以信。"对曰："小信未孚，神弗福也。"公曰："小大之狱，虽不能察，必以情。"对曰："忠之属也。可以一战。战则请从。"

公与之乘，战于长勺。公将鼓之。刿曰："未可。"齐人三鼓。刿曰："可矣。"齐师败绩。公将驰之。刿曰："未可。"下视其辙，登轼而望之，曰："可矣。"遂逐齐师。

既克，公问其故。对曰："夫战，勇气也。一鼓作气，再而衰，三而竭。彼竭我盈，故克之。夫大国难测也，惧有伏焉。吾视其辙乱，望其旗靡，故逐之。"

再看另一则材料《国语·邵公谏弭谤》：

厉王虐，国人谤王。邵公告曰："民不堪命矣。"王怒，得卫巫，使监谤者。以告，则杀之。国人莫敢言，道路以目。

王喜，告邵公曰："吾能弭谤矣，乃不敢言！"

邵公曰："是障之也。防民之口，甚于防川。川壅而溃，伤人必多，民亦如之。是故为川者决之使导，为民者宣之使言。故天子听政，使公卿至于列士献诗，瞽献曲，史献书，师箴，瞍赋，蒙诵，百工谏，庶人传语，近臣尽规，视亲补察，瞽、史教诲，耆、艾修之，而后王斟酌焉，是以事行而不悖。民之有口，犹土之有山川也，财用于是乎出；犹其原隰之有衍沃也，衣食于是乎生。口之宣言也，善败于是乎兴。

行善而备败，所以阜财用衣食也。夫民虑之于心而宣之于口，成而行之，胡可雍也？若雍其口，其与能几何？”

王不听。于是国人莫敢出言，三年乃流王于彘。

以上两个篇章中：《左传》的二言句有6句（不含“单音节词+曰”这种音节构成，下同），三言句有12句，四言句有33句，五言句有3句，成句音节构成数最多为5个；《国语》中的二言句有6句，三言句有6句，四言句有19句，五言句有6句，六言句有4句，七言句有4句，八言句有1句，九言句有4句，十言句0句，十一言句有1句，成句音节构成数最多为11个。如下表所示：

成句音节构成数	二言	三言	四言	五言	六言	七言	八言	九言	十言	十一言
《国语·邵公谏弭谤》出现次数	6	6	19	6	4	4	1	4	0	1
《左传·曹刿论战》出现次数	6	12	33	3	0	0	0	0	0	0

这表明，《左传》中的成句音节构成数目相对变化不大，在某种意义上即基本语用单位的停顿在一个篇章中较为均一。而《国语》则相对复杂，其成句音节数目参差互见，即其基本语用单位的停顿在同一个篇章中不甚均一。

三、复叠形式的运用

复叠形式就单独的词而言，则是叠音词、联绵词的运用。就句子内部的叠音词而言，历史散文中的叠音词比《诗经》《楚辞》中少得多。据管燮初《左传句法研究》，《左传》中的叠音词（即两个相同的字构成一个词），共出现 23 次，其中尚有至少 6 次是援引自《诗经》的。《左传》里出现的叠音词，如：

听舆人之诵曰："原田每每，舍其旧而新是谋。"（僖二十八）[①]

再如：

为之歌《魏》，曰："美哉，沨沨乎！大而婉，险而易，行以德辅，此则明主也。"（襄二十九）

或叫于宋大庙，曰："譆譆，出出。"（襄三十）

此外，《左传》中仅见的 23 次叠音词中，作象声词的有 4 次，余则为形容词。

《左传》里的双声联绵词和叠韵联绵词也较《诗经》《楚辞》少得多。据管燮初《左传句法研究》，《左传》中双声词共见 8 次。收叠韵词，即两个上古韵同部的字构成一个词，出现 25 次。非双声叠韵词 25 次。例如：

扶服而击之，折轸。（昭二十一）

唐成公如楚，有两肃爽马，子常欲之，弗与，亦三年止

① 管燮初．左传句法研究 [M]. 合肥：安徽教育出版社，1994.391

之。（定三）

我君小子，朱儒是使。朱儒朱儒，使我败于邾。（襄四）

据管燮初《左传句法研究》，《左传》中的联绵词共见58次。其中，直接援引自《诗经》的至少有5次。

又如《左传成公十三年·吕相绝秦》中的一段话：

蔑死我君，寡我襄公，迭我殽地，奸绝我好，伐我保城，殄灭我费滑，散离我兄弟，挠乱我同盟，倾覆我国家。我襄公未忘君之旧勋。

其中，每句话中都有一个相同的音节“我”，以此形成复叠。此外，这段话中的“殄灭我费滑，散离我兄弟，挠乱我同盟，倾覆我国家”在整体音节构成上也较为严整，便于读者记忆。这也凸显了历史散文需要人们去记忆的性质。

四、虚词的使用

在先秦散文中虚词的作用已经得到了彰显。虚词在散文中的作用主要是调整节奏。

例如《左传·成公十三年·吕相绝秦》：

晋侯使吕相绝秦，曰：

“昔逮我献公及穆公相好，戮力同心，申之以盟誓，重之以昏姻。天祸晋国，文公如齐，惠公如秦。无禄，献公即世。穆公不忘旧德，俾我惠公用能奉祀于晋。又不能成大勋，而为韩之师。亦悔于厥心，用集我文公，是穆之成也。

“文公躬擐甲胄，跋履山川，逾越险阻，征东之诸侯，虞、夏、商、周之胤，而朝诸秦，则亦既报旧德矣。郑人怒君之疆场，我文公帅诸侯及秦围郑。秦大夫不询于我寡君，擅及郑盟。诸侯疾之，将致命于秦。文公恐惧，绥静诸侯，秦师克还无害，则是我有大造于西也。

“无禄，文公即世，穆不为吊，蔑死我君，寡我襄公，迭我殽地，奸绝我好，伐我保城，殄灭我费滑，散离我兄弟，挠乱我同盟，倾覆我国家。我襄公未忘君之旧勋，而惧社稷之陨，是以有殽之师。犹愿赦罪于穆公。穆公弗听，而即楚谋我。天诱其衷，成王陨命，穆公是以不克逞志于我。

“穆、襄即世，康、灵即位。康公，我之自出，又欲阙剪我公室，倾覆我社稷，帅我蝥贼，以来荡摇我边疆，我是以有令狐之役。康犹不悛，入我河曲，伐我涑川，俘我王官，剪我羁马，我是以有河曲之战。东道之不通，则是康公绝我好也。

“及君之嗣也，我君景公引领西望曰：‘庶抚我乎！’君亦不惠称盟，利吾有狄难，入我河县，焚我箕、郜，芟夷我农功，虔刘我边垂，我是以有辅氏之聚。君亦悔祸之延，而欲徼福于先君献、穆，使伯车来，命我景公曰：‘吾与女同好弃恶，复修旧德，以追念前勋。’言誓未就，景公即世，我寡君是以有令狐之会。君又不祥，背弃盟誓。白狄及君同州，君之仇雠，而我昏姻也。君来赐命曰：‘吾与女伐狄。’

寡君不敢顾昏姻，畏君之威，而受命于吏。君有二心于狄，曰：'晋将伐女。'狄应且憎，是用告我。楚人恶君之二三其德也，亦来告我曰：'秦背令狐之盟，而来求盟于我，昭告昊天上帝、秦三公、楚三王，曰："余虽与晋出入，余唯利是视。不谷恶其无成德，是用宣之，以惩不壹。"'诸侯备闻此言，斯是用痛心疾首，昵就寡人。寡人帅以听命，唯好是求。君若惠顾诸侯，矜哀寡人，而赐之盟，则寡人之愿也，其承宁诸侯以退，岂敢徼乱？君若不施大惠，寡人不佞，其不能诸侯退矣。敢尽布之执事，俾执事实图利之。"

以上全篇881个音节，共使用了7例"于"，14例"以"，7例"也"，1例"乎"。虚词使用的频率远没有前面所统计的《孙子兵法·行军篇》中的虚词高。

第三节 秦汉魏晋叙事散文语音修辞

承先秦历史散文之叙事性余绪，秦汉魏晋时期不乏叙事性作品，这些叙事性作品形式上比较自由，可看作是散文。秦汉魏晋时期有一定代表性的叙事散文，例如《世说新语》《史记》《汉书》等，其在语音修辞上对于前代多有继承。需要说明的是，刘义庆（403年—444年）的《世说新语》也可看作是轶事小说，是魏晋轶事小说的集大成者。① 但由于其毕竟不是较为典型的小说文体，尤其是就语音修辞而言，《世说新语》与这个时期的叙事散文具有很多共性，因而这里突破严格文体的界限，把《世说新语》和《史记》《汉语》一起概括为叙事散文，一并讨论其语音修辞。

① 罗锡诗，夏晴．魏晋南北朝隋唐文学史 [M]．广州：中山大学出版社，1999.119

一、方言（方音）口语的使用

就《世说新语》而言，因为其为散文，可以在篇制上较为灵便，所以常常引用一些先秦文献，这无疑在一定程度上保留和沿袭了先秦语音修辞上的一些特点。

在《世说新语》里人物应对常常援引《诗经》《春秋》等此前问世的经典文献中的语句。这大概是先秦朝会之遗风，书中每每见之。[①]例如："郑玄家奴婢皆读书。尝使一婢，不称旨，将挞之。方自陈说，玄怒，使人曳著泥中。须臾，复有一婢来，问曰：'胡为乎泥中？'答曰：'薄言往诉，逢彼之怒。'"（《世说新语·文学》）其中，问答均引自《诗经》"胡为乎泥中"——《诗经·邶风·式微》中的句子；"薄言往诉，逢彼之怒"则是《诗经·邶风·柏舟》里的句子。

先秦时期《诗经》等经典文献往往是用"雅言"写成的，这种雅言保留了当时的"华夏"正音，是当时的共同语。其实，这种雅言也为"雅"这种一定意义上的辞趣提供了必要条件。

《世说新语》除了"雅"，还有其"俗"。语言之俗，主要表现在大量方言口语的使用上。王力曾指出："魏晋的文章也和口语距离不远，自从南北朝骈文盛行以后，书面语言和口语才分了家。在这时期中，只有《世说新语》《颜氏家训》等少数作品是接近口语的。"如："阿堵""伧父""溪狗""方幅""乃可""无容""小悉""小却""可念""何物""暗当""吐下""才解""兰阇"，等等。

除了《世说新语》中大量使用口语，《史记》中也偶可见之。例如：

客曰："夥颐！涉之为王沈沈者！"（《史记·陈涉世家》）

① 王能宪．世说新语研究［M］．南京：江苏古籍出版社，1992.207

这句话翻译成今天的白话文，就是：“唉呀！陈胜称王后，真是好阔气啊！”其中，“沈沈”状宫室深邃之貌，沉音长含反，实际上是利用语音音长的延长而在语义上有所特指，即“含反”。“夥颐”是口语词。这句话有助于人物性情的描绘，具有较好的语音修辞效果。

正因为《世说新语》《史记》等的语言接近口语，保留了当时人说话的语气和感情色彩，这就增强了它的通俗性和表现力。

二、助词的使用

例如《世说新语》中反复出现的口语语尾助词“馨”（或作“宁馨”“如馨”“尔馨”），犹如现代汉语中的“这般”“一样”，用于句中，能真切地传达出说话人或感叹、或亲昵、或鄙视等不同语气。如：桓宣武（温）语人曰：“昨天听殷（浩）、王（导）清言，甚佳。仁祖（谢尚）亦不寂寞，我亦时复造心。顾看两王掾（王濛、王述）……如生母狗馨。”[①]

《世说新语》还常常通过助词表示停顿、凸显、加强特定语气等，并且其时助词使用增多。日本学者吉川幸次郎曾撰文指出，《世说新语》助词使用之频繁，乃是“造成文体之新形式”的一大特色。据孙锡信《世说新语虚词综述》一文统计，《世说新语》中的副词、介词、连词、语气词、助词、叹词、助动词等各项虚词共有 334 个。[②] 虚词对于语音修辞的意义是十分重要的，它常常可以作为语音修辞上的标志，因为古文中是没有标点符号的，所谓点读除了自己的语感之外，一个很重

① 王能宪．世说新语研究 [M]．南京：江苏古籍出版社，1992.208
② 王能宪．世说新语研究 [M]．南京：江苏古籍出版社，1992.209

要的方面即是以虚词为标志，通过虚词的位置来确定停顿的地方和停顿时间的久暂。此外，虚词还可以表示裹挟声音的高低等超音段特征。

除了《世说新语》，《史记》《汉书》中也大量使用表示语气、口气的借以表音的助词。例如《史记·陈涉世家》：

陈涉太息曰："嗟乎，燕雀安知鸿鹄之志哉！"

其中的"嗟乎"可以说是一个复合助词，即它是"嗟"和"乎"的复合，这种复合了的叹词，有助于加强语气，语音修辞效果突出。再如上文所提及之"夥颐！涉之为王沈沈者！"（《史记·陈涉世家》）中的"夥颐"，在语音修辞上也是颇具特色的助词。再如《史记·太史公自序》：

太史公仍父子相继纂其职。曰："于戏！余唯先人尝掌斯事，显于唐虞，至于周，复典之，故司马氏世主天官。至于余乎，钦念哉！钦念哉！"罔罗天下放失旧闻，王迹所兴，原始察终，见盛观衰，论考之行事，略推三代，录秦汉，上记轩辕，下至于兹，著十二本纪，既科条之矣。

其中，"于戏"以及其后连续重复使用的"钦念哉"中的"哉"有助于特殊语气的表达，亦具有较好的语音修辞效果。类似的还有《史记·太史公自序》：

嗟箕子乎！嗟箕子乎！正言不用，乃反为奴。

其中的"嗟"和"乎"正好分开使用。与我们上面所列举的复合在一起使用不同，这里"嗟"和"乎"分开后，相应的两个独立的句子重复出现，同样极具传情功能。

又如《史记·太史公自序》：

> 太史公曰："唯唯，否否，不然。余闻之先人曰：'伏羲至纯厚，作《易》《八卦》。尧舜之盛，《尚书》载之，礼乐作焉。汤武之隆，诗人歌之。《春秋》采善贬恶，推三代之德，褒周室，非独刺讥而已也。……'"

其中的"唯唯"与"尧舜之盛""汤武之隆"所用助词也具有语音修辞上的价值。前者有助于"唯"的叠用，与"否"一起极具表现力。后面的两个"之"在语音结构上不宜省略，使得前后对称、均衡。

三、音节的整散错综倾向

秦汉至隋时的散体文除了《世说新语》之外，《史记》《汉书》也是具有一定的代表性的。就具体行文而言，《史记》和《汉书》规模较大，既为总体上的散体文，又在规模上较大，所以，这里主要考察二者的音节修辞情况。

从整体上看，《史记》多散行文句，《汉书》渐倾向排偶，已有定评。对于其渊源不同，钱基博《〈史记〉之分析与综合》已略加述及："《尚书》之文，奇偶相生，音韵克谐，而《左传》亦整齐多偶句，《国语》则《左传》草嵩，文亦如之，盖皆散中带骈者也。惟《国策》之文，句不限于长短，而气多出于纵横。班氏之文，衍《尚书》《左氏》，寓偶于奇，而史公则出《国策》，化堆砌为烟云，变整密为疏荡者也。"而吴福助《史汉文学比较》加上求之于西汉与东汉文风之异，云：“西汉上承战国纵横之习，犹多单行之语，少杂骈俪之辞，雄奇自恣，而不失其典重；东汉继西京日久承平之后，骈文之酝酿逐渐成熟，因而多以单行之语运排偶之辞，腾文耀采，奇偶相生，遂不免稍伤靡敝矣。《汉书》之有趋于骈俪之倾向，显系受此种由浑古而渐漓之时代风气影响者也。”

虽然说《史记》行文多用散句，但并不意味着《史记》中没有排偶。事实上，《五帝本纪》中即存在排偶。例如《五帝本纪·黄帝纪》云：“生而神灵，弱而能言，幼而徇齐，长而敦敏，成而聪明。”《颛顼纪》云：“静渊以有谋，疏通而知事；养材以任地，载时以象天，依鬼神以制义，治气以教化，絜诚以祭祀。北至于幽陵，南至于交趾，西至于流沙，东至于蟠木。动静之物，大小之神，日月所照，莫不砥属。”《史记·太史公自序》各篇小序中也用四言。[①]

就具体的基本的话语单位句子而言，有一个音节构成的，也有几十个音节成句的。例如：《史记·李将军列传》中的一字句：“广令诸骑曰：‘前！’前，未到匈奴陈二里所，止。”此外，还有音节较为繁复的句子，例如《史记·孝文本纪》中的二十八字句：“皇后姓窦氏。上为立后故，赐天下鳏寡孤独穷困及年八十已上孤儿九岁已下布帛米肉各有数。”

《史记》中语句上的错综体现了散文在音节上的“不拘一格”。例如《史记·管晏列传》中越石父对晏子的一番话：“不然，吾闻君子诎于不知己而信于知己者。方吾在缧绁中，彼不知我也。夫子既已感寤而赎我，是知己；知己而无礼，固不如在缧绁之中。”短的有二字句，长的有十五字句，其间有三字句、五字句、六字句、八字句、

---

① 朴宰雨.《史记》《汉书》比较研究 [M]. 北京：中国文学出版社，1994.366

九字句等。[1]

此外，《史记》中也常常用到拟声词，用以摹状。例如《史记·魏其武安侯列传》："今日长者为寿，乃效女儿呫嗫耳语。""呫嗫"，耳语声。

至于《汉书》在语音修辞上的整体倾向，正如有论者所指出的，其行文倾向，可分两类来说明。一类为袭用《史记》的部分，另一类为班固新创的部分。[2]前者与《史记》略同，后者则很明显地倾向于排偶。如《西域传赞》云：

> 孝武之世，图制匈奴，患其兼从西国，结党南羌，乃表河西，列四郡，开玉门，通西域，以断匈奴右臂，隔绝南羌、月氏。单于失援，由是远遁，而幕南无王庭。遭值文、景玄默，养民五世，天下殷富，财力有余，士马强盛。……殊方异物，四面而至。于是广开上林，穿昆明池。营千门万户之宫，立神明通天之台。兴造甲乙之帐，落以随珠和璧，天子负黼依，袭翠被，冯玉几，而处其中。设酒池肉林以飨四夷之客，作《巴俞》都卢、海中《砀极》、漫衍鱼龙、角抵之戏以观视之。及赂遗赠送，万里相奉，师旅之费，不可胜计。

显然，以上"赞语"与骈赋在成句音节构成上几别无二致。《汉书》中这种在成句音节构成上具有排偶倾向的比较多见，如《蒯伍江息夫传赞》《货殖传序》以及各表序、志序等大部分都是。

① 朴宰雨.《史记》《汉书》比较研究[M].北京：中国文学出版社，1994.367

② 朴宰雨.《史记》《汉书》比较研究[M].北京：中国文学出版社，1994.368

四、诉诸语音的修辞手法的运用

就这一时期的散体语音修辞而言，有些诉诸语音的修辞手法的运用同样值得我们关注。

诉诸语音的修辞手法的运用比较典型的情形是语音双关。《史记》中有一些语音双关的用法。其中比较典型的双关主要用于描述性的语言当中，是一种元语言意义上的语音双关。例如《项羽本纪·鸿门宴》中范增"数目项王，举所佩玉玦以示之者三"的部分，"玦"读法跟"决"同，即范增举所佩玉"玦"，就是促求项羽"决"行刺杀刘邦的。这种利用语音上的相谐表达特殊的含义，值得玩味，对后世隐语的影响是比较大的。

再如《淮阴侯列传》里"秦失其鹿，天下共逐之"句中"鹿"与"禄"同音。这里利用"鹿""禄"语音上的相同，形成语义上的双关。在表达上更为婉转，使语义张力更大。

又如《淮阴侯列传》：

> 乘人之车者载人之患，衣人之衣者怀人之忧，食人之食者死人之事。

其中应用字义双关和字音双关。[①]

有时也可见到利用语音形成示现格的。例如：

> 项王见人恭敬慈爱，言语呕呕，人有疾病，涕泣分食饮，至使人有功当封爵者，印刓弊，忍不能予，此所谓妇人之仁也。

其中的"言语呕呕"，即示现听觉形象的显例。"示现是把实际

① 朴宰雨.《史记》《汉书》比较研究[M].北京：中国文学出版社，1994.372

上不见不闻的事物，说得如见如闻的辞格。所谓不见不闻，或者原本已过去，或者还在未来，或者不过是说者想象里的景象……”[①]这里的“呕呕”即把“原本已过去”的“不闻”的事物（言语声）摹状出来，供读者“捉摸”。

不妨说，《史记》在修辞，尤其是语音修辞上的成功，是其荣膺“史家之绝唱，无韵之离骚”的必要条件。

① 陈望道．修辞学发凡[M]．上海：上海教育出版社，1997.124

第四节 唐宋古文语音修辞

秦汉魏晋叙事散文之后，唐宋古文在语音修辞上各种风格“各领风骚”，这与其时发展并繁荣的近体诗恰好形成鲜明对照。具体表现为这样几个方面：骈散的错综，拟声词的衍变，虚词的音律适用。

一、骈散的错综

似乎与前代不同，唐代古文作家中有明确主张“奇奇怪怪”并将之付诸言语实践的，比如韩愈在其《应科目时与人书》《曹成王碑》等言语作品中即身体力行“搜奇抉择怪，雕镂文字”之“不专一能、怪怪奇奇”之修辞理念。这种风格的实质是重视形式，而形式的最为基本的要素即语音，因而在这个意义上可以说韩愈在语音修辞上的影响是不可忽略的。事实上，其影响在后世确实是很大的，诚如李肇《国史补》所言：“元和以后，为文笔则学奇诡与韩愈。”之所以韩愈所倡导的“怪怪奇奇”论影响深远，恐怕与其文学成就以及他既有相关理念（见其《送穷文》《荆谭唱和诗序》等）和相应实践（《应科目时与人书》《曹成王碑》等作品）密切相关。

隋唐以前的散文与赋之间始终有着“剪不断，理还乱”的千丝万缕的联系。隋唐以前大部分散文在语音修辞上都没有脱离诗赋的影响，有很明显的用韵的，也有虽不用韵而仍保持赋的华丽的辞藻与整齐音节配置的。

唐朝古文运动有人称之为“散文解放运动”。韩（愈）（768—824）柳（宗元）（773—819），创制出取代骈文的新型散文“古文”。骈文讲求词句的对偶、结构的匀齐及声韵的协调，而“古文”却不同，要把外在的格律变为内在的节奏。内在的节奏即韩愈所谓“气”。“气盛则言之短长，与声之高下者皆宜。”（《答李翊书》）内在的节奏是“古文”语言的生命。文章内在节奏的轻重徐疾，一体现在具体的表达上，就自然而然地形成长短不等的句式及高低不同的音律。例如韩愈《柳子厚墓志铭》：

> 呜呼！士穷乃见节义。今夫平居里巷相慕悦，酒食游戏相征逐，诩诩强笑语以相取下，握手出肺肝相示，指天日涕泣，誓生死不相背负，真若可信，一旦临小利，仅如毛发比，反眼若不相识，落陷阱，不一引手救，反挤之，又下石焉者，皆是也。

正如启功在《诗文声律论稿》中所分析的：“这段文作者为表达一种悲愤的心情，所以前十二句全取抑调，最后‘石焉’一扬，结句仍归于抑。但在各句中的各节，则大部分是平节仄节相间。读起来，虽有连续抑调，却毫不死板沉闷。”[①] 启功同时概括指出：“散文中这

① 启功．诗文声律论稿［M］．北京：中华书局，2000.95

种抑扬，本是一般具有的，只因它不加骈文那样明显，所以读者不易觉察。”值得注意的是，启功在这里所说的“散文”其实指的是“古代散文”，特别是唐宋散文。再者，这一段文字在语音上，第一句才6个音节，而紧接着的后一句居然长达84个音节，但仍然没有给人在诵读上带来感知上的困难。这全是整散结合、节奏和谐之功效。

再比如宋代散文大家王安石《读孟尝君传》一文：

> 世皆称孟尝君能得士，士以故归之，而卒赖其力，以脱于虎豹之秦。嗟乎，孟尝君特鸡鸣狗盗之雄耳，岂足以言得士？不然，擅齐之强，得一士焉，宜可以南面而制秦，尚何取鸡鸣狗盗之力哉？夫鸡鸣狗盗之出其门，此士之所以不至也。

这段文字中所表现出来的抑扬吞吐，自然呼应，读起来相当顺口，听起来也十分悦耳。在整体上也颇具语音修辞特色，颇具韵致。

古文本以散句为基调，时有骈语杂于其间。因此，倡导古文参差美的韩愈反对骈文，而不废骈语。似乎可以说，“骈文”和“散文”是文体上的具体差异，而“骈语”和“散文”之间更多的是语音上的可参照相关联。“散”“骈”之间的关系在这个意义上又可窥其一斑。“从前人做古文，对声音节奏却也很讲究。朱子说：‘韩退之、苏明允作文，敝一生之精力，皆从古人声响处学。’韩退之自己也说：‘气盛则言之短长，声之高下，皆宜。’清朝桐城派文学家古文，特重朗诵，用意就在揣摩声音节奏。刘海峰谈文，说：‘学者求神气而得之音节，求音节而得之字句，思过半矣。’姚姬传甚至谓：‘文章之精妙不出字句声色之间，舍此便无可窥寻。’”[①] 这表明，古文讲究声音节奏，

① 朱光潜 . 谈文学 [M]. 上海：上海文艺出版社，2001.71~72

讲究语音修辞。再如柳宗元《至小丘西小石潭记》：

> 从小丘西行百二十步，隔篁竹，闻水声，如鸣珮环，心乐之。伐竹取道，下见小潭，水尤清洌。全石以为底，近岸，卷石底以出，为坻，为屿，为嵁，为岩。青树翠蔓，蒙络摇缀，参差披拂。
>
> 潭中鱼可百许头，皆若空游无所依。日光下澈，影布石上，佁然不动，俶尔远逝，往来翕忽。似与游者相乐。
>
> 潭西南而望，斗折蛇行，明灭可见。其岸势犬牙差互，不可知其源。坐潭上，四面竹树环合，寂寥无人，凄神寒骨，悄怆幽邃。以其境过清，不可久居，乃记之而去。
>
> 同游者吴武陵、龚古，余弟宗玄。隶而从者，崔氏二小生，曰恕己，曰奉壹。

上例同样脍炙人口，首句九音节形式，紧承其后的是两个三音节句子，随后是四音节、三音节。整个自然段形成这样的音节系列：九－三－三－四－三－四－四－四－五－二－五－二－二－二－二－四－四－四。紧接着的一个自然段的句读音节系列：七－七－四－四－四－四－四－六。第三个自然段：五－四－四－七－五－三－六－四－四－四－五－四－五。最后一个自然段：三－三－二－四－四－五－三－三。其中，单音节句读形式0个，双音节句读形式6个，三音节形式8个，四音节形式共20个，五音节形式6个，六音节形式2个，七音节形式3个，八音节形式1个（文章标题），九音节形式1个。不难看出，总体上句读形式较为短，其与四－六骈文格式不尽相同，仍然以较短的四言形式为主，占整篇总句读数的42.55%；其次是三言，二言和五言并列居第三。奇数形式的共 18 个，占总数的 38.30%；偶数形式共 29 个，占总数的 61.70%。

以后在音节上流利轻便的散文逐渐占优势，不过诗赋在语音调整适用（语音修辞）上对于散文的影响到明清时代还未完全消失，一直到“五四”前后的“白话文运动”这种影响还在。在语音修辞上，诚如朱光潜所言：

> 我们不能预言中国散文将来是否有一部分要回到杂用音律的路，不过想起欧战后起来的“多音散文”(polyphonic prose)，这并非不可能。费莱契（Fletcher）说它的重要“不亚于政治上的欧战，科学上镭的发明”，虽未免过甚其词，它是一个值得注意的运动，却是无可讳言的。据罗威尔(A.Lowell)女士说：“多音散文应用诗所有的一切声音，如音节，自由诗，双声，叠韵，回旋之类；它可应用一切节奏，有时并且用散文节奏，但是通常不把某一种节奏用到很长的时间。……韵可以摆在波动节奏的终点，可以彼此紧相衔接，也可以隔很长的距离遥相呼应。”……赋可以说是最早的“多音散文”。看到欧美的“多音散文”运动，我们不能断定将来中国散文一定完全放弃音律，因为像“多音散文”的赋在中国有长久的历史，并且中国文字双声叠韵最多，容易走上“多音”的路。①

以上朱光潜之所谓“多音散文”，其实质无非是骈散的错综变换，也就是不把某一种节奏用到很长时间，“韵可以摆在波动节奏的终点”，

① 朱光潜．诗论 [M]. 北京：生活·读书·新知三联书店，1984.115~116

这样，一方面，“可以彼此紧相衔接”；另一方面，“也可以隔很长的距离相呼应”。如此下去，错落有致，整散结合，具有良好的语音修辞效果。例如范仲淹《岳阳楼记》：

庆历四年春，滕子京谪守巴陵郡。越明年，政通人和，百废具兴。乃重修岳阳楼，增其旧制，刻唐贤、今人诗赋于其上。属予作文以记之。

予观夫巴陵胜状，在洞庭一湖。衔远山，吞长江，浩浩汤汤，横无际涯；朝晖夕阴，气象万千。此则岳阳楼之大观也。前人之述备矣。然则北通巫峡，南极潇湘，迁客骚人，多会于此，览物之情，得无异乎?

若夫淫雨霏霏，连月不开，阴风怒号，浊浪排空；日星隐曜，山岳潜形；商旅不行，樯倾楫摧；薄暮冥冥，虎啸猿啼。登斯楼也，则有去国怀乡，忧谗畏讥，满目萧然，感极而悲者矣。

至若春和景明，波澜不惊，上下天光，一碧万顷；沙鸥翔集，锦鳞游泳；岸芷汀兰，郁郁青青。而或长烟一空，皓月千里，浮光跃金，静影沉璧，渔歌互答，此乐何极！登斯楼也，则有心旷神怡，宠辱偕忘，把酒临风，其喜洋洋者矣。

嗟夫！予尝求古仁人之心，或异二者之为，何哉？不以物喜，不以己悲。居庙堂之高，则忧其民；处江湖之远，则忧其君。是进亦忧，退亦忧。然则何时而乐耶？其必曰“先天下之忧而忧，后天下之乐而乐”与！噫！微斯人，吾谁与归?

时六年九月十五日。

仍以传统的自然段划分，上例的句读音节可简单标记为：

第一自然段：五－八－三－四－四－六－四－十－七。第二自然段：七－五－三－三－四－四－四－四－九－六－六－四－四－四－四－四。第三自然段：六－四－四－四－四－四－四－四－四－四－四－六－四－四－六。第四自然段：六－四－四－四－四－四－四－四－六－四－四－四－四－四－四－六－四－四－六。第五自然段：二－八－六－二－四－四－五－四－五－四－四－三－七－三－十五－一－三－四。最后一个自然段：八言句。

总体来看，范仲淹《岳阳楼记》比柳宗元《至小丘西小石潭记》变化幅度更大。其中，一言句读形式 1 个，二言形式 2 个，三言形式 6 个，四言形式 46 个（含文章标题），五言形式 4 个，六言形式 11 个，七言形式 3 个，八言形式 2 个，九言形式 1 个，十言形式 1 个，十言以上形式 1 个（十五言）。四言句读形式仍最多，占整篇总数的 58.97%，比柳宗元《至小丘西小石潭记》高。奇数形式占 20.51%，偶数形式占 79.49%，偶数和奇数形式“对比度”（79.49 ： 20.51）为 3.86 ： 1，比柳宗元《至小丘西小石潭记》的偶数和奇数形式的“对比度”（1.61 ： 1）高。

二、拟声词的衍变

具体而言，一些拟声词常常是双声叠韵的。散文中的双声叠韵较之韵文而言，除了可以凸显“多音散文”之“多音”以外，它还可以更加突出口语化色彩。“由拟声音，因为中国文字有假借一途，所以不仅在口头语言中可以自由比拟外界的声音，即写入文章，一样可以运用相同的字音以摹状声貌。任何特殊的或繁复的声音，都可以找到惬当的字音来借代，因此，拟声语词也特别容易孳生。”①

拟声词在双声叠韵的情形下，是很容易孳乳出新词的。而这些新词在最初使用时常常是临时的，并不是为了造词而存在的。这即是说这种情形下的拟声词具有特定的语音修辞效果。对此，郭绍虞做过精当分析并给出了著例：

“因此，拟声词又可跟了外界复杂变化的声音，而或多或少，曲折以摹拟之。譬如，我们听到‘当’的一声，就可用一‘当’字以比拟之；听到‘丁’的一声，也就可用一‘丁’字以比拟之。‘丁’‘当’二字都自有其本义，但在这里，只成为假借拟声的用法。声不止于一次，则可衍为重言，称之为‘当当’或‘丁丁’。声不限于一种，则可混合称之为‘丁当’，或者长言之为‘丁丁当当’，复言之为‘丁当丁当’。白居易诗云‘丁丁漏向尽’，杨万里诗云‘寒生更点当当里’，而《水浒传》二十三回潘金莲的话‘我是一个不戴头巾男子汉，叮叮当当响的婆娘’，在这里，外界的声音表现了，主观的神情也显出了。假使外界声音再复杂一些，则或配以发声语词，成为‘克丁丁’‘克当当’‘吉丁丁’‘吉当当’诸语。或为‘克丁当’‘吉丁当’或‘克丁克当’‘吉丁吉当’诸语。又或缀以连语，如于‘丁’‘当’两个双声字之外，再加两个双声字——‘玲’‘琅’，而合称为‘丁玲当琅’，那么，‘丁当’双声，‘玲琅’双声，而‘丁玲’叠韵，‘当琅’也是叠韵，双叠相配，错综复杂，既能调剂唇吻，而所状声音也有‘大珠小珠落玉盘’之妙了。声音稍转，则为‘听泠镗泠’（泠读吴音），为‘亭伶宕泠’，

① 郭绍虞．郭绍虞说文论[M]．上海：上海古籍出版社，2000.233~234

为'青伶昌泠'，为'星零霜泠'（泠读吴音），为'砯伶彭泠'，为'平伶彭泠'，为'磐伶坑泠'。读作入声，则'丁玲当琅'变为'滴律搭剌'；声音稍转，又成为'铁律搭剌'，为'迭律达剌'，为'切律察剌'，为'悉律萨剌'，为'歇律豁剌'，为'匹律拍剌'，为'吃律搰剌'，为'戛律聒剌'，为'极律搿剌'。读作阴声，则'丁玲当琅'变为'低黎挞拉'；声音稍转，又成为'梯黎他拉'，为'比黎摆拉'，为'迷黎埋拉'，为'挤黎斋拉'，为'其黎搿拉'。'当'音转为'东'，则'丁当'变为'丁东'，杜牧诗'剑佩尝丁当'，而李商隐诗即为'玉佩鸣丁东'。倒言之则为'东丁'，黄鲁直诗'古人题作东丁水'。于是或衍为'克丁东''吉丁东''丁丁东东''东东丁丁'诸语，或缀以双声连语而成为'丁玲东珑'。声转则为'汀玲通珑'，为'亭玲同珑'，为'星玲松珑'，为'欣玲烘珑'，为'琴玲共珑'，为'倾零空珑'，为'凭玲蓬珑'。读作入声，则'丁玲东珑'变为'滴律笃落'；声音稍转，又成为'铁律踩落'，为'必律触落'，为'悉律索落'，为'歇律霍落'，为'迭律踩落'，为'切律剥落'，为'弼律薄落'，为'匹律扑落'，为'戛律阁落'，为'吃律壳落'，为'极律搁落'。读作阴声，则'丁玲东珑'变为'低黎多罗'，为'梯黎拖罗'，为'叽黎咕罗'。至于组合方法再加改变，又可变为'丁玲玲''丁琅琅'诸语，或'克丁丁当''吉丁丁当'诸语。于是，外界的无论何种声音，似乎都可以利用这些双生叠韵的配合以自由比拟了。"①

以上分析从语音的角度旁征博引，蔚为壮观，从一个侧面反映了拟声词的历时发展。

① 郭绍虞．郭绍虞说文论［M］．上海：上海古籍出版社，2000.234~235

三、虚词音律的适用

唐代古文直接延续即形成宋代古文，以至于我们可以认为唐宋古文在语音修辞上是一脉相承的。有鉴于此，我们可以将之并称为唐宋古文一起考察，就像我们将宋词和元散曲在语音修辞上不加严格区分，在语音修辞上概括为一个大的部类置于整个语音修辞史上一样。唐宋古文（散文）仍然十分重视虚字（虚词）的作用。因为“普通说话声音所表现的神情也就在承转、肯否、惊叹、疑问等地方见出，所以古文讲究声音，特别在虚字上做功夫”[①]。例如：传说欧阳修改《相州昼锦堂记》开头两句“仕宦至将相，锦衣归故乡”为“仕宦而至将相，锦衣而归故乡”即为显例。这里所做的修改是在原文的基础上增加了两个虚词“而”。之所以要做这样的改动，“我们如果把原句和改句朗诵来比较看，就会明白这两个‘而’字关系确实重大。原句气局促，改句便很舒畅；原句意直率，改句便有抑扬顿挫。从这个实例看，我们也可以知道音与义不能强分，更动了声音就连带地更动了意义。‘仕宦而至将相’比‘仕宦至将相’意思多一个转折，要深一层”[②]。显然，这种改动其实主要是基于语音感知、语音节奏等语音修辞上的考虑，修改之后，取得的语音修辞效果更为理想。

除了以上所列举的连词在散文语音修辞上具有举足轻重的作用外，一些助词的适用也同样具有语音修辞上的意义。例如柳子厚《钴鉧潭记》：

> 于以见天之高，气之迥，孰使予乐居夷而忘故土者，非兹潭也欤？

① 朱光潜．谈文学[M].上海：上海文艺出版社，2001.72

② 朱光潜．谈文学[M].上海：上海文艺出版社，2001.72

如果删除以上“天之高”“气之迴”之间的助词“之”，“非兹潭也欤”中的助词“也”，虽然在句子的理性意义上似乎无损，但是句子的语气韵味将由此大打折扣。句尾的“也”和“欤”两个功能在此相近的虚词连用，在音节上更为完足，语气上更为顺畅。这些都收到了极好的语音修辞效果。

除了如上用以语气连贯的连词的适用，在唐宋散文中，也有直接使用叹词抒发胸臆的，例如：

> 呜呼！士穷乃见节义。（韩愈《柳子厚墓志铭》）
>
> 嗟乎！孟尝君特鸡鸣狗盗之雄耳，岂足以言得士？（王安石《读孟尝君传》）

以上两例分别运用了叹词“呜呼”“嗟乎”。一方面，于句具有提顿作用，于读者具有提醒作用；另一方面，于作者则有助于其情绪情感乃至思想的直接抒发和表述，颇具酣畅淋漓之感。其中，“嗟乎，孟尝君特鸡鸣狗盗之雄耳，岂足以言得士”还同时借助句尾语气词“耳”及句首语气词“岂”，更显意味深长。

需要指出的是，古文在语音修辞上并不仅仅囿于虚词一端，但虚词之于散文语音调整适用而言更为便捷、直接，最为紧要。“此外段落的起伏开合，句的长短，字的平仄，文的骈散，都与声音有关。”①通过作家改笔的趣话、佳话可以见出唐宋散文大家在语音修辞上的精细“雕刻”和刻意琢磨。例如，范文正公作《严先生祠堂记》，收尾四句歌是“云山苍苍，江水泱泱，先生之德，山高水长”。他的朋友李太伯看见，就告诉他：“公此文一出名世，只一字未妥。”他问何字，

① 朱光潜．谈文学[M].上海：上海文艺出版社，2001.73

李泰伯说："先生之德不如改先生之风。"他听着很高兴，就依着改了。"德"字与"风"字在意义上固然不同，最重要的分别还在声音上面。"德"字仄声音哑，没有"风"字那么沉重响亮。由"德"而"风"，不是如上所述之虚词的改动，而是实词在音质特征上的衡量和计较。

第五节 现当代散文语音修辞

元明清散文似没有太大的实质性发展，在形式体制上多为对“唐宋古文”的某种沿袭。着眼于语音修辞，散文在现当代有了一定的发展，形成了真正意义上的白话文散文，语音修辞的“白话性”也随之而生。

现当代散文，与戏剧和歌词不同，散文的目的不在于直接用以表演，而在于提供阅读欣赏，这与小说类似。人们常说散文是“形散神不散”，事实上，散文中对于语音修辞也是比较重视的，即“形散”也只是一种相对的、宽泛的和笼统的说法。现当代散文对语音修辞的重视主要表现在以下几个方面。

一、复叠和匀称

散文中音节的复叠和匀称，只是其整体中的一部分。其中的复叠只是部分语词和句子的重复使用，而不是像诗词那样在整体上可以重章迭唱。而且在功用上，散文的复叠和匀称主要为了就某一个环节加深读者的印象，同时有助于整体意象的经营和意境的生成。

首先，用语的反复迭现。例如：

> 在我的后园，可以看见墙外有两株树，一株是枣树，还有一株也是枣树。（鲁迅《秋夜》）

上例“一株是枣树”连用了两次，只是后一次使用时添加了“还有”和“也”等表示强调的词语，这种重复使用历来为人们所称道，它在语音修辞上较好地体现了能指与所指之间的张力。

> 有时一澄到底的清澈，有时激起成章的波动，流，流，流入凉爽的橄榄林中，流入妩媚的阿诺河去……（徐志摩《翡冷翠山居闲话》）

上例，单音节形式“流”复叠，流畅生动，兴致盎然。

> 我所亟亟要显示的是淡如水的一味依恋，一种茫茫无羁泊的依恋，一种在夕阳光里，街灯影傍的依恋。（俞平伯《清河坊》）

上例，“一味依恋”与“一种依恋”句法结构相似，“一种……依恋”重复两次。

> “套鞋可以吧？”我打量了我全身的衣裳，一件棉外衣，一件夹袍，一件单衫，一件短绒衣和绒裤，一双皮鞋，一双单袜。（萧红《过夜》）

上例“一件”重复4次，“一双”重复两次。

第二，音节的匀称配置。例如：

譬如亲密的家人在那里，知心的朋友在那里，怎得不恋恋？怎得不怀念？但是仅仅为了爱故乡么？不是的，不过在故乡的几个人把我们牵系着罢了。（叶圣陶《藕与莼菜》）

上例句式复现，音节匀称。

自己萎弱，恶人健全；自己恶动，忌人活泼；自己饮水，嫉人喝茶；自己呻吟，恨人笑声，总是心地欠宽大所致。（林语堂《方巾气研究》）

上例“自己”作为小句的主语，多次复现，音节结构匀称，朗朗上口。

讲到住房，我的经验不算少，什么“上支下摘”“前廊后厦”“一楼一底”“三上三下”“亭子间”“茆草棚”“琼楼玉宇”和“摩天大厦”，各式各样，我都尝试过。（梁实秋《雅舍》）

上例住房的名称四音节形式和三音节形式结构匀称，虽列锦并书，但毫无杂糅啰唆之嫌。

第三，复叠和调匀（调节音节使句子匀称）交互作用。例如：

是虫声四起；是梦鸟乍飞；是白枭咒语；是潜流行吟；是孤独的马嘶；是负伤的狼嗥；是车轮的硌碟；是远方的呢喃；是肃穆的夜晚泄漏天庭的秘密；是幽渊的地心吐纳荒古的哀咏。（许淇《夜走荒原》）

上例“是”接连使用10次，而且前面4次的后附成分均为同一种音节结构，带有一定的对偶性质，因复叠而音节匀称。中间4次在结构上有所改变，但这四个句子又是匀称的。后两句在结构上又不同于前两个类型，独具一格。整段话的节奏不妨可切分表示为：一二二；一二二；一二二；一二二；一三二；一三二；一三二；一三二；一三二；一三二二三二；一三二二三二。其中的第一个节奏单位是同一的。这种音节配置，堪称语音修辞上的适切性与美感性的统一。

> 她在冷的夜气中，瑟缩地做梦，梦见春的到来，梦见秋的到来，梦见瘦的诗人将眼泪擦在她最末的花瓣上，告诉她秋虽然来，冬虽然来，而此后接着还是春，蝴蝶乱飞，蜜蜂都唱起春词来了。（鲁迅《秋夜》）

这里“做梦”与第一个“梦见”有效衔接，随后“梦见”连续出现3次，形成一个排比。紧接着“虽然来”也重复出现两次，且其直接组合成分“秋”与“冬”对应，于错综中有整齐，因了复叠而音节匀称，为了音节匀称而复叠。

这一段话，每一个句子都不太长，结构在总体上较为匀称。置于句尾的词“来”重复使用6次，在其重复中显示出语势。

> 他想：一个是她的，一个是阿大的，一个是阿二的。虽然他们远处在那渺茫难接的上海，但是仿佛给他们加保了一重险，他们也就各各增加一种新的勇气。（叶圣陶《潘先生在难中》）

上例“一个是……的”结构重复使用3次，随后“他们”重复出现3次，可看作是对前面3次重复的回应。这里之所以不惮其烦地“铺排”，似乎有意于、有助于“陈列”主人公“潘先生”的想法。

> 她的爱不但包围我，而且普遍地包围着一切爱我的人。而且因着爱我，她也爱了天下的儿女，她更爱了天下的母亲。（冰心《寄小读者》）

这里的“爱”重复使用了5次，每个常时语音停顿内部均有“爱”这个音节。其后“她也爱了天下的儿女，她更爱了天下的母亲”可看作是一种宽泛意义上的对偶，复叠与匀称又协同于良好的语音修辞表达效果之中。

二、音节的错综

恐怕散文和小说中更为经常使用的音节配置方式是音节的错综。这里举几例予以说明。例如：

> 这是如何可惊喜的事，从母亲口中，逐渐地发现了，完成了，我自己！她从最初已知道我，认识我，喜爱我。在我不知道不承认世界上有个我的时候，她已爱了我了。我从三岁上，才慢慢地在宇宙中寻到了自己，爱了自己，认识了自己；然而我所知道的自己，不过是母亲意念中的百分之一，千万分之一。
>
> 小朋友！当你寻见了世界上有一个人，认识你，知道你，爱你，都千百倍地胜过你自己的时候，你怎能不感激，不流

泪，不死心塌地地爱她，而且死心塌地地容她爱你？（冰心《寄小读者》）

上例在句子的音节安排上长短不拘，有两个字一个句子停顿的，有3个字的，也有17个字的。显然，这种配置较为生动活泼，与该篇话语的接受对象“小读者”是相对应的。特别值得玩味的是第一句，该句句内的长时停顿颇有讲究。应该说，“从母亲口中，逐渐地发现了，完成了，我自己！”中的所有“逗号”都可取消，在语义理解上一般也不会形成障碍，但是作者将其断为四个片段，便更为上口，尤其是更符合“小朋友”的阅读能力和阅读习惯。

回家变卖典质，父亲还了亏空；又借钱办了丧事。……但他终于不放心，怕茶房不妥帖，颇踌躇了一会。其实我那年已二十岁，北京已来往过两三次，是没有甚么要紧的了。（朱自清《背影》）

这样的文字，十分洗练，在音节构成上较为严整。形成了六、六、七……七、六、六、九、九、九样式。类似的如：

我读到此处，在晶莹的泪光中，又看见那肥胖的，青布棉袍，黑布马褂的背影。（朱自清《背影》）

总体上音节配置显得和谐而自然。

空气总是明净的，近谷内不生烟，远山上不起霭，那美秀风景的全部正像画片似的展露在你的眼前，供你闲暇的鉴赏。（徐志摩《翡冷翠山居闲话》）

上例音节长短错综，不板滞。类似的如：

看书会使你做起梦来，听你的密友细诉衷曲也会使你做梦，晨曦，雨声，月光，舞影，鸟鸣，波纹，桨声，山色，暮霭……都能勾起你的轻梦，但是我觉得火是最易点着轻梦的东西。（梁遇春《观火》）

她两肩微耸，四顾，倾听，似惊，似喜，似怒，终于发出悲哀的声音，慢慢地唱道："奴奴本是杨家女，呵呀，苦呀，天哪！……"（鲁迅《女吊》）

"雅舍"之陈设，只当得简朴二字，但洒扫拂拭，不使有纤尘。我非显要，故名公巨卿之照片不得入我室；我非牙医，故无博士文凭张挂壁间；我不业理发，故丝织西湖十景以及电影明星之照片亦均不能张我四壁。（梁实秋《雅舍》）

以上3例小句在音节形式上形成"长短句"，韵致灵动。

三、拟声词的运用

小说和散文中经常使用拟声词进行描写，以增强表现力。例如：

哇的一声，夜游的恶鸟飞过了。（鲁迅《秋夜》）

此处的拟声词"哇"若换成其他的非拟声词，不仅将索然寡味，而且在音响形象上也不丰满，更不利于表现其时凄厉的情景语境。

后窗的玻璃上丁丁地响，还有许多小飞虫乱撞。不多久，几个进来了，许是从窗纸的破孔近来的。他们一进来，又在玻璃的灯笼上撞得丁丁地响。（鲁迅《秋夜》）

这里的拟声词“丁丁”重复使用两次，较为鲜活，兴味盎然。

我们试想：若没有飘零的游子，则西风下的黄叶，原不妨由它们花花自己去响着。（俞平伯《清河坊》）

上例的“花花”也较为生动。

我们雅步街头，则砬磴砬磴地石板怪响，而大嚷“欠来！欠来！”的洋车，或前或后冲过来了。（俞平伯《清河坊》）

上例拟声词“砬磴砬磴”和“欠来！欠来！”重复出现，分别模拟自然界和人的声音，也十分生动。

两把芭蕉扇做的脚踏车，麻雀牌堆成的火车、汽车，你何等认真地看待，挺直了嗓子叫“汪——”“咕咕咕……”来代替汽笛。（丰子恺《给我的孩子们》）

上例“汪——”“咕咕咕……”描写人模仿汽笛的声音，童趣盎然。

积雪在脚下面呼叫：“吱……吱……吱。”我的眼毛感到纠绞，积雪随着风在我的腿部扫打。（萧红《过夜》）

上例模拟自然界的积雪的声音。

四、语气标记语的使用

散文和小说中大量使用虚词，尤其是叹词、助词，更有助于传情，有助于表现人物性格。例如：

唉！我不知何时再能与他相见！（朱自清《背影》）

这里的叹词“唉”便把“我”对父亲的爱传达得更为真挚，更为深沉。

那一个夏天他病的时候多，你成天儿忙着，汤呀，药呀，冷呀，暖呀，连觉也没有好好儿睡过。（朱自清《给亡妻》）

上例连用了4个语气词“呀”。

着着很厚的青布单衣或夹袄的都市闲人，咬着烟管，在雨后的斜桥影里，上桥头树底去一立，遇见熟人，便会用了缓慢悠闲的声调，微叹着互答着地说：“唉，天可真凉了——”（这了字念得很高，拖得很长。）“可不是么？一层秋雨一层凉啦！”北方人念阵字，总老像是层字，平平仄仄起来，这念错的岐韵，倒来得正好。（郁达夫《故都的秋》）

上例用了叹词“唉”和语气词“么”“啦”等，尤其是作者以特定的描写表现了超音段特征。

哼，美国的橘子包着纸；遇到北平的带霜儿的玉李，还不愧杀！（老舍《想北平》）

上例的“哼”十分传神。

好，不再说了吧；要落泪了，真想念北平呀！（老舍《想北平》）

上例是文章的末尾，连用了“好”“吧”“了”“呀”等语气标记语。

“还见过吗？这丫头十三岁啦，你看这头发吧！活像个多毛兽！”她在那孩子的头上用筷子打了一下，于是又举起她的酒杯来。（萧红《过夜》）

上例用了“吗”“啦”“吧”等语气标记语。

五、多种语音修辞手段的运用

散文常常同时并用多种语音修辞手段。例如：

连天下雨，这里一片汪洋，成了个清可见底的大水塘。中间有两条堤岸；我举足踹上堤岸，立即深深陷下去；原来那是大车拱起的轮辙，浸了水是一条“酥堤”。我跋涉到此，虽然走的是平坦大道，也大不容易，不愿废然而返。水并不没过靴筒，还差着一二寸。水底有些地方是沙，有些地方是草；沙地有软有硬，草地也有软有硬。我拄着拐杖一步一步试探着前行，想不到竟安然渡过了这个大水塘。（杨绛《干校六记》）

上例，“酥堤”与“苏堤”谐音，十分诙谐。“水底有些地方是沙，有些地方是草；沙地有软有硬，草地也有软有硬”，多个音节复现。“这里一片汪洋，成了个清可见底的大水塘”中的“洋”和“塘”恰好押韵。

由沅陵南岸看北岸山城，房屋接瓦连椽，较高处露出雉堞，沿山围绕，丛树点缀其间，风光入眼，实不俗气。由北岸向南望，则河边小山间，竹园、树木、庙宇、高塔、居民，仿佛各个位置在最适当处。山后较远处群峰罗列，如屏如障，烟云变幻，颜色集翠堆蓝。早晚相对，令人想象其中必有帝子天神，驾螭乘蜺，驰骤其间。绕城长河，每年三四月春水发后，洪江油船颜色鲜明，在摇橹歌呼中联翩下驶。长方形大木筏，数十精壮汉子，各据筏上一角，举桡激水，乘流而下。就中最令人感动处，是小船半渡，游目四瞩，俨然四围皆山，山外重山，一切如画。水深流速，弄船女子，腰腿劲健，胆大心平，危立船头，视若无事。（沈从文《沅陵的人》）

上例既有长短句整散结合，形成音节的错综，又有韵律的和谐，声调的平仄相间。

船身微微地左右攲斜，这两点星光，也徐徐地在两旁隐约起伏。光线穿过雾层，莹然，灿然，直射到我的心上来，如招呼，如接引，我无言，久——久，悲哀的心弦，开始策策而动。（冰心《山中杂记之七》）

上例"微微""徐徐""久——久""策策"等音节的复叠形式十分生动，同时音节错综。

"雅舍"共是六间，我居其二。篦墙不固，门窗不严，故我与邻人彼此均可互通声息。邻人轰饮作乐，咿唔诗章，喁喁细语，以及鼾声、喷嚏声、吮汤声、撕纸声、脱皮鞋声，

均随时由门窗户壁的隙处荡漾而来，破我岑寂。（梁实秋《雅舍》）

上例音节错综，同时“……声”形式5次叠置，雅趣横生。

最后，散文语音修辞在总体上仍然是“整散结合”，前面所分析的一些语音修辞手段，总是进入和应合在特定的语境中使用的，它们并不是“单列”的，“纯粹”的，而是一定的情景语境和上下文语境中的语音修辞。

第三章

小说语音修辞

明清时期颇具典型性的语音修辞是其在小说语音上的调整适用。有鉴于此，我们仍然以其时在文体上尤具特色的明清小说为典型，考察其语音修辞，借此管窥明清时期的语音修辞。

明清时期颇具典型性的语音修辞是其在小说语音上的调整适用。口语，尤其是动态的真正的口语语音修辞，随着口头语语音修辞使用者的“不在场”，几已无法考究。有鉴于此，我们仍然以其时在文体上尤具特色的明清小说为典型，考察其语音修辞，借此管窥明清时期的语音修辞。

明清小说在语音修辞上非常重视读听的互动，注重说述听解的结合。语音是联系读者（这里尤指说书人）与读者（一般听众）的一个重要纽带。

明清小说在语音修辞上与宋元话本有其类似之处。宋话本是在唐代的说话和俗讲的基础上发展起来的。话本是说书（宋元时期称之为“说话”）艺人所用的底本，原来并非供一般读者阅读。后来逐步发展，形成了话本小说、拟话本小说。我国古代小说经历了周秦神话传说、六朝志怪志人小说、唐代传奇、宋代话本小说等阶段，在语体上逐渐由文言文向白话文转变。[①] 唐代传奇的体制篇幅一般不太大，大致相当于今天的中短篇小说，尤其是短篇小说。例如唐代李朝威的《柳毅传》，全文仅仅5000余字，而且每句以四言、三言居多，堪称言简意赅。

> 语未毕，而大声忽发，天坼地裂，宫殿摇簸，云烟沸涌。俄有赤龙长千余尺，电目血舌，朱鳞火鬣，项掣金锁，锁牵玉柱，千雷万霆，激绕其身，霰雪雨雹，一时皆下。乃擘青天而飞去。毅恐蹶仆地。君亲起持之曰：“无惧。固无害。”毅良久稍安，乃获自定，因告辞曰：“愿得生归，以避复来。”君曰：“必不如此。其去则然，其来则不然。幸为少尽缱绻。”因命酌互举，以款人事。

① 胡奇光．文笔鸣凤——历代作家风格章法研究[M]．北京：语文出版社，1990.195

这段文字即主要以四言为主，共18句，占全部31个句外语音停顿的58%。再比如蒋防《霍小玉传》中的一个片段：

> 玉乃侧身转面，斜视生良久遂举杯酒酬地曰："我为女子，薄命如斯！君是丈夫，负心若此！韶颜稚齿，饮恨而终。慈母在堂，不能供养。绮罗弦管，从此永休。徵痛黄泉，皆君所致。李君李君，今当永诀！我死之后，必为厉鬼，使君妻妾，终日不安！"

与《柳毅传》相似，《霍小玉传》全文也比较简短，据我们粗略统计共约3900字。上例中霍小玉所说的全为四言句，读起来较为上口，说起来十分铿锵有力。尤其是其中的"李君李君"这一呼告式的语音重叠，十分凄厉，十分传情。

比之唐传奇，话本小说在语音修辞上值得注意的是其为吸引观众、稳住观众而吸取变文里押座文的经验，在正文之前吟诵几首诗词或讲一两个小故事，即所谓"入话"。例如：

> 山色晴岚景物佳，暖烘回雁起平沙。东郊渐觉花供眼，南陌依稀草吐芽。堤上柳，未藏鸦，寻芳趁步到山家。陇头几树红梅落，红杏枝头未着花。

这首《鹧鸪天》说孟春景致，"佳""沙""芽""鸦""家""花"押韵，具有一定的韵味，有助于吸引读者的注意力，取得了一定的语音修辞效果。

这种体制在章回小说里有时也用到。这些都还保留着说唱文学的遗迹。

第一节 白话语音修辞的真正兴起

明清时期，白话语音修辞堪称真正兴起。这主要表现为以下几个方面：表示停顿、节奏和语气的从“口”助词、轻声助词的大量使用；方言口语的广泛采用；语词非音质特征的利用和声音的描摹象似。

一、表示停顿、节奏和语气的从“口”助词、轻声助词的大量使用

此前一些言语作品中大量使用“之”“乎”“者”“也”等助词表示停顿、强调、舒缓等语气，尤其是语音特征。到了明代，第一部长篇白话小说杰作《水浒传》问世之后，以其为代表的散体的言语作品并无“之”“乎”“者”“也”等字。

代替“之”“乎”“者”“也”的是一些从“口”的助词、轻声助词。我们管“哩”“呢”“吧”“吗”等助词统称为从“口”助词，管“的”等带有儿化色彩的助词称为轻声助词。明代开始，这些助词大量见诸言语作品中。

从“口”助词的使用是文言转变为白话的一个标志。《水浒传》使用的是白话，白话在语音上大大增强了作品的可读性与可听性。

刘钧杰对比了《醒世姻缘传》和《聊斋俚曲》中语气词“哩”和“呢”、疑问代词“甚”和“嘎”、结构助词“的”“得”等几组词用法上的差异，从语言特征上断定“两本书不出自同一作者之手”①。

轻声助词还频见于《红楼梦》这一不朽名著。例如第二十八回宝玉向黛玉倾诉衷肠的一番话语：

> （1）当初姑娘来了；（2）那不是我陪着玩笑；（3）凭我心爱的；（4）姑娘要；（5）就拿去；（6）我爱吃的；（7）听见姑娘也爱吃；（8）连忙的收拾的干干净净；（9）收着；（10）等着姑娘到来；（11）一桌子吃饭；（12）一床儿上睡觉；（13）丫头们想不到的；（14）我怕姑娘生气；（15）我替丫头们想到；（16）我心里想着；（17）姊妹们从小儿长大；（18）亲也罢；（19）热也罢；（20）和气到了底；（21）才见的比别人好；（23）如今谁承望姑娘人大心大；（24）不把我放在眼睛里。

此段材料用朱光潜的话说：“这只是随便挑出的，你把全段念着看，看它多么顺口，多么能表情，一点不做作，一点不拖沓。如果你

---

① 遇笑容.《儒林外史》词汇研究[M].北京：北京大学出版社，2001.13

会念，你会发现它里面也有很好的声音节奏。它有骈散交错，长短相间，起伏顿挫种种道理在里面，虽然这些都是出于自然，没有很显著的痕迹。”[①] 不难理解，朱光潜的这段评述是十分中肯的。但是，朱光潜只是对其做了描述，而未及从修辞学的角度，尤其是从语音修辞的角度分析之。事实上，这段文字之所以在声音节奏上脍炙人口，一个十分重要的原因是作者恰当地运用了一连串的轻声助词。比如第（1）句的“了”，第（3）句、（6）句、（8）句的“的”，第（16）句的“着”，第（11）句的“子”，第（12）句、（17）句的“儿”，第（18）句、（19）句的“罢”。以上短短的139个音节，即集中使用了15例轻声助词，几乎囊括了现代汉语中所有的轻声助词，这在清初出现于其时小说里实属难能可贵。其中，“的”使用了6次，“了”使用了1次，“着”使用了3次，“子”使用了1次，“罢”使用了两次，“儿”使用了两次。就这些轻声助词的分布而言，主要分布于句末，共8例。尤其值得注意的是，除了总体上分布得较为密集之外，第（8）、（9）、（10）分布得尤其密集，甚至可以说是轻声助词“的”和“着”的连用。饶有意味的是第（3）和（6）、第（9）和（10）、第（11）和（12）、第（18）和（19）均以这些虚词为标志，呈两两均衡对称出现。此外，值得一提的是，这些轻声助词的使用在此语境下显然是十分传神的，特别是它与特定的叠音词和双音节词配合使用更是饶有意味。比如第（8）句“连忙的收拾的干干净净”，两个轻声助词“的”及其所连带的成分与AABB式叠音词“干干净净”连用，十分个性化。此外，第（24）句“不把我放在眼睛里”中的“眼睛”也耐人寻味，现代汉语中类似的表达往往可以不用双音节词“眼睛”，而直接用其单音节形式“眼”，

① 朱光潜．谈文学[M]．上海：上海文艺出版社，2001.75

但是若用单音节词，在此由那些轻声助词等所营造的语境里，却失去了“嗔怪”的情境义素，就显得不是那么自然亲切，就多多少少有些生硬了。

以上所分析的一例还“只是随便挑出的”，《红楼梦》等明清小说轻声助词之适用由此可窥其一斑！

二、方言口语的广泛采用

有趣的是，有关方言土语的使用还常常作为判定作者的一个依据。这也充分表明了方言土语之于其时言语作品的重要意义，至少是起着某种区别性作用。例如，关于对《醒世姻缘传》作者的讨论，不论其讨论的结果如何，均体现了方言在明清小说中的存在及其标志性的重要意义。胡适认为他的考证得到一个完美的结论，而且是在治学方法和教授思想方法方面的一个有趣的例子。胡适所谓“文字学上的证据”，是从《醒世姻缘传》和蒲松龄的《聊斋俚曲》中找出的，在两书中同时出现的“待中”“流水”“善茬”等14个“特别的土语”。[1]

毋庸置疑，方言土语和共同语在语法上的差别远小于其在语音上的差别，而词汇在这里和语音却有着千丝万缕的关联。以至于有人孜孜以求方言的“本字”，所谓“考本字”是也。而汉语中的“字”往往其实就是一个音节。既然方言土语主要凸显的是其语音层面，那么方言土语的大量使用就势必可以作为某言语作品语音修辞上的特征了。明清小说中几乎是空前地大量使用方言土语，堪称其在语音修辞上的

① 遇笑容.《儒林外史》词汇研究[M].北京：北京大学出版社，2001.13

一大特色。

诚如遇笑容《〈儒林外史〉词汇研究》所言："有人说，没有方言就没有明清小说。这虽然是一种颇为偏激的见解，但是在其偏颇的背后，也反映出明清小说的一种特色。"① 具体说来，明清以来的著名的白话小说，《水浒传》《金瓶梅》《醒世姻缘传》有山东方言的色彩；《西游记》《儒林外史》使用了江淮方言；《红楼梦》《儿女英雄传》据说是用北京话写的；《海上花列传》《九尾龟》《何典》则被认为是用的吴语。虽不能说没有方言就没有明清小说，但真是没有明清小说没有方言。② 所谓明清小说里有没有方言实际是指小说里有没有适用方言，尤其是有没有适用方言语音，毕竟，语音是方言中尤具地域特色的要素。

明清小说里已有大量的多音节称代词，例如《水浒传》中的表示人物称代的"这厮""洒家"，《红楼梦》中的"周瑞家的"等。这种多音节称代实际上蕴涵了某种或某些语气、情绪情感等。此外，"洒家"等称代词具有一定的方言地域特征，是较为地道的大白话。所以明清小说中的大量多音节称代词的使用是一种修辞现象，是一种语音修辞现象。

例如《水浒传》：

> 鲁达看时，只见郑屠挺在地上，口里只有出的气，没了入的气，动弹不得。鲁提辖假意道："你这厮诈死，洒家再打！"只见面皮渐渐地变了。
>
> 鲁达寻思道："俺只指望打这厮一顿，不想三拳真个打

① 遇笑容.《儒林外史》词汇研究 [M]. 北京：北京大学出版社，2001.9

② 遇笑容.《儒林外史》词汇研究 [M]. 北京：北京大学出版社，2001.9

死了他。洒家须吃官司，又没人送饭，不如及早撒开。”

拔步便走，回头指着郑屠尸道：“你诈死，洒家和你慢慢理会！”

一头骂，一头大踏步去了。

“这厮”和“洒家”这两个双音节词作为第二和第一身的代称，既具有一定的时代色彩，又具有一定的白话色彩，同时“你”和“这厮”组合，以3个音节连用而表示第二身称代，亦颇耐人寻味，表现出了特定的神情、语气和心理特征，比如蔑视、气愤、快意，甚至还有些许慌乱，不妨说，以此特定语音能指传达出的是一种复杂的神情和况味，彰显了白话语音修辞的表现力。语音和语气的配合通过特定的表示语气的语词表现出来，从而在总体上形成“白话”特征。例如：“我自天也不怕！你只管让来让去假甚鸟！我便杀将起来，各自散伙！”（《水浒转》第六十七回）其中，“我”和“你”对举，并且连续出现“我”，这无疑是音节上的重复，但是这种重复是具有修辞意义的，突显出人物的性格特征，而且，还使用了“鸟”这一富于方言特色的带有俚俗性质的词，就更传神了，使得特定人物形象栩栩如生。

在一定意义上可以说《水浒传》的可读性与其在语音上的易于感知不无关系，诚如胡奇光援引一篇假托袁宏道写的《东西汉通俗演义序》中的故事所说的，有位读书人，书读十年缄默十年，一天，突然拍案叫绝说：“予每检《十三经》或《二十一史》，一展卷，即忽忽欲睡去，未若《水浒》之明白易晓，语语家常，使我捧玩不能释手者也。”①方言口语的采用不仅使作品贴近生活，贴近民众，而且使作品的音响形象也显得丰富多彩。

① 胡奇光．文笔鸣凤——历代作家风格章法研究［M］．北京：语文出版社，1990.195

三、语词非音质特征的利用和声音的描摹象似

明清小说还十分注重语音的轻重、语音的停顿、轻声等非音质特征之于表达上的功能。

语音上的轻重是与读者的接受密切相关的，一般说来，语音的轻重主要与“读”尤为密切。语音的轻重读也与人物形象的塑造、人物性格的刻画密切相关。例如《水浒传》第二十九回即有一个言语片段可作为典型：

> 我从来只要打天下这等不明道德的人（我字响）。我若路见不平，真乃拔刀相助（我字响），我便死也不怕（我字响）。今日，我本把蒋家这厮，一顿拳脚打死，就除了一害（我字响）。我看你众高邻面上，权寄下这厮一条性命（我字响）。我今晚便要他投外府去（我字响）。若不离了此间，我再撞见时（我字响），景阳岗上大虫，便是模样。

以上括号中的“我字响”均为著名小说点评家金圣叹所做的夹注，这种夹注首先是一种接受，却同时表明了这种音质上的“响”之于此语境中的表达的重要性，并以此体现出了其修辞价值。

除了语音的轻重读，明清小说语流中语音上的停顿也值得重视。这种停顿，也具有传情达意的不可替代的作用。例如《水浒传》第十五回：

> 我在东京太师府里做奶公时。（一句十二字，作两半句读，“我在东京太师府里”，何等轩昂！“做奶公时”，何等出丑！）

以上“一句十二字，作两半句读，‘我在东京太师府里’，何等轩昂！‘做奶公时’，何等出丑！”是金圣叹所做的精彩点评，这种点评实乃一语道破天机。原来，语音上的停顿在这里是必要的，具有举足轻重的传情达意的意义的。

我们仍然以《水浒传》为例，《水浒传》还十分注重对语音和外界声音的描摹象似。例如：

都向着我喏喏连声。（《水浒传》第十五回）

扑的只一拳，正打在鼻子上，打得鲜血迸流，鼻子歪在半边，却便似开了个油酱铺：咸的，酸的，辣的，一发都滚出来。

郑屠挣不起来，那把尖刀也丢在一边，口里只叫：“打得好！”鲁达骂道：“直娘贼！还敢应口！”（《水浒传》第三回）

以上“喏喏”在音节上复叠，并且“喏”本身即有摹拟人们说话之功效。“扑”以象声词拟声。“咸的，酸的，辣的”三个“的”字结构并置，“的”为轻声。这种用法十分传神，同时在着墨上也较为经济，使得行文洗练，并且尤为重要的是，这三个双音节的“的”字结构可以使听读者在听读时易于注意，声情并茂。再如：

提起拳头来就眼眶际眉梢只一拳，打得眼棱缝裂，乌珠迸出，也似开了个彩帛铺的：红的，黑的，紫的，都绽将出来。（《水浒传》第三回）

上例同样是三个“的”字结构并置，“的”为轻声，同样声情并茂。又如：

两边看的人，惧怕鲁提辖，谁敢向前来劝。

郑屠当不过，讨饶。鲁达喝道："咄！你是个破落户！若只和俺硬到底，洒家便饶你了！你如今对俺讨饶，洒家偏不饶你！"（《水浒传》第三回）

上例使用"咄"这一语气词，也较为传神。自称"洒家"的口语化的白话色彩也较为明显。再如：

又只一拳，太阳上正着，却似做了一全堂水陆的道场：磬儿，钹儿，铙儿，一齐响。（《水浒传》第三回）

这里连用了三个儿化，属于较为典型的白话语音修辞特点。

此外，诉诸语音的修辞手法的临境运用也可见于明清小说之中，即运用语音的临时变易取得特定的修辞效果。例如，《红楼梦》第二十回中的一个片段：

二人正说着，只见湘云走来，笑道："二哥哥，林姐姐，你们天天一处顽，我好容易来了，也不理我一理儿。"黛玉笑道："偏是咬舌子爱说话，连个'二'哥哥也叫不出来，只是'爱'哥哥'爱'哥哥的。回来赶围棋儿，又该你闹'幺爱三四五'了。"宝玉笑道："你学惯了他，明儿连你还咬起来呢。"

这一段话写史湘云讲话带湘音，叫宝玉"二哥哥"，声似"爱哥哥"。黛玉笑她"咬舌子"说话，宝玉说："你学惯了他，明儿连你还咬起来呢"。此外，这里的"'爱'哥哥"还被重复使用，也是非常得体的，这种语音复叠，旨在传情，十分鲜活地表示了黛玉一定程度上的不满和嫉妒。再者，其后的“幺”谐“一”之音，做这种引申式的发挥，显然黛玉是动真格不满了，而且有些处心积虑地“挖苦”对方了。这一语音修辞颇具表现力，诚如脂砚斋夹批（庚辰双行夹批）所云：“可笑近之野史中，满纸羞花闭月、莺啼燕语。殊不知真正美人方有一陋处，如太真之肥、飞燕之瘦、西子之病，若施于别个，不美矣。今见‘咬舌’二字加之湘云，是何大法手眼敢用此二字哉？不独不见其陋，且更觉轻巧娇媚，俨然一娇憨湘云立于纸上，掩卷合目思之，其‘爱’‘厄’娇音如入耳内。然后将满纸莺啼燕语之字样填粪窖可也。”无疑，这种临时利用“爱”与“二”及“幺”与“一”在语音上的相谐，在特定语境中为整个言语作品增添了不少情趣，同时也有助于人物形象的塑造和性格的刻画。

第二节 明清小说语音修辞

明清小说在语音修辞上尤具特色的是其回目中对语音的“讲究”。明清小说内部的诗词曲赋语音修辞也很有特色。

一、明清小说回目及其语音修辞特色

中国古典长篇小说分回有目，首创于嘉靖本《三国演义》。从此，回目便以稳定性的形式因素成为明清乃至近代长篇小说的民族形式。[①]甚至有论者指出：“章回小说是我国古典长篇小说的唯一形式。”[②]如果说小说，尤其是章回小说是明清言语作品，特别是可保存下来的言语作品的典型，那么，回目则是明清小说在形式上的典型特征。

① 郑铁生．三国演义叙事艺术 [M]. 北京：新华出版社，2000.138

② 戚世隽，董上德．明清文学史 [M]. 广州：中山大学出版社，1999.45

（一）回目使用对偶的修辞动因

小说回目中的对偶与一般诗文里面的对偶的区别恐怕主要是功能上的，功能与其内容、位置等密切相关。就内容而言，《三国演义》一百二十回的回目标题，全部都是采取“事对”的方式。而且，不同的回目之间是有一定的内在联系的，他们在整体上在一定意义上形成整个章回小说的脉络。因此，回目在整个小说中绝不是可有可无的“东西”，它关涉人们（尤其是读者）对小说的整体观照、全面把握，好的回目无疑有助于读者提纲挈领。

事实上，相对于此前的较为典型的言语作品和文学样式，比如《诗经》《楚辞》《古诗十九首》、汉赋、唐诗、宋词等，小说的篇幅一般要大得多，这样，分回明目势必有助于人们识记和领会相关内容，回目举足轻重的意义就自不待言了。

回目需要人们去记忆，也得便于人们去识记，因此，采用以往人们熟知的几乎是以“集体无意识”保留下来的符合人们阅读习惯的押韵、对偶即一种上嘉的选择。从这个意义上说，明清小说回目的存在及其对偶形式押韵的存在方式是必要的，甚至是必然的。

此外，回目以对偶的形式存在，还符合人们对“对称美”“均衡美”的审美需求。小说中回目下的文字是很难做到对称和均衡的，它不可能像诗歌分节分行那样，于是，回目的对偶即在一定意义上起到了一种满足人们审美定势的作用。

以上分析均表明，回目在明清小说中出现带有一定的必然性。这种以对偶形式出现的回目在语音修辞史上的意义也就颇为重要了。在某种意义上说，它是明清小说语音修辞的亮点和典型。

遗憾的是，人们对明清小说回目的研究还不是很充分，在修辞学界这种考察还亟待加强。

难怪郑铁生那样忧心忡忡、不无感慨地说：“我国有上千部章回体小说，遗憾的是在中国修辞学史上关于回目对偶艺术这么丰富的遗产竟未著一字，长期无人问津。”①

应该说，《三国演义》无论就问世的时间还是审美价值，都可以将其回目语音修辞作为明清时期小说语音修辞的一个重要典型。对于《三国演义》回目语音修辞的考察，将主要着眼于动态，以其不同版本的相关回目的比较分析之。

（二）作为语音修辞过程的小说回目对偶的形成

正如前文所提及的，以不同版本的相关回目的比较分析，无疑是着眼于动态的考量。这种同一小说不同版本先后的改动正是修辞过程，就其“对偶化”而言，正是语音修辞过程。应该说这种语音修辞过程的探究人们目前关注得还很不够，我们在这里试析之。

现存嘉靖本《三国演义》在每回前都已有回目，此时的回目是以单句的形式出现的，尚未形成对偶。但是从整体上看，二百四十回的回目都是七言句，形式十分严整。

李卓吾评本《三国演义》第一次去掉“卷”，把二百四十回合成一百二十回。这样每一回目就由单句组成双句，拼合成对称的形式了。由于单句回目词语未变，出现双句上下虽然都是七字句，但大都不对仗。只有七个章回的回目基本属于对偶句，有的也不太严格。例如：

第　三　回　董卓议立陈留王　吕布刺杀丁建阳

第十一回　刘玄德北海解围　吕温侯濮阳大战

第四十七回　阚泽密献诈降书　庞统进献连环计

第六十一回　赵云截江夺幼主　曹操兴兵下江南

① 郑铁生．三国演义叙事艺术［M］．北京：新华出版社，2000.141

第六十四回　孔明定计捉张任　杨阜借兵破马超

第七十二回　刘玄德智取汉中　曹孟德忌杀杨修

第八十六回　难张温秦宓论天　泛龙舟魏主伐吴[①]

还可以做进一步的追溯，看看《三国志平话》里有关回目的情形，不妨撷取若干回目对照如下：

《三国志平话》与嘉靖本《三国演义》相应章回回目的对照：

《三国志平话》	《三国演义》
桃园结义	祭天地桃园结义
张飞鞭督邮	安喜张飞鞭督邮
董卓弄权	废汉君董卓弄权[②]

以上《三国志平话》中的回目显然是四言和五言共现，而到了嘉靖本《三国演义》那里则一般是以七言的形式出现，几无例外。分回有目的创立，以及回目由单句向对偶句过渡渐成趋势。但《三国演义》回目留下了一个缺憾，即回目要全部达到对偶，需要大手笔进行修订。一百年之后，清代小说评点家毛宗岗完成了这一使命。他说："俗本题纲，参差不对，杂乱无章，又于一回之中，分上下两截。今悉体作者之意而连贯之，每回必以二语对偶为题，务取精工，以快阅者之目。"从此毛氏本《三国演义》回目对偶，语词精湛，富有文采，遂成中国长篇小说一大特色。[③]

对于不严整的回目，人们自觉或不自觉地将之规整化，这如前所述，符合审美的定势和新出现的小说在篇制上相对增大的特点。例如

① 郑铁生．三国演义叙事艺术[M].北京：新华出版社，2000.143

② 郑铁生．三国演义叙事艺术[M].北京：新华出版社，2000.142

③ 郑铁生．三国演义叙事艺术[M].北京：新华出版社，2000.143

嘉靖本第一百七十四回至一百八十回的七个回目是“诸葛亮七擒孟获”的叙事内容，当李卓吾评本《三国演义》合并成双句回目时，就成了：

第八十七回　孔明兴兵征孟获
　　　　　　诸葛亮一擒孟获
第八十八回　诸葛亮二擒孟获
　　　　　　诸葛亮三擒孟获
第八十九回　诸葛亮四擒孟获
　　　　　　诸葛亮五擒孟获
第 九 十 回　诸葛亮六擒孟获
　　　　　　诸葛亮七擒孟获[①]

看得出来，尽管上述回目相对于其最初的情形要严整得多，但是仍然不是“对偶”的形式，在语音上还不是便于读者或听者记忆，尤其是听者。值得注意的是，明清时期尽管出现了一些有钱和有闲的市民阶层，但是民众主体的文化程度并不高，他们或者不识字，或者没有整块的时间来阅读这种新出现的篇幅较大的小说，因此，他们对于明清小说的接受往往还不是最为直接的，他们常常要通过说书艺人以说书的形式“说”给他们“听”。因此，牵一发而动全身的提纲挈领的回目就愈发重要了，易于为最一般的民众所接受，乐于为最一般的民众所接受格外重要。

有鉴于此，后来毛宗岗（清朝康熙年间）将擒孟获这几回的回目改为：

① 郑铁生．三国演义叙事艺术[M]. 北京：新华出版社，2000.145

第八十七回　征南寇丞相大兴师
　　　　　　抗天兵蛮王初受执
第八十八回　渡泸水再缚番王
　　　　　　识诈降三擒孟获
第八十九回　武乡侯四番用计
　　　　　　南蛮王五次遭擒
第 九 十 回　驱巨兽六破蛮兵
　　　　　　烧藤甲七擒孟获①

《三国演义》回目的对偶如上所述是逐步形成的，其较为突出的一个"标志"就是不同版本的相应回目的改变，而这种不同版本的形成是有其历时过程的。《三国演义》的一些回目即经历了嘉靖本《三国志通俗演义》（约1499年至1522年，这里粗略的依据其卷首的两篇序言的时间而定，现在较为通行的说法是1522年）、明刊《李卓吾先生批评三国志》、毛宗岗本（清康熙年间）等。例如：

李卓吾本《三国演义》第三十五回
刘玄德遇司马徽／玄德新野遇徐庶
毛宗岗本《三国演义》第三十五回
玄德南障逢隐贤／单福新野遇英主

李卓吾本《三国演义》第四十三回
诸葛亮舌战群儒／诸葛亮智激孙权
毛宗岗本《三国演义》第四十三回

① 郑铁生．三国演义叙事艺术[M]．北京：新华出版社，2000.146

诸葛亮舌战群儒 / 鲁子敬力排众议

李卓吾本《三国演义》第四十四回
诸葛亮智说周瑜 / 周瑜定计破曹操
毛宗岗本《三国演义》第四十四回
孔明用智激周瑜 / 孙权决计破曹操

李卓吾本《三国演义》第四十五回
周瑜三江战曹操 / 群英会瑜智蒋干
毛宗岗本《三国演义》第四十五回
三江口曹操折兵 / 群英会蒋干中计

李卓吾本《三国演义》第四十六回
诸葛亮计伏周瑜 / 黄盖献计破曹操
毛宗岗本《三国演义》第四十六回
用奇谋孔明借箭 / 献密计黄盖受刑

李卓吾本《三国演义》第四十八回
曹孟德横槊赋诗 / 曹操三江调水师
毛宗岗本《三国演义》第四十八回
宴长江曹操赋诗 / 锁战船北军用武[1]

明万历以后的小说，如《西游记》《金瓶梅》等，其回目在语音

① 郑铁生 . 三国演义叙事艺术 [M]. 北京：新华出版社，2000.154~155

音节上渐趋严整，并逐步形成对偶这一较为成熟的形式。《红楼梦》中的回目即一种典型的成熟形式。“《红楼梦》全书统一都用八言双句工整的对偶回目，并注意以抒情笔调来隐括内容，使回目本身得到诗化，成为小说审美内容的一个组成部分。”① 此外，就同一部小说而言，那些起初并不对偶且影响较大的，人们也是在不断完善其回目的，这就形成了不同版本的一个重要标志。如前所述，清代毛宗岗就曾把《三国志通俗演义》中的相应回目改为对偶整齐的双句。这实际上是一个修辞过程，特别是语音修辞过程。

（三）小说回目在整体上的某些押韵倾向

饶有兴味的是，明清章回小说不仅回目有其对偶化倾向，而且，有些章回小说的回目，其相邻回目之间还有押韵的倾向。

例如《西游记》的前八回：

第一回 灵根育孕源流出 心性修持大道生
第二回 彻悟菩提真妙理 断魔归本合元神
第三回 四海千山皆拱伏 九幽十类尽出名
第四回 官封弼马心何足 名注齐天意未宁
第五回 乱蟠桃大圣偷丹 反天宫诸神捉怪
第六回 观音赴会问原因 小圣施威降大圣
第七回 八卦炉中逃大圣 五行山下定心猿
第八回 我佛造经传极乐 观音奉旨上长安

以上均为七言，俨然一首叙事的“七律”。其中“生”“神”“名”“宁”

① 戚世隽，董上德．明清文学史 [M]. 广州：中山大学出版社，1999.46

“圣”均为“中东韵”。“猿”和“安”均为“言前韵”。此外，尤其值得一提的是，这前八回在内容上既是连贯的，同时也可以说是全书的一个相对独立的单元，主要写“仙界”的事。其后，紧接着就笔锋顺势转到了“地界”，这从第九回的回目和相关内容即可看出。第九回的回目为“陈光蕊赴任逢灾 江流僧复仇抱本”，而且，该回的第一句即为：“话表陕西大国长安城，乃历代帝王建都之地。”接下来自然就是有关“长安城”的故事了。

回目可以说是整个小说的纲领和梗概，而回目如上所述，是讲究韵律的。在这个意义上，似可以说，回目是章回小说的骈文化浓缩。不妨说，回目与“正文”在整体上形成了整散结合。

二、明清小说中诗词的语音修辞

明清时期的诗词出现了不少流派和作家，作品数量浩如烟海，例如仅《明诗综》即收录诗人3400家。诚如戚世隽等《明清文学史》所言：“其中虽间有佳作，但终乏大家，成就不高。”相应的，其在语音修辞上的特色亦不甚鲜明。倒是明清小说中间或使用的一些诗词在语音修辞上值得我们注意。

（一）明清小说中诗与词的套嵌适用

明清小说中的诗词往往入韵。例如《西游记》第一回的开头：

诗曰：“混沌未分天地乱，茫茫渺渺无人见。自从盘古破鸿蒙，开辟从兹清浊辨。古覆载群生仰至仁，发明万物皆成善。欲知造化会元功，须看西游释厄传。”

以上即以一首七律开头。偶句押韵，首句入韵。

以诗词整体入小说，不妨说是明清小说的一种修辞手段。

例如《水浒传》第三十九回宋江上梁山前，作者为他安排了一首《西江月》和一首七绝，用特殊的内心独白，来表现宋江命运发展的重大转折，反映宋江由义士到反叛的性格转变：

> 自幼曾攻经史，长成亦有权谋。恰如猛虎卧荒丘，潜伏爪牙忍受。不幸刺文双颊，那堪配在江州。他年若得报冤仇，血染浔阳江口。
>
> 心在山东身在吴，飘蓬江海谩嗟吁。他时若遂凌云志，敢笑黄巢不丈夫。

这里诗和词用在一起，表达了较为复杂的情绪情感。所以李卓吾评论说：“观此，可知宋公明真品格矣。”

以上还只是单独的一片词和一首诗配套，然后整体嵌入作为散体文的小说中。而同时将诗与诗、词和词、诗和词组合在一起进行“串联”，然后整体嵌入小说中则更应该看作是一种修辞技巧。

这种诗与词套嵌使用于小说中的情形，可以说充分发挥了诗、词和小说表情达意之功用优势。它们共同“联袂”营造出特定语境。这种情形于明清小说中不乏其例。例如《西游记》第十回开头：

> 诗曰：“都城大国实堪观，八水周流绕四山。多少帝王兴此处，古来天下说长安。”
>
> 此单表陕西大国长安城，乃历代帝王建都之地，自周、

秦、汉以来，三川花似锦，八水绕城流；三十六条花柳巷，七十二座管弦楼。

华夷图上看，天下最为头：真是个奇胜之方。今却是大唐太宗文皇帝登基，改元龙集贞观。此时已登极十三年，岁在己巳。

且不说他驾前有安邦定国的英豪，与那创业争疆的杰士。却说泾河岸边，有两个贤人：一个是渔翁，名唤张稍；一个是樵子，名唤李定。他两个是不登科的进士，能识字的山人。一日，在长城里，卖了肩上柴，货了篮中鲤，同入酒馆之中，吃了半酣，各携一瓶，顺泾河岸边，徐步而回。

张稍道："李兄，我想那争名的，因名丧体；夺利的，为利亡身；受爵的，抱虎而眠；承恩的，袖蛇而走；算起来，不如我们水秀山青，逍遥自在；甘淡薄，随缘而过。"李定道："张兄说得有理。但只是你那水秀，不如我的山青。"张稍道："你山青不如我的水秀。有一《蝶恋花》词为证：'烟波万里扁舟小，静依孤篷，西施声音绕。涤虑洗心名利少，闲攀蓼穗蒹葭草。数点沙鸥堪乐道，柳岸芦湾，妻子同欢笑。一觉安眠风浪俏，无荣无辱无烦恼。'"李定道："你的水秀，不如我的山青。也有个《蝶恋花》词为证：'云林一段松花满，默听莺啼，巧舌如调管。红瘦绿肥春正暖，倏然夏至光阴转。又值秋来容易换，黄花香，堪供玩。迅速严冬如指拈，逍遥四季无人管。'"渔翁道："你山青不如我水秀，受用些好物。有一《鹧鸪天》为证：'仙乡云水足生涯，摆橹横舟便是家。活剖鲜鳞烹绿鳖，旋蒸紫蟹煮红虾。

青芦笋，水荇芽，菱角鸡头更可夸。娇藕老莲芹叶嫩，慈菇白鸟英花。’”樵夫道：“你水秀不如我山青，受用些好物。亦有一《鹧鸪天》为证：‘崔巍峻岭接天涯，草舍茅庵是我家。腌腊鸡鹅强蟹鳖，獐犯兔鹿胜鱼虾。香椿叶，黄楝芽，竹笋山茶更可夸。紫李红桃梅杏熟，甜梨酸枣木樨花。’”渔翁道：“你山青真个不如我的水秀。又有《天仙子》一首：‘一叶小舟随所寓，万叠烟波无恐惧。垂钩撒网捉鲜鳞，没酱腻，偏有味，老妻稚子团圆会。鱼多又货长安市，换得香醪吃个醉。蓑衣当被卧秋江，鼾鼾睡，无忧虑，不恋人间荣与贵。’”樵子道：“你水秀还不如我的山青。也有《天仙子》一首：‘茆舍数椽山下盖，松竹梅兰真可爱。穿林越岭觅干柴，没人怪，从我卖，或少或多凭世界。将钱沽酒随心快，瓦钵磁瓯殊自在。酕醄醉了卧松荫，无挂碍，无利害，不管人间兴与败。’”渔翁道：“李兄，你山中不如我水上生意快活。有一《西江月》为证：‘红蓼花繁映月，黄芦叶乱摇风。碧天清远楚江空，牵搅一潭星动，入网大鱼作队，吞钩小鳜成丛。得来烹煮味偏浓，笑傲江湖打哄。’”樵夫道：“张兄，你水上还不如我山中的生意快活。亦有《西江月》为证：‘败叶枯藤满路，破稍老竹盈山。女萝干葛乱牵攀，折取收绳杀担。虫蛀空心榆柳，风吹断头松楠。采来堆积备冬寒，换酒换钱从俺。’”渔翁道：“你山中虽可比过，还不如我水秀的幽雅。有一《临江仙》为证：‘潮落旋移孤艇去，夜深罢棹歌来，蓑衣残月甚幽哉。宿鸥惊不起，天际彩云开。困卧芦洲无个事，三竿日上还挨。随心尽意自安排，朝臣寒待漏，争似我宽怀？’”樵夫道：“你水秀的幽雅，还不如我山青的更幽雅。亦有《临江仙》可证：‘苍径秋高拽斧去，晚凉抬担回来。野花插鬓更奇哉，拨云寻路出，待月叫门开。稚子山妻欣笑接，草床木枕敧挨。蒸梨炊黍旋铺排，瓮中新酿熟，真个壮幽怀！’”

渔翁道：“这都是我两个生意，赡身的勾当，你却没有我闲时节的好处。有诗为证。诗曰：‘闲着天边白鹤飞，停舟溪畔掩苍扉。倚篷教子搓钓线，罢棹同妻晒网围。性定果然知浪静，身安自是觉风微。绿蓑青笠随时着，胜挂朝中紫绶衣。’”

樵夫道：“你那闲时又不如我的闲时好也。亦有诗为证。诗曰：‘闲观缥缈白云飞，独坐茅庵掩竹扉。无事训儿开卷读，有时对客把棋围。喜来策杖歌芳径，兴到携琴上翠微。草履麻绦粗布被，心宽强似着罗衣。’”

张稍道：“李定，我两个真是微吟可相狎，不须檀板共金樽。但散道词章，不为稀罕，且各联几句，看我们渔樵攀话，何如？”李定道：“张兄言之最妙。请兄先吟。”

“舟停绿水烟波内，家住深山旷野中。偏爱溪桥春水涨，最怜岩岫晓云蒙。龙门鲜鲤时烹煮，虫蛀干柴日燎烘。钓网多般堪赡老，担绳二事可容终。小舟仰卧观飞雁，草径斜敧听唳鸿。

“口舌场中无我分，是非海内少吾踪。溪边挂晒罾如锦，石上重磨斧似锋。

“秋月晖晖常独钓，春山寂寂没人逢。鱼多换酒同妻饮，柴剩治壶共子丛。自唱自斟随放荡，长歌长叹任颠风。呼兄唤弟邀船伙，挈友携朋聚野翁。行令猜拳频递盏，拆牌道字漫传钟。烹虾煮蟹朝朝乐，炒鸭爊鸡日日丰。愚妇煎茶情散涎，山妻造饭意从容。晓来举杖淘轻浪，日出担柴过大冲。雨后披蓑擒活鲤，风前弄斧伐枯松。潜踪避世妆痴蠢，隐姓埋名作哑聋。"

张稍道："李兄，我才僭先起句，今到我兄，也先起一联，小弟亦当续之。"

"风月佯狂山野汉，江湖寄傲老余丁。清闲有分随潇洒，口舌无闻喜太平。月夜身眠茅屋稳，天昏体盖箬蓑轻。忘情结识松梅友，乐意相交鸥鹭盟。名利心头无算计，干戈耳畔不闻声。随时一酌香醪酒，度日三餐野菜羹。两束柴薪为活计，一竿钓线是营生。闲呼稚子磨钢斧，静唤憨儿补旧缯。春到爱观杨柳绿，时融喜看荻芦青。夏天避暑修新竹，六月乘凉摘嫩菱。霜降鸡肥常日宰，重阳蟹壮及时烹。冬来日上还沉睡，数九天高自不蒸。八节山中随放性，四时湖里任陶情。采薪自有仙家兴，垂钓全无世俗形。门外野花香艳艳，船头绿水浪平平。身安不说三公位，性定强加十里城。十里城高防阃令，三公位显听宣声。乐山乐水真是罕，谢天谢地谢神明。"

他二人既各道词章，又相联诗句，行到那分路去处，躬身作别。

以上由词而诗，兴味盎然。就词而言，有《蝶恋花》《鹧鸪天》《天仙子》《西江月》《临江仙》等，而后又有七言律诗。值得注意的是，张稍与李定二人在职业安排上是相对应的：渔翁和樵子，“水”和“木”相对。特别的是：张稍和李定在作词和念诗时的主题大致上是一致的，所不同的是个人的心境，因此他们的用韵，也不尽相同。

这种诗词的串联在此前宋代话本小说《碾玉观音》里也有类似的情形，在某种意义上可以说两者具有一定的渊源。《碾玉观音》开篇云：

山色晴岚景物佳，暖烘回雁起平沙。东郊渐觉花供眼，南陌依稀草吐芽。堤上柳，未藏鸦，寻芳趁步到山家。陇头几树红梅落，红杏枝头未著花。

这首《鹧鸪天》说孟春景致，原来又不如《仲春词》做得好：“每日青楼醉梦中，不知城外又春浓。杏花初落疏疏雨，杨柳轻摇淡淡风。浮画舫，跃青骢，小桥门外绿阴笼。行人不入神仙地，人在珠帘第几重？”

这首词说仲春景致，原来又不如黄夫人做着《季春词》又好：“先自春光似酒浓，时听燕语透帘栊。小桥杨柳飘香絮，山寺绯桃散落红。莺渐老，蝶西东，春归难觅恨无穷。侵阶草色迷朝雨，满地梨花逐晓风。”

这三首词，都不如王荆公看见花瓣儿片片风吹下地来，原来这春归去，是东风断送的。有诗道：“春日春风有时好，春日春风有时恶。不得春风花不开，花开又被风吹落。”

苏东坡道：“不是东风断送春归去，是春雨断送春归去。”有诗道：“雨前初见花间蕊，雨后全无叶底花。蜂蝶纷纷过墙去，却疑春色在邻家。”

秦少游道：“也不干风事，也不干雨事，是柳絮飘将春色去。”有诗道：“三月柳花轻复散，飘扬澹荡送春归。此花本是无情物，一向东飞一向西。”

邵尧夫道：“也不干柳絮事，是蝴蝶采将春色去。”有诗道：“花正开时当三月，蝴蝶飞来忙劫劫。采将春色向天涯，行人路上添凄切。”

曾两府道：“也不干蝴蝶事，是黄莺啼得春归去。”有诗道：“花正开时艳正浓，春宵何事恼芳丛？黄鹂啼得春归去，无限园林转首空。”

朱希真道：“也不干黄莺事，是杜鹃啼得春归去。”有诗道：“杜鹃叫得春归去，吻边啼血尚犹存。庭院日长空悄悄，教人生怕到黄昏！”

苏小小道：“都不干这几件事，是燕子衔将春色去。”有《蝶恋花》词为证：“妾本钱塘江上住，花开花落，不管流年度。燕子衔将春色去，纱窗几阵黄梅雨。 斜插犀梳云半吐，檀板轻敲，唱彻《黄金缕》。歌罢彩云无觅处，梦回明月生南浦。”

王岩叟道：“也不干风事，也不干雨事，也不干柳絮事，也不干蝴蝶事，也不干黄莺事，也不干杜鹃事，也不干燕子事。是九十日春光已过，春归去。”曾有诗道：“怨风怨雨两俱非，风雨不来春亦归。腮边红褪青梅小，口角黄消乳燕飞。蜀魄健啼花影去，吴蚕强食柘桑稀。直恼春归无觅处，江湖辜负一蓑衣！”

以上连用了一连串的诗和词，它们先配套在一起，然后再整体嵌入话本小说中。而且，这些诗词的主题均相差无几。如果说他们之间尚有区别的话，则主要表现在语音修辞上面。比如，用韵、音节和声调的配置等方面的不同。而这些语音修辞上的差别实际上蕴涵了它们在意境经营上的不尽相同。

（二）明清小说中诗词的主要语音修辞功用

以诗词整体入小说，无疑有助于读者的接受，有助于整体上形成一定的散韵结合。散体中偶尔配置一定数量的诗词等韵文，相对于大多数的散体语言来说，无疑是一种“陌生化”，这种陌生化应该说是有助于小说的审美接受的。初步考察表明，明清小说中诗词的主要语音修辞功用为：增强感染力、增强表现力。

1. 增强感染力

例如《水浒传》第十回中， 林冲被刺配沧州后，林冲曾经帮助过的店小二救他逃过一难后有一首诗：

潜为奸计害英雄，一线天教把信通。亏杀有情贤李二，暗中回护有奇功。

这首七言绝句“雄”“通”“功”相押。并且，押的是宏音，颇有气势，体现出了一种悲壮美。这比用简单的不入韵的散体“白话”更富于感染力和穿透力。

比如《水浒传》第二十二回中，宋江兄弟逃离宋家村，作者便插了一首诗：

柄柄芰荷枯，叶叶梧桐坠。蛩吟腐草中，雁落平沙地。细雨湿枫林，霜重寒天气。不是路行人，怎谙秋滋味。

现代语用学表明，句尾的词语往往是一个句子的表达重点。相应的，不妨说句尾的入韵词语(即韵尾)往往是一个句子的焦点。以上诗中，

“枯”“坠”“中”“地”“林”“气”“人”“味”显然以细音为主，而细音往往对应象似于哀婉踯躅的情绪情感和格调风貌。

2. 增强表现力

以韵文的方式“白描”人物形象，也是明清小说中诗词的一项基本功用。例如《水浒传》第十五回中作者写阮小二：“眍兜脸两眉竖起，略绰口四面连拳。胸前一带盖胆黄毛，背上两枝横生板肋。臂膊有千百斤气力，眼睛射几万道寒光。休言村里一渔人，便是人间真太岁。”

这种情形下的诗不太注重押韵，但这仍然有助于人们对所描写对象的特征的识记。

再如《西游记》第十七回：

> 我——
>
> 自小神通手段高，随风变化逞英豪。养性修真熬日月，跳出轮回把命逃。
>
> 一点诚心曾访道，灵台山上采药苗。那山有个老仙长，寿年十万八千高。
>
> 老孙拜他为师父，指我长生路一条。他说身内有丹药，外边采取枉徒劳。
>
> 得传大品天仙诀，若无根本实难熬。回光内照宁心坐，身中日月坎离交。
>
> 万事不思全寡欲，六根清净体坚牢。返老还童容易得，超凡入圣路非遥。
>
> 三年无漏成仙体，不同俗辈受煎熬。十洲三岛还游戏，海角天涯转一遭。
>
> 活该三百多余岁，不得飞升上九霄。下海降龙真宝贝，

才有金箍棒一条。

花果山前为帅首，水帘洞里聚群妖。玉皇大帝传宣诏，封我齐天极品高。

几番大闹灵霄殿，数次曾偷王母桃。天兵十万来降我，层层密密布枪刀。

战退天王归上界，哪吒负痛领兵逃。显圣真君能变化，老孙硬赌跌平交。

道祖观音同玉帝，南天门上看降妖。却被老君助一阵，二郎擒我到天曹。

将身绑在降妖柱，即命神兵把首枭。刀砍锤敲不得坏，又教雷打火来烧。

老孙其实有手段，全然不怕半分毫。送在老君炉里炼，六丁神火慢煎熬。

日满开炉我跳出，手持铁棒绕天跑。纵横到处无遮挡，三十三天闹一遭。

我佛如来施法力，五行山压老孙腰。整整压该五百载，幸逢三藏出唐朝。

吾今皈正西方去，转上雷音见玉毫。你去乾坤四海问一问，我是历代驰名第一妖！

以上偶句严格押韵。整体上形成一个大的七言排偶。这段韵文在一定意义上具有汉赋的功能，极富表现力。孙行者的形象通过这段韵文的描述已然跃然纸上。

又如《西游记》第三十六回：

八字砖墙泥红粉，两边门上钉金钉。迭迭楼台藏岭畔，层层宫阙隐山中。

万佛阁对如来殿，朝阳楼应大雄门。七层塔屯云宿雾，三尊佛神现光荣。

文殊台对伽蓝舍，弥勒殿靠大慈厅。看山楼外青光舞，步虚阁上紫云生。

松关竹院依依绿，方丈禅堂处处清。雅雅幽幽供乐事，川川道道喜回迎。

参禅处有禅僧讲，演乐房多乐器鸣。妙高台上昙花坠，说法坛前贝叶生。

以上是对“敕建宝林寺”整体格局的描写，是对其全貌的鸟瞰。偶句交替入韵，极富层次感和韵律美。

另据不完全统计，《三国演义》中的诗超过198首（据作家出版社1958年版），大多为五七言绝句和律诗。《水浒传》里的诗超过576首（据上海人民出版社1975年版），绝大多数为七律，五言诗极少。《西游记》中的诗多达714首（据作家出版社1954年版），除七言绝律，还有大量的词。《金瓶梅》超过800首（据香港太平书局《全本金瓶梅词话》）。《红楼梦》的较少，但也在268首以上（据人民文学出版社1957年版）。这些诗词在总量上是十分巨大的，在语音修辞上的功能，如上所述，也值得我们注意，值得现当代小说等文学创造者借鉴。

第三节 现当代小说中的语音修辞

前文已述及，小说中的语音配置不必像诗词曲赋等文体那么严格规整。与散文在语音修辞上比较相似，现当代小说在语音修辞上也比较自由灵便，可以不事雕琢，但一般也会有语音上的调整适用。小说一般无须需吟诵，但语音上的得当安排，有助于审美，有助于接受和传播。此外，现当代小说相比明清小说，在语音上更易体现现当代白话文的某些特质。具体分述如下。

一、音节的复叠

现当代小说中也会出现若干音节的反复迭现。例如：

振保的生命里有两个女人，他说一个是他的白玫瑰，一个是他的红玫瑰。一个是圣洁的妻，一个是热烈的情妇——普通人向来是这样把节烈两个字分开来讲的。（张爱玲《红玫瑰与白玫瑰》）

上例“一个是”反复出现4次。

也许每一个男子全都有过这样的两个女人，至少两个。（张爱玲《红玫瑰与白玫瑰》）

上例“两个”重复出现。

他是有始有终，有条有理的。他整个地是这样一个最合理想的中国现代人物，纵然他遇到的事不是尽合理想的，给他自己心问口，口问心，几下子一调理，也就变得仿佛理想化了，万物各得其所。（张爱玲《红玫瑰与白玫瑰》）

上例“有始有终，有条有理”结构复现，音节简短明快。此外，“心问口，口问心”回环后嵌入句中，体现了某种言语美。

俄国的盲诗人爱罗先珂君带了他那六弦琴到北京之后不多久，便向我诉苦说：“寂寞呀，寂寞呀，在沙漠上似的寂寞呀！”（鲁迅《鸭的喜剧》）

上例“寂寞呀”复现。

“你们上哪儿去？”

那两个女学生就作起娇声来回答说：

“不知道！”

“不知道！”（郁达夫《沉沦》）

上例重复使用“不知道”，一方面真实地再现了是两个人的回答，属于“务实”；另一方面有助于刻画主人公“他”当时的苦闷心理。

> 侯营长演说道：“我们这货车不能私带客人的，带客人违犯军法，懂不懂？可是我看你们在国立学校教书，总算也是公务机关人员，所以冒险行个方便，懂不懂？我一个钱不要你们的，你们也清苦得很，我不在乎这几个钱，懂不懂？可是我手下开车的、押车的弟兄要几个香烟钱，钱少了你们拿不出去，懂不懂？我并不要钱，你们行李不多罢？里面没有上海带来的私货罢？哈哈，你们念书人有时候很贪小便宜的！”（钱锺书《围城》）

其中接连重复使用 4 次“懂不懂”，并且都放在每句话的最后，应该说句尾是表达重点所在。这种语音上的调整适用，有助于描述“侯营长”的“嘴脸”。

> 孙小姐皱眉努嘴做个颇可爱的厌恶表情。辛楣红了脸忍笑道：“该死！该死！你不好说话。”（钱锺书《围城》）

上例“该死”重复出现两次，这比单纯的使用“该死”更能刻画人物的性格特征。其时，在这一语境下，两个“该死”已把辛楣的“可爱”表现得淋漓尽致。

> 吃饭时隔溪有人喊过渡，翠翠抢着下船，到了那边，方知道原来过渡的人，便是船总顺顺家派来作替手的水手，一见翠翠就说道：“二老要你们一吃了饭就去，他已下河了。”见了祖父又说：“二老要你们一吃了饭就去，他已下河了。”（沈从文《边城》）

上例“二老要你们一吃了饭就去，他已下河了”复现，有助于描写人物的热心。

开电车的人开电车。在大太阳底下，电车轨道像两条光莹莹的，水里钻出来的曲蟮，抽长了，又缩短了；抽长了，又缩短了，就这么样往前移——柔滑的，老长老长的曲蟮，没有完，没有完……开电车的人眼睛盯住了这两条蠕蠕的车轨，然而他不发疯。（张爱玲《封锁》）

上例“开电车”形成句式的有意冗余。“抽长了，又缩短了；抽长了，又缩短了”和“没有完，没有完”反复出现。

翠翠还正想起两年前的端午一切事情哪。但祖父一问，翠翠却微带点儿恼着的神气，把头摇摇，故意说：“我记不得，我记不得。”其实她那意思就是“我怎么记不得？”！（沈从文《边城》）

上例“我记不得”复现，的确是“故意”的传神之笔。

二、音节的匀称

音节的匀称，是指音节的匀称配置。这里的“匀称配置”是在一定范围内的适切组合搭配。例如：

他觉得学校里的教科书，真同嚼蜡一般，毫无半点生趣。（郁达夫《沉沦》）

上例“真同嚼蜡一般，毫无半点生趣”在音节上较为匀称，而且，“真同”与“毫无”相对，虽然其后并不“对偶”。这种表达主要起强调作用。

也像那只鸟，叫那么一声，也不是叫哪个人，也没叫出什么来。（张爱玲《红玫瑰与白玫瑰》）

没有头发护着脖子，没有袖子护着手臂，她是个没遮拦的人，谁都可以在她身上捞一把。（张爱玲《红玫瑰与白玫瑰》）

音节的复叠和匀称可以综合发挥作用，通过复叠调匀并调节音节使句子匀称，交互作用。例如：

那女人道：“我也进过学堂——她赚多少钱啥？”辛楣怕这女人笑孙小姐赚的钱没有她多，大声咳嗽，李先生只说：“很多，很多——抽支烟罢？哪，接好——”两人紧张得不敢吐气，李先生下面的话更使他们不能相信自己的耳朵——“我问你，公共汽车的票子难买得很，你——你熟人多，有没有法子想一个？我们好好的谢你？”（钱锺书《围城》）

这里“很多”重复使用两次，“你熟人多”中的“你”也重复使用两次，有助于体现人物的性格和说话时的情绪情感状态。

他想：一个是她的，一个是阿大的，一个是阿二的。虽然他们远处在那渺茫难接的上海，但是仿佛给他们加保了一重险，他们也就各各增加一种新的勇气。（叶圣陶《潘先生在难中》）

上例“一个是……的”结构重复使用3次，随后“他们”重复出现3次，可看作是对前面3次重复的回应。这里之所以不惮其烦地“铺排”，似乎有意于、有助于“陈列”主人公“潘先生”的想法。

在万籁俱寂的瞬间，在天水相映的地方，他看看草木虫鱼，看看白云碧落，便觉得自家是一个孤高傲世的贤人，一个超然独立的隐者。（郁达夫《沉沦》）

上例“在”重复出现两次，且其后成分有对偶倾向。随后，“看看”这一重动式重复使用两次。紧接着，“一个”重复使用两次，且其后直接组合成分形成宽泛意义上的对偶。这样，整个语段，音节的复叠与音节结构的匀称交互为用，脍炙人口，给读者以深刻的印象。

他们都是日本人，他们都是我的仇敌，我总有一天来复仇，我总要复他们的仇。（郁达夫《沉沦》）

上例从总体上看,每个单句的音节大致相同,总体匀称。“他们都是”重复出现两次，其后“我总”与“复仇”重复出现两次，后一个“复仇”作为一个离合词，中间嵌入了“他们的”，使得其间所表达的情绪情感，更为真挚，更为感人。

他的几个中国同学，也许久不去寻访了，因为去寻访了回来，他心里反觉得空虚。他的几个中国同学，怎么也不能理解他的心理。（郁达夫《沉沦》）

该语段总体上每个分句在音节上数量趋于一致，总体上形成匀称的结构。其中“他的几个中国同学”重复出现两次，这势必有助于凸显“他”和“他的几个中国同学”之间心理上的隔阂。

这房间就在楼下，有一张床，一盏电灯，一张桌子，两把椅子，此外就只有烟雾一般的一房间的空气了。（叶圣陶《潘先生在难中》）

上例重复使用“一”这一数词，并通过“一”各各形成数量结构，而且，“一张桌子”与“两把椅子”也可看作是一种对偶，这种音节配置耐人寻味。

三、音节的错综

小说中更为经常的音节配置方式恐怕是音节的错综。这里举几例予以说明。例如：

头顶上的天，也成了一面可怕的镜子，忽而黄，忽而红，仿佛老天爷故意看着人们烧死在下面的大熔炉里来取乐似的。（老舍《鼓书艺人》）

风吹弯了路旁的树木，撕碎了店户的布幌，揭净了墙上的报单，遮昏了太阳，唱着，叫着，吼着，回荡着；忽然直驰，像惊狂了的大精灵，扯天扯地地疾走；忽然慌乱，四面八方地乱卷，像不知怎好而决定乱撞的恶魔；忽然横扫，乘其不备地袭击着地上的一切，扭折了树枝，吹掀了屋瓦，撞断了电线；可是，祥子在那里看着；他刚从风里出来，风并没能把他怎样了！胜利是祥子的！及至遇上顺风，他只须拿稳了车把，自己不用跑，风会替他推转了车轮，像个很好的朋友。（老舍《骆驼祥子》）

侍奉母亲，谁都没有他那么周到；提拔兄弟，谁都没有他那么经心；办公，谁都没有他那么火爆认真；待朋友，谁都没有他那么热心，那么义气，克己。（张爱玲《红玫瑰与白玫瑰》）

屋子里丫头老妈子也起身了，乱着开房门，打脸水，叠铺盖，挂帐子，梳头。凤箫伺候三奶奶兰仙穿了衣裳，兰仙凑到镜子前面仔细望了一望，从腋下抽出一条水绿洒花湖纺手帕，擦了擦鼻翅上的粉，背对着床上的三爷道："我先去替老太太请安罢。等你，准得误了事。"（张爱玲《金锁记》）

以上数例在音节的错综形式上较为明显。

四、拟声词的运用

小说和散文中经常使用拟声词进行描写，以增强表现力。例如：

广广广广的锣声重复响起来，敲着喊着渐远了。我站起来伸了伸懒腰，打了个呵欠，忽然听见近处铁器敲着木板"朋的"一声响，接着一个尖嗓子嘶叫着的声音从后面草墩上跳过院墙来。因为只有一墙之隔，我们都吓得怔了一怔。

"偷奶奶的鸡的短命鬼呀，你偷了奶奶的鸡换钱买棺材！"——"朋的！"——"你这永世讨不到人身的贼呀，你今晚是活不过半夜子时就要挨天雷劈死的呀！"——"朋的！"——"你这绝子绝孙的下油锅的贼呀，你偷奶奶的鸡换钱买米，吃了要七窍流血呀！”——“朋的！朋的！”——“你——呜呜——”——“朋的！”——尖嗓子由强亮的嘶叫而变成嚎啕的哭诉：“你丧了良心的贼呀，呜呜呜——你害得奶奶孤儿寡妇怎么过呀！呜呜呜！”——“朋的！”——“呜呜呜——奶奶减吃减用养的七只鸡呀！”——“朋的！朋的！”——“你这烂了肚肠的贼，奶奶……呜呜呜……”——“朋的！朋的！朋的！”

“哟！”小玉惊惶的声音，“是桂花嫂子砍刀板咒了！”（吴组缃《黄昏》）

上例用了一系列的拟声词，描写十分传神。

先爷走上梁子，脚下把日光踢得吱吱嚓嚓。从东山脉斜刺过来的光芒，一竿竿竹子打戳在他的脸上、手上、脚尖上。（阎连科《年月日》）

上面的拟声词“吱吱嚓嚓”富有生活情趣，并且，将之与静态的视觉感知的“日光”直接组合，形成一个移觉的修辞格，音响形象与视觉形象有机地结合了起来。

她们轻轻划着船，船两旁的水，哗、哗、哗。……后面大船来得飞快，那明明白白是鬼子。这几个青年妇女咬紧牙，制止住心跳，摇橹的手并没有慌，水在两旁大声地哗哗、哗哗、哗哗哗！（孙犁《荷花淀》）

此处，重复出现的“哗、哗、哗”和“哗哗、哗哗、哗哗哗”一直为人们所称道，真正脍炙人口。前面的“哗、哗、哗”各各分别为单音节，而其后的“哗哗、哗哗、哗哗哗”则以双音节和三音节的形式出现，与当时的情形象似。显然，这里拟声词的适用不仅仅是对语境的简单适应，而且营造生成了特定的语境，而这正是语音修辞的“上乘”工夫！

随之就听见婆的小脚噔噔噔响到上房去了。(陈忠实《白鹿原》)

二师兄像是吃东西噎住了似的喉咙里“咯儿”一响，便朝前头站着的人身上趴下去。(陈忠实《白鹿原》)

他刚到自己的房门口，七个学童便一起放开喉咙，吱的念起书来。(鲁迅《白光》)

甜藕粉糊喂到嘴里，他还不肯咽下去，“噗噗”地喷了妈妈一脸，气得妈妈一巴掌把他从凳上打得滚落在地，还放声大哭。(杨绛《洗澡》)

以上数例中的拟声词，也都运用得非常成功，颇具音响效果。

五、语气标记语的使用

相对于散文，小说中语气标记语的使用更灵便，在类型上更丰富，这主要是因为小说可以有更多的对话和独白。这里所说的语气标记语，主要是指表示强烈感情的叹词、助词等。这些标记语的适用，更有助于传情，有助于表现人物性格。例如：

“祖国呀祖国！我的死是你害我的！”

“你快富起来！强起来罢！”

“你还有许多儿女在那里受苦呢！”（郁达夫《沉沦》）

上例中的“呀”“罢”“呢”，有助于表达“我”当时胸臆中的沉郁苦闷。

辛楣道：“我在自杀。我捉到两个臭虫、一个跳蚤，捺死了，一点一点红，全是我自己的血，这不等于自杀——咦，又是一个！啊哟，给它溜了——鸿渐，我奇怪这家旅馆里有这许多吃血动物，而女掌柜还会那样肥胖。”（钱钟书《围城》）

其中的“咦”“啊哟”一惊一乍，有助于十分传神地刻画出辛楣的性格特征。

振保笑道：“唔。哦。你不喜欢好人。”（张爱玲《红玫瑰与白玫瑰》）

“天底下的人，谁可怜过我们？……小伙子，个个都对我们捏着拳头哪！要是心肠软一点，还活得到今天么？你……哼，你！小伙子，在这里，懦弱的人是不配活的。……他，又知道我们的……咳，那么多！怎好白白放走呢？”（艾芜《山峡中》）

“有二爷吃饭啦……”

"有二爷，天下雨啦……"

"有二爷快看吧，院子里的狗打仗啦……"

"有二爷，猫上墙头啦……"

"有二爷，你的蝇甩子掉了毛啦。……"

"有二爷，你的草帽顶落了家雀粪啦。……"

（萧红《呼兰河传》）

"你以为翠翠肯了，我还会不肯吗？"

"不咧，人家以为这件事情你老人家肯了，翠翠便无有不肯呢。"

"不能那么说，这是她的事呵！"（沈从文《边城》）

翠翠到河下时，小小心中充满了一种说不分明的东西。是烦恼吧，不是！是忧愁吧，不是！是快乐吧，不，有什么事情使这个女孩子快乐呢？是生气了吧，——是的，她当真仿佛觉得自己是在生一个人的气，又像是在生自己的气。（沈从文《边城》）

以上数例均为语气标记语的连用，有独白，也有对话。

六、多种语音修辞手段的运用

与散文大致相同，小说中也常常同时并用多种语音修辞手段。例如：

顾先生摇头道："唉！名师必出高徒！名师必出高徒！"（钱锺书《围城》）

上例先用一叹词“唉”，然后连续重复两次“名师必出高徒！名师必出高徒！”有助于特定语气的强调。

> 店主拔出嘴里的旱烟筒，劝告道：“这不是虫呀，没有关系的，这叫‘肉芽’——‘肉’——‘芽’。”（钱锺书《围城》）

上例“这不是虫呀，没有关系的”语音节奏上的不紧不慢，而后“‘肉芽’——‘肉’——‘芽’”拖拉音长，真使人如闻其声，如见其人。

> 苦熬至种秋时候，忽然间天上有了雨云，村街上便有了敲锣的声音，唤着说种秋了——种秋——老天让我们种秋了——老人们唤，孩娃们唤，男人唤，女人唤，叫声戏腔一样悦人心脾，河流般汇在村街上，从东流到西，又从西流到东，然后就由村头流到山梁上。
>
> ——种秋。
>
> ——种秋了。
>
> ——老天要下雨让我们种秋了。
>
> 这老老少少、黏黏稠稠的唤声把整个山脉都冲荡得动起来。（阎连科《年月日》）

上例“老人们唤，孩娃们唤，男人唤，女人唤”中的“唤”多次重复使用，“种秋了”亦多次使用，深化了主题。“老老少少、黏黏稠稠的唤声”更是一种移觉通感手法，将音响形象与视觉、触觉“悄无声息”地结合了起来，语音修辞的效果得以显现。

> 屋外刚吐露绿叶的细高挑儿杨树，经过了雨，树干儿潮

润得像洗过澡的象腿，又润，又亮，可是灰嗗碌嘟的。（老舍《二马》）

上例在较短的能指范围内用了一定量的儿化音节，如“高挑儿”“树干儿”；用了一个口语惯用语“灰嗗碌嘟”；整体上长短句结合，音节错综。

两个孩子给田晓安排在爸爸床前玩儿。他们没什么可玩儿，听着大人说话的口气似懂非懂，各有见解，直在小声吵架。贝贝只顾骂“猴屁屁”；他瞪着眼，咬着牙，顿脚说：“透屁屁！打喜她！”宝宝只觉得“猴屁屁”不复是“猴屁屁”了，不许贝贝骂。其实贝贝的话，外人也不懂。宝宝告状说：“妈妈，贝贝说猴屁屁、臭屁屁，打死她！”（杨绛《“玉人”》）

上例巧用了谐音，同时整散结合，音节错综。

老厨子一向是叫他“有二爷”的。唯独他们两个一吵起来的时候，老厨子就说：“我看你这个‘二爷’一丢了，就只剩下个‘有’字了。”

“有字”和“有子”差不多，有二伯一听正好是他的乳名。

于是他和老厨子骂了起来，他骂他一句，他骂他两句。越骂声音越大。

有时他们两个也就打了起来。

但是过了不久，他们两个又照旧地好了起来，又是：“有二爷这个，有二爷那个。”（萧红《呼兰河传》）

上例也巧用了谐音，同时“有二爷”音节形式多次复叠，整个语段在音节上形成错综，整散结合。

天就快亮了。那扁扁的下弦月，低一点，低一点，大一点，像赤金的脸盆，沉了下去。天是森冷的蟹壳青，天底下黑魆魆的只有些矮楼房，因此一望望得很远。地平线上的晓色，一层绿，一层黄，又一层红，如同切开的西瓜——是太阳要上来了。渐渐马路上有了小车与塌车辘辘推动，马车蹄声得得。卖豆腐花的挑着担子悠悠吆喝着，只听见那漫长的尾声:“花……呕！花……呕！”再去远些,就只听见“哦……呕！哦……呕！”（张爱玲《金锁记》）

上例，“一点”“一层”多次复现，“呕”及“哦……呕！哦……呕！”等语气标记语连用，关于漫长的“尾声”的描写尤其传神。

封锁开放了。“叮玲玲玲玲玲”摇着铃，每一个“玲”字是冷冷的一点，一点一点连成一条虚线，切断时间与空间。

一阵欢呼的风刮过这座大城市。电车当当当往前开了。（张爱玲《封锁》）

上例既有拟声词的巧妙运用，又有关于“玲”的语音的带有析字性质的分析，煞有意味。

需要说明的是，现当代小说与明清小说不尽相同，明清小说往往可作为“说话艺术”由说书艺人“说”给听众听。现当代小说作为一种言语作品，其言语表达者和接受者之间相对于明清章回小说而言更为直接。而且，有意味的是，由于章回小说的“部头”一般都比较大，和我们今天的长篇小说相类，而在明清时代没有相应的能够充分辅助表情达意的标点符号，所以一些语音的停顿、语气的轻重缓急，往往需要先经过说书艺人的“第一次”阅读之后再传给普通受众。

最后，散文和小说语音修辞在总体上仍然是“整散结合”，前面所分析的一些语音修辞手段，总是进入和应合在特定的语境中使用的，它们并不是“单列”的，“纯粹”的，而是一定的情景语境和上下文语境中的语音修辞。

第四章

戏剧和影视剧语音修辞

戏剧和影视剧，不同于诗词曲赋和散文，也不同于小说，戏剧和影视剧是舞台艺术，是综合性较强的艺术。戏剧和影视剧的剧本也应重视语音修辞。

第一节 元杂剧语音修辞

元杂剧在一定意义上是一种听觉艺术与视觉艺术相交融的艺术。因此，元杂剧的结构不仅仅是一种戏剧结构，还是一种音乐结构，只是这种音乐结构不是为了音乐而音乐，它有具体的内容，实乃一种语音修辞结构。

一、声音与意义并茂

元杂剧音乐所表现出来的意义往往是以叙事的方式展开的。这种表达意义的方式与一般的音乐是不同的。一般音乐当然也有意义，但是这种意义是抽象的，而元杂剧则不然，它表达的意义是具体的。

元杂剧与汉乐府诗在语音修辞上亦有不同。首先，前者更注重音乐的严整，而且声音与意义的配合的种类比后者要复杂得多，也具体得多。元杂剧每折往往由一个套曲组成，这种套曲是由同一宫调的若干曲调按照一定的规模连缀而成的。宫调理论是在古代七音十二律的基础上产生的。据《隋书·音乐志》记载，隋朝人郑译从龟兹音乐家苏祇婆的琵琶演奏技术中受到启发，从中推算出八十四种宫调。所谓七音，即宫、商、角、变徵、徵、羽、变宫，相当于简谱中的1、2、3、4、5、6、7七音。十二律似乎是：黄钟、大吕、太簇、夹钟、姑洗、仲吕、蕤宾、林钟、夷则、南吕、无射、应钟，相当于C、#C、D、#D、E……十二个音名，每个音名标志着固定的音高，在中国古代有十二种律管作为标准。七音中任何一音均可作为主音构成一种调式。[①] 其次，元杂剧的语音修辞是综合或糅合了多主体的诉说方式，同时现场感比后者要强。第三，两者之于语音的接受方式不同。元杂剧是一种舞台综合艺术，是一种表演的艺术，是立体的艺术，而乐府诗则往往是一种平面的艺术。因此就语音而言，元杂剧需要更大众化和舞台化，更需要上口，作为剧本并不是需要众多的读者去接受，而是通过演员的诉说之后，由读者而观众，而乐府诗则往往不需要第一接受者（比如演员、导演等）的“中介”，而直接由读者去玩味。

元杂剧与宋词在语音修辞上亦有不同。首先，元杂剧在规模上往往比宋词要大得多。元杂剧往往由“出”“折”“场”等单位构成，而宋词则主要由“阕”或“片”构成，元杂剧的容量（音节数）要大得多。虽然两者同样都比较注重声音，注重声音与意义的配合，但是元杂剧的叙事性（即某种意义上的“意义”）更强，且“声音”与“意义”的配置更为“精密”。凡以“宫”为主的调式称“宫”，以其他各音为主的则称“调”。由于七音只有相对的音高，故又须以十二律加以确定，十二律均可为宫，故有十二宫。而十二律为宫，则商、角、变徵、徵、羽、变宫也就各有十二种音高，即七十二种音高，以之为

① 许金榜．中国戏曲文学史［M］．北京：中国文学出版社，1994.90

主音即可构成七十二调。因此共计为八十四宫调。而实际上元代北曲只用六宫十一调，南曲只用五宫八调，最常用的不过五宫四调。由于把各个曲牌按照调式、调性分别列入相应的宫调，而且每折限用一种宫调，这就保持了一套曲调的统一和谐，便于衔接连贯和演唱。同时，由于同一宫调中的各个曲调又有长有短，各不相同，节奏也有快有慢（一个套曲一般是散、慢、快、慢），所以节奏上又有变化，并不死板。而且每本四折选用四种不同的宫调，如第一折多用仙吕宫，第二折多用南吕和正吕，第三折多用中吕，第四折多用双调，各种宫调的声情又各不相同。①

其次，就剧本而言，也就是就具体文本而言，元杂剧也比宋词要复杂得多。元杂剧的剧本由曲词、宾白、科范组成。曲词按照曲牌有一定的格律，但可以加衬字，有的还可以增句。曲词主要用来抒情，同时也可以叙述人物的情态动作，描写复杂的场面和自然景色，交代事件过程等。宾白即人物的说白，是曲词的辅助，它包括对白——剧中两人以上的对话；独白——一个人的自述或叙事；旁白——背过身子“背云”，假定其他在场人物听不见；带白——即“带云”，唱词中偶尔加入的几句说白。宾白主要用来交代和叙述，也可以用来描写人物心理，还常常用来插科打诨，以起到讽刺嘲弄、表现性格、调节气氛的作用。②而这些都是宋词所不具备的。

第三，元杂剧在语音修辞上比宋词灵便丰富，表现力更强，更具包容性。一般说来，元杂剧不但大量运用口语和方言俗语，而且吸收了古代诗、词、经、史中的成句和典故，并创造了许多独特的修辞方法和语言技巧，具有独特的表达方式。它既不同于文言，又不同于白话，

① 许金榜．中国戏曲文学史［M］．北京：中国文学出版社，1994.91
② 许金榜．中国戏曲文学史［M］．北京：中国文学出版社，1994.92

文而不文，俗而不俗，雅俗相兼，独具一格。[①] 而宋词则相对缺乏这种在语音上的兼容并包。此外，似可以说，元杂剧的口语色彩更为浓郁。诚如王国维认为的，元杂剧运用口语是"自古文学上所未有也"（《宋元戏曲考》）。元杂剧运用口语，使文学语言发生了革命性的变化。元杂剧的宾白几乎全用口语。元杂剧的曲词由于衬字的运用，成了可以自由变化的长短句式，长短繁简，奇偶骈散，参差错落，摇曳多姿；而且所加衬字又可不讲平仄，这就使曲的格律得到了解放，许多口语词语和句式便可自由运用。[②]

二、谐音语词的自觉运用

元杂剧中自觉运用谐音双关，这种谐音双关充分体现了声音与意义并茂。例如《刘弘嫁婢》第一折：

> 净王秀才问李春郎："那里来的？"
>
> 李云："是亲眷。"
>
> 王云："这两日卖五钱银子一个。"
>
> 李云："是甚么？"
>
> 王云："你说是青绢。"

上例"亲眷"与"青绢"谐音。又如《范张鸡黍》第一折：

> [哪吒令] 正末唱："周礼不知如何论？"王仲略云："这

① 许金榜．中国戏曲文学史 [M]. 北京：中国文学出版社，1994.110
② 许金榜．中国戏曲文学史 [M]. 北京：中国文学出版社，1994.110

的是所行衙门事，自下而上的勾当。县里不理，州里去理；州里不理，府上去理。”

其中，即以“州里”谐“周礼”。再如《渔樵记》第二折：

[醉太平]正末唱：“我则写上个贱才。”旦儿云：“贱才贱才，一二日一双绣鞋。”

上例借“贱才”谐“剪裁”，做绣花鞋子。

元杂剧中还有结合上下文语境的谐音现象，这种谐音一方面在语义上双关，另一方面又有婉转的意味。例如《襄阳会》第一折：

刘备酒醉时，正末扮刘琦云：“叔父，你不饮酒呵，你吃个果木波。”刘备云：“我用不的了也。”正末接唱[醉扶归]曲云：“叔父，这好枣知滋味，好桃也堪可食，这醒酒清凉更好梨。”

其中，分布于三个单句中的“枣”“桃”“梨”十分巧妙地谐“早逃离”。而“枣”“桃”“梨”的语境关联是十分明显的，这不仅仅表现为它们出现于相邻近却有不同的三个句子，而且还体现为这三个词均为人们较为熟悉的果品，于机智中富于情趣。类似的情形还可见于元杂剧。例如《抱妆盒》第二折：

刘皇后盘问正末云：“莫不是核桃？”正末唱[菩萨梁州]曲：“合逃出您宫外。”刘皇后云：“莫不是梨儿？”正末唱：“今宵离了后宰。”

上例即以“核桃”谐“合逃”，“梨”谐“离”，形成“合逃离”组合，借助语音修辞，耐人寻味。

三、叠音词的密集分布

元杂剧中大量使用叠音词，与《诗经》《楚辞》中的叠音词有所不同，元杂剧中叠音词的分布尤为密集，且叠音词的组合类型呈多样化态势，叠音词与其他语词的组合能力较强。

就叠音词的密集分布而言，在有些剧本中，几乎每一句都有叠音词，有时一句还不仅仅只是一例，且可与口语化色彩较浓的“的”等直接组合，进一步彰显其口语特色。例如无名氏《认父归朝》第二折：

> [柳青娘]到日来扑冬冬的征鼙慢凯，韵悠悠的角声哀，响当当的铜锣款筛，忽喇喇的绣旗开。黑漫漫的杀气遮了日色，恶哏哏的人离了寨栅。不腾腾马践尘埃，磣磕磕的镫相磨，乱纷纷的枪相截，密匝匝的甲相挨。

以上一连用了10个叠音词，连续分布在10个句子中。并且，9个叠音词与“的”直接组合。

再如无名氏《货郎旦》第四折：

> 我只有黑黯黯天涯云布，更那堪湿淋淋倾盆骤雨。早是那窄窄狭狭沟沟堑堑路崎岖，知奔向何方？犹喜的消消洒洒断断续续出出律律忽忽噜阴云开处，我只见霍霍闪闪电光星炷。怎禁那萧萧瑟瑟点点滴滴雨送的来，高高下下凹凹凸凸一搭模糊，早做了扑扑簌簌湿湿渌渌疏林人物，倒与他妆就了一幅昏昏惨惨潇湘水墨图！

以上直接使用了“黑黯黯”“湿淋淋”“窄窄狭狭”“沟沟堑堑”“消消洒洒”“断断续续”“出出”“律律”“忽忽”“霍霍”“闪闪”“萧萧”“瑟瑟”“点点滴滴”“高高下下”“凹凹凸凸”“扑扑簌簌”“湿湿渌渌”“昏昏惨惨”等叠音词。这些叠音词的使用有些像“文字游戏”，真是比李清照《声声慢》更显“斧凿”之痕，但这正是其在语音上加工提炼、经营创新的表现，而这些无疑就是我们所说的语音修辞的题中应有之义。

元杂剧中密集分布的叠音词更具修辞的自觉性，更具表演性，更为广大普通民众所喜闻乐见。

四、叠音词的组合类型多样

元杂剧里叠音词的组合类型是复杂多样的，撮其大要，主要表现为如下诸端。

1. 单音节形容词 + 双音节叠音词

例如王实甫《西厢记》第四本第四折：

> 虚飘飘庄周梦蝴蝶，絮叨叨促织儿无休歇，韵悠悠砧声儿不断绝。痛煞煞伤别，急煎煎好梦儿应难舍；冷清清的咨嗟，娇滴滴玉人儿何处也！

上例“虚飘飘”“冷清清”“娇滴滴”即分别是由“虚”与“飘飘”“冷”与“清清”“娇”与“滴滴”直接组合，形成一个叠音结构。其中，“冷清清”“娇滴滴”至今仍然是口语中的常用词。再如无名氏《认父归朝》

第二折：

到日来扑冬冬的征鼙慢凯，韵悠悠的角声哀，响当当的铜锣款筛，忽喇喇的绣旗开。黑漫漫的杀气遮了日色，恶哏哏的人离了寨栅。不腾腾马践尘埃，碜磕磕的镫相磨，乱纷纷的枪相截，密匝匝的甲相挨。

其中，“黑”与“漫漫”，“恶”与“哏哏”，“乱”与“纷纷”，“密”与“匝匝”直接组合，形成一个叠音结构。

2. 单音节动词 + 叠音词

例如：

惊觉我的是颤巍巍竹影走龙蛇……（王实甫《西厢记》第四本第四折）

恰便似颤巍巍金菊秋风动，香馥馥丹桂秋风送，响珊珊翠竹秋风弄，伊呀呀偏似那织金梭撺断锦机声，滴溜溜舒春纤乱撒珍珠迸。（《张生煮海》）

上两例均用到的“颤巍巍”即为单音节动词“颤”与“巍巍”直接组合的一种 ABB 式的叠音词，“响珊珊”“滴溜溜”亦然。再如《西厢记》：

一个睡昏昏不待观经史，一个意悬悬懒去拈针指；一个丝桐上调弄出离恨谱，一个花笺上删抹成断肠诗；一个笔下写幽情，一个弦上传心事。

上例单音节动词“睡”直接与“昏昏”组合，形成一种述补结构。

3. 单音节形容词＋双音节叠音词＋单音节动词

例如萧德祥《杀狗劝夫》第二折：

则被这吸里忽剌的朔风儿，那里好笃簌簌避。又被这失留屑历的雪片儿，偏向我密蒙蒙坠。将这领希留合剌的布衫儿，扯得来乱纷纷碎；将这双乞量曲律的肐膝儿，罚他去直僵僵跪。兀的不冻杀人也么哥！兀的不冻杀人也么哥！越惹他必丢匹搭的响骂儿这一场扑腾腾气！

上例“密蒙蒙坠”“乱纷纷碎”“直僵僵跪”“扑腾腾气”即属于单音节形容词与双音节叠音词及单音节动词的直接组合。而且，这些叠音性质的语词同时并置使用，使音律与意义的配合更加生动有趣，更富于表现力。

4. 首尾的复叠连接

这种情形形成连珠，主要是诉诸语音上的叠合形成这种连缀的。例如马致远《汉宫秋》第三折：

[梅花酒]他他他，伤心辞汉主；我我我，携手上河梁。他部从入穷荒，我銮驾返咸阳。返咸阳，过宫墙；过宫墙，绕回廊；绕回廊，近椒房；近椒房，月昏黄；月昏黄，夜生凉；夜生凉，泣寒螀；泣寒螀，绿纱窗；绿纱窗，不思量！

以上语段很有特色，形成连珠的部分，全部为三音节，朗朗上口，十分悦耳。

再如石君宝《花酒曲江池》第一折：

他将那花荫串，我将这柳径穿。少年人乍识春风面，春风面半掩桃花扇，桃花扇轻拂杨柳线，杨柳线怎系锦鸳鸯，锦鸳鸯不锁黄金殿。

以上“少年人乍识春风面，春风面半掩桃花扇，桃花扇轻拂杨柳线，杨柳线怎系锦鸳鸯，锦鸳鸯不锁黄金殿”通过语音首尾相连，并且每个相关的五个句子均为8个音节，这与前面两句每句6个音节形成独特的均衡严整，颇具审美效果。

顶真连珠原是语音的上上结合复叠，表现意义上的连接通贯，就使音义之间也协和起来，以语音修辞的方式大大增强了作品的表现力和感染力。

5. 双音节名词＋双音节叠音词

例如无名氏《认父归朝》第一折：

你看那昏惨惨征尘遮的遍地黑焰腾腾，燎火烧的半天半天红。黑焰腾腾，战鼓冬冬，排营搒搒，列阵重重，愁云靄靄，杀气蒙蒙。

上例，“黑焰腾腾”与“黑焰腾腾，战鼓冬冬，排营搒搒，列阵重重，愁云靄靄，杀气蒙蒙”均为双音节名词与双音节叠音词直接组合。饶有意味的是，后面的6个叠音词结构连续并排使用，毋宁说是一种叠音词的“排比”，真可谓气薄云天，大气磅礴，极富表现力。

6.AAA式三音节相叠

“笑和尚”调等在各剧中，都是头三字重的，比如无名氏《朱砂担》第三折：

你你你将这文卷细细书，我我我将桌面轻轻按。是是是小字叠千万，要要要一行行亲过眼。便便便一字字莫摧残，来来来一件件从公干。

上例中的“你你你”“我我我”“是是是”“要要要”“便便便”“来来来”形成AAA式三音节叠音词，具有一定的游戏意味，同时也对于人物形象的刻画起到了不可替代的作用。此外，上例中的“一行行”“一字字”“一件件”亦为叠音词结构，它们均直接与AAA式三音节叠音词直接组合。类似的如马致远《汉宫秋》第三折：

［梅花酒］ 他他他，伤心辞汉主；我我我，携手上河梁。他部从入穷荒，我銮驾返咸阳。

其中的“他他他”“我我我”均为AAA式的三音节相重叠。可以肯定的是，这些三音节的叠合都不是当时汉语的凝固用法，而是临时临境适用的，其语音修辞价值跃然纸上。

AAA式三音节叠音词，还如《梧桐雨》：

忽忽忽似神仙鸣佩琚，飕飕飕似列子登云路，疏疏疏玑玎珰檐马儿声不住，嗤嗤嗤鸣纸窗，吸吸吸度天衢，刷刷刷坠落斜阳暮。

值得特别注意的是，上例中的三音节叠音词均为象声词。

7.AABB式四音节相叠

例如《调风月》：

时下且口口声声，战战兢兢，袅袅停停，坐坐行行，有一日孤孤零零，冷冷清清，咽咽哽哽，觑着你个拖汉精。

以上AABB式四音节叠音词，连续排开，中间几乎没有间隔。

8. 单音节数词（一）+双音节叠音词

例如董解元《弦索西厢》：

> 怎得个人来，一星星说与，教他知道！

其中的“一”与“星星”组合。

又如无名氏《朱砂担》第三折：

> 你你你将这文卷细细书，我我我将桌面轻轻按。是是是小字叠千万，要要要一行行亲过眼。便便便一字字莫摧残，来来来一件件从公干。

其中的“一”分别与“行行”“字字”“件件”直接组合，并且并列使用，也颇为耐人寻味。

五、口语语音修辞的诸手法

元杂剧口语语音修辞的诸手法主要表现为以下几个方面：口语虚词的运用、拟声词的运用、感叹词的运用、联绵词的运用、四字格的运用。

1. 口语虚词的运用

元杂剧中大量使用口语虚词，但是这些口语虚词的运用又并未使曲词形成完全的散文。元杂剧中不但有“之、乎、者、也”等文言虚词，而且也有“的”“了”“么”“呢”等口语虚词。例如董解元《弦索西厢》：

觑着剔团圆的明月，伽伽地拜。

上例即使用了白话口语中常见的“的”和“地”。此时，“的”和“地”均应念轻声。

由于蒙古语的影响，儿化的“儿”字也运用极多。因而便更能曲折尽情。例如王实甫《西厢记》第四本第四折：

［得胜令］ 惊觉我的是颤巍巍竹影走龙蛇，虚飘飘庄周梦蝴蝶，絮叨叨促织儿无休歇，韵悠悠砧声儿不断绝。痛煞煞伤别，急煎煎好梦儿应难舍；冷清清的咨嗟，娇滴滴玉人儿何处也！

以上连用了“促织儿”“砧声儿”“好梦儿”“玉人儿”四个儿化音。又如李寿卿《伍员吹箫》第二折：

［乌夜啼］ 从今后半瓶浊酒有谁沽，抛下这一江野水无人渡，芳草洲，垂杨路，无人攀话，闲杀樵夫。

上例中的“杀”即为当时的口语词。类似的《窦娥冤》第二折：

罢么，你不要大惊小怪的，吓杀我也。

其中的“杀”。

口语虚词的使用又如《窦娥冤》第一折：

兀那婆婆，你是那里人氏？姓甚名谁？

其中的“兀那”也是一颇具当时口语色彩的虚词。类似的《窦娥冤》第二折：

窦娥孩儿，这都是我送了你性命，兀的不痛杀我也！

其中的“兀的”。

2. 拟声词的运用

元杂剧的曲词还常用摹仿自然声音的口语化的拟声词（或曰“象声词”）。这些拟声词或者直接摹拟自然界的声音，或者摹拟人的自然发声，从而给人以生趣盎然、鲜活灵动的感觉。

例如《梧桐雨》：

疏剌剌落叶被西风扫，忽鲁鲁风闪得银灯爆，厮琅琅鸣殿铎，扑簌簌动朱箔，吉丁当玉马儿向檐间闹。

上例用一系列象声词把落叶声、风声、鸣铎声、朱箔声、玉马摆动声写得杂沓纷繁，声如可闻。又如《蝴蝶梦》：

他三个足丢没乱眼脑剔抽秃刷转，依柔乞煞手脚滴羞笃速战，迷留没乱救他叫破俺喉咽。

其中“足丢没乱”“剔抽秃刷”“依柔乞煞”“滴羞笃速”“迷留没乱”，或以一个形容词辅以三个口语字词组成，或四个字全由口语字词组成，清新质朴，令人耳目一新。① “叫破俺喉咽”其实在某种意义上也是一种拟声，是以一种夸张的手法“示现”彼时的“叫声”之大。此外，“喉咽”一词的自然语序应该是“咽喉”，这里为了押韵的需要将其倒置，临时改为“喉咽”，使得“咽”与“转”“战”等相协韵。

拟声词的使用，再如无名氏《认父归朝》第一折：

① 许金榜. 中国戏曲文学史[M]. 北京：中国文学出版社，1994.111

绣旗飘飘，战鼓冬冬，排营拶拶，列阵重重，愁云霭霭，杀气蒙蒙。

其中“战鼓冬冬”的“冬冬”即直接摹拟战鼓的声音，较为逼真，易于为一般读者所接受。

3. 感叹词的运用

元杂剧中的感叹词直接表情，亦有助于提请读者注意。

例如王实甫《西厢记》第三折：

猛听得角门儿呀的一声，风过处衣香细生。

其中，以“呀”摹状摹拟角门儿之声音，比较贴切自然。

叹词的运用也是一种较为特殊的语音修辞现象。例如《盆儿鬼》第一折：

[六幺序]猛听得叫一声这花有主么，哎，天也恰便似个追人魂黑脸哪吒。……哎哟，我这里观瞻罢，见了他恶势煞。他骨碌绿将怪眼睁叉，迸迸鼻凹，咬定凿牙，则被你吓杀人那。

此例各句的音节数错综谐和，而且把诗词中不能用的感叹词、语气词都用在其中。曲中“则被你吓杀人那”完全是散文化的口语。[1] 此外，还用了“哎”“哎哟”等叹词，摹仿自然感叹之声音，读时十分传神。

再如无名氏《逞风流王焕百花亭》第二折：

[尧民歌]呀！恰便似一江春水向东流，谁想俺锦鸳鸯翻做了浪中鸥，只落得十分人带九分愁！

① 许金榜．中国戏曲文学史[M]．北京：中国文学出版社，1994.111

以上即使用了另一基本上不在诗词中使用的叹词“呀”，并配以一定的语气，同时也传达出一定的语气，取得了良好的修辞效果。

4. 联绵词的运用

除了大量使用口语虚词，如上所述，元杂剧还大量使用并且善用联绵词，示现摹状。元杂剧乃至整个元代表达主体，“最善运用”[①] 联绵词。以上的用例其实早已可以看出，可再列举数例如下：

> 烛荧熄，夜未央，辗转添惆怅………（董解元《弦索西厢》）

其中的“惆怅”即为一双声联绵词，该词至今仍然沿用。

> 日长也愁更长，红稀也信尤稀，春归也奄然人未归！……（郑德辉《倩女离魂》第三折）

其中的“奄然”可视为一叠韵联绵词。

又如无名氏《货郎旦》第四折：

> [六转]我只有黑黯黯天涯云布，更那堪湿淋淋倾盆骤雨。早是那窄窄狭狭沟沟堑堑路崎岖，知奔向何方？
>
> 怎禁那萧萧瑟瑟点点滴滴雨送的来，高高下下凹凹凸凸一搭模糊，早做了扑扑簌簌湿湿渌渌疏林人物，倒与他妆就了一幅昏昏惨惨潇湘水墨图！

其中的“崎岖”即为一双声联绵词，“模糊”“潇湘”也为叠韵联绵词。又如：

① 许金榜．中国戏曲文学史[M]．北京：中国文学出版社，1994.111

则见他一半儿徘徊一半儿丑。（《窦娥冤》第一折）

其中的“徘徊”为叠韵联绵词，直至今日仍然在使用。

5. 四字格的运用

元杂剧口语语音修辞的诸手法除了以上诸端之外，四音节成语等四字格的密集使用也颇具特色。例如：

则你也曾举目无亲，失魄丧魂，绕户踅门，鼓舌扬唇。（元杂剧《合汗衫》）

吓得我手忙脚乱，使不得胆大心粗，惊得我魂飞魄丧，走的我力尽筋舒。（元杂剧《蝴蝶梦》）

几乎每句都有成语。成语是一种以四言骈体形式为主的词组，结构规整，音调和谐，言简意赅，它与杂言散体的俗语相结合，使元杂剧的语言既有严整之美，又有错落之致，文白相兼，相得益彰。[①]

元杂剧在口语化方面与后来繁荣的明清小说在语音修辞上似有一定的渊源关系。只是前者更注重“演”，注重外在化的层面，而后者则更注重人物内心性格的刻画、描写和情节、环境的叙述。此外，元杂剧口语语音修辞的诸手法的使用是基于杂剧的表演性和让观众听懂的，均取得了良好的语音修辞效果。

① 许金榜．中国戏曲文学史 [M]．北京：中国文学出版社，1994.112

第二节 现当代戏剧中的语音修辞

戏剧特别着意于表演，这与现当代小说不同，与几乎同样注重“表演”的相声亦有所不同。戏剧和歌词往往与音乐等语言外的因素有着更为密切的联系。

一、京剧中的语音修辞

汉语语境中，现当代戏剧的一种较为典型的形式是京剧。京剧源远流长，从产生以来曾经有过许多名称，计有：乱弹、簧调、京簧、京二簧、皮簧（皮黄）、二簧（二黄）、大戏、平剧（北京旧称北平）、旧剧（针对新剧即话剧而言）、国剧、京戏、京剧等。京剧作为一个比较成熟的剧种已经有150多年的历史了。

京剧是徽剧、汉剧在北京融合以后形成的产物。在京剧的形成过程中，汉调（楚音）占有重要位置。“严格地说，汉调的声腔、板式、剧目、字韵等，是后来形成京剧的主要‘内涵’。”①因此，京剧中保留了一些“楚地”（今湖北等地）语音特色。但是，京剧进京之后逐步“京音化”。第一部京剧剧本是在道光二十年（1840年）刊行问世的署名观剧道人所著的《极乐世界》，该著凡例有言：“二黄之尚楚音，犹昆曲之尚吴音，习俗然也。今将以悦京师之耳，故概用京音。间有读仄为平者，元人北曲已有其例，幸勿嗤为谬妄。”②

如上述之特殊的历史渊源，京剧在声调方面、用韵方面都不是纯粹的北京话，也不完全类同于现在通用的普通话。早期京剧界有影响的艺人，如余三胜、谭鑫培、王九龄等，都是湖北人。为了适合他们自己所创造的唱腔旋律，又要求达到字正腔圆的理想，他们把湖北口音带进了京剧。湖北、湖南音在京剧中的运用，主要表现为四声的调值与京音有所不同。京剧韵白的声、韵、调，已经是中州韵和徽、汉、昆、京等语音的混合体了。

京剧在表演时有时为了表演的需要，在特定的语流中声、韵、调诸方面有些特殊要求，有时需要改读。就韵而言，京剧是我国特有的古典歌舞剧，其中歌唱方面（包括部分念白），要求唱词合辙押韵，以求节奏明快，旋律优美。不但唱词具有诗的味道，就是人物上场后唱的“引子”“点绛唇”“粉蝶儿”和念的“定场诗”，以及人物下场时念的“对儿”（两句对剧情和人物情感进行小结性的诗句）都必须合辙押韵。这样念来朗朗上口，听来铿锵悦耳，无论抒情、写景还是叙事，都给人以美的享受。例如《智取威虎山》：

① 吴同宾．京剧知识手册[M].天津：天津教育出版社，2001.4

② 吴同宾．京剧知识手册[M].天津：天津教育出版社，2001.5

今日痛饮庆功酒，

壮志未酬誓不休；

来日方长显身手，

甘洒热血写春秋！

其中“酒”“休”“手”“秋”即为“油求”韵。再比如《沙家浜》：

胡传魁：你问的是她？（唱）想当初老子的队伍才开张，拢共才有十几个人、七八条枪。遇皇军追得我晕头转向，多亏了阿庆嫂，她叫我水缸里面把身藏。她那里提壶续水，面不改色，无事一样，骗走了东洋兵，我才躲过了大难一场。似这样救命之恩终身不忘，俺胡某讲义气终当报偿。

阿庆嫂（有意在敌人面前掩饰自己）：胡司令，这么点小事，您别净挂在嘴边上。那时我也是急中生智，事过之后，您猜怎么着，我呀，还真有点后怕呀！

阿庆嫂：参谋长，您吃茶！（忽然想起）哟，香烟忘了，我去拿烟去。（进屋）

刁德一（看着阿庆嫂背影）：司令！我是本地人，怎么没有见过这位老板娘啊？

胡传魁：人家夫妻“八一三”以后才来这儿开茶馆，那时候你还在日本留学，你怎么会认识她哪？！

刁德一：哎！这个女人真不简单哪！

胡传魁：怎么，你对她还有什么怀疑吗？

刁德一：不不不！司令的恩人嘛！

胡传魁：你这个人哪！

刁德一：嘿嘿嘿……

阿庆嫂：参谋长，烟不好，请抽一支呀！

（刁德一接过阿庆嫂送上的烟。阿庆嫂欲为点烟，刁德一谢绝，自己用打火机，点着。）

阿庆嫂：胡司令，抽一支！（胡传魁接烟。阿庆嫂给胡传魁点烟。）

刁德一（望着阿庆嫂背影，唱）：这个女人不寻常！

阿庆嫂（接唱）：刁德一有什么鬼心肠？

胡传魁（唱）：这小刁一点面子也不讲！

阿庆嫂（接唱）：这草包倒是一堵挡风的墙。

刁德一（略一想，打开烟盒请阿庆嫂抽烟）：抽烟！

胡传魁：人家不会，你干什么！

刁德一（接唱）：她态度不卑又不亢。

阿庆嫂（唱）：他神情不阴又不阳。

胡传魁（唱）：刁德一搞的什么鬼花样？

阿庆嫂（唱）：他们到底是姓蒋还是姓汪？

刁德一（唱）：我得要旁敲侧击将她访。

阿庆嫂（接唱）：我必须察言观色把他防。

刁德一：阿庆嫂！（唱）适才听得司令讲，阿庆嫂真是不寻常。我佩服你沉着机灵有胆量，竟敢在鬼子面前耍花枪。若无有抗日救国的好思想，焉能够舍己救人不慌张！

阿庆嫂（接唱）：参谋长休要谬夸奖，舍己救人不敢当……开茶馆，盼兴旺，江湖义气第一桩。司令常来又常往，我有心背靠大树好乘凉。也是司令洪福广，方能遇难又呈祥。

刁德一（接唱）：新四军久在沙家浜，这棵大树有阴凉，你与他们常来往，想必是安排照应更周详！

阿庆嫂（接唱）：垒起七星灶，铜壶煮三江。摆开八仙桌，招待十六方。来的都是客，全凭嘴一张。相逢开口笑，过后不思量。人一走，茶就凉……有什么周详不周详！

这个唱段一韵到底，为“江阳”韵。

有时为了谐韵，还改变原来句子的正常自然语序，和诗词一样。例如现代京剧《智取威虎山》：

满怀着深仇把救星找，
找到了共产党走上革命的路一条。

此处将“革命的路”的定语后置，改变了常规的用法，主要是为了让“条”与“找”押韵，协和韵脚。“找”与“条”押“遥条”韵。

一般说来，京剧的辙韵与古典诗词相比，更加宽松和通俗，它在古典音韵的基础上，将剧中唱词的韵脚规范为13项，形成京剧十三辙。现举例说明如下：

一、遥条，如《连营寨》中，刘备唱：“白盔甲白旗号，点点珠泪往下抛。”

二、发花，如《捉放曹》中陈宫唱：“听他言吓得我心惊胆怕，背转身自埋怨我自已做差。”

三、人辰，如《打龙袍》中包拯唱：“忽听万岁宣包拯，午门来了放粮臣。”

四、油求，如《失街亭》中诸葛亮唱：“两国交锋龙虎斗，各为其主统貔貅。”

五、乜斜，如《贵妃醉酒》中杨玉环唱：“恼恨李三郎竟自把奴撇，害得奴挨长夜。”

六、姑苏，如《献地图》中张松唱：“我张松卖地图不误主顾，一顿棒打却了西川地图。”

七、江阳，如《二进宫》中杨波唱：“千岁爷进寒宫休要慌忙，站宫门听学生细说比方。”

八、怀来，如《镇五龙》中单雄信唱：“大吼一声绑帐外，不由得豪杰笑开怀！”

九、中东，如《击鼓骂曹》中祢衡唱：“平生志气这未通，似蛟龙困在浅水中。”

十、一七，如《铡美案》中包拯唱：“我劝你认香莲是正理，祸到了临头悔不及。”

十一、言前，如《文昭关》中伍子胥唱：“一轮明月照窗前，愁人心中似箭穿。”

十二、灰堆，如《逍遥律》中汉献帝刘协唱：“父子们在朝中伤心落泪，想起了朝中事好不伤悲。”

十三、坡梭，如《打渔杀家》中萧恩唱：“昨夜晚吃酒醉和衣而卧，稼场鸡惊醒了梦里南柯。”

十三辙发音不同，韵脚各异，一般由唱词内容决定。如江阳、言前为宽辙，词多、字多，发音嘹亮，打远。乜斜、姑苏为窄辙，词少、字少，发音低回委婉。一些名演员按自身条件选用不同的辙口演唱，而形成不同的风格特点，各有千秋。为了便于记忆，有人把十三辙归纳为一句话：“俏佳人扭捏出房来，东西南北坐。”另外有两道小辙儿——

小人辰儿、小言前儿，均发儿化音，词语活泼、俏皮，多用于丑角的数板和曲艺唱词中。

就声母而言，声母的改变主要体现为京剧尖团字的读法上。京剧中的“zh、ch 、sh、 j 、q、 x、z 、c、 s”既不同于现在的北京语音，也不同于江浙的南方读音，基本上是依据元代周德清所著的《中原音韵》为准。凡《中原音韵》中声母属“zh、ch 、sh、 j 、q、 x”的，读团音；属“ z 、c、 s ”的，读尖音。例如京剧中的“即”“妻”“西”“修”“将”“枪”“相”“趣”等字读尖音。“既”“期”“喜”“休”“江”“强”“香”“屈”等字读团音。此外，有许多以“w、e、 a 、n ”为声母的字，在出声时先有鼻音，如“饿”“我”“恩”“爱”“得”“安”等。

声调在一定的语流中也须改变。例如“人”字，普通话读阳平声，京剧里却有几种读法：

其一，《三堂会审》中玉堂春的叫板：“大人哪！”“人”读阳平声。

其二，《三堂会审》中玉堂春在公堂上跪求开枷取状的念白：“望求都天大人……”“人”字读去声。

其三，《三堂会审》最后一场玉堂春的唱词：“这大人好似王金龙。”“人”读阴平声。

其四，《群英会·打盖》中，鲁肃埋怨诸葛亮的念白：“你到此乃一客位。我家都督怒责黄公覆，你怎么连个人情也不讲？”“人情”的“人”字读上声。

这些变调，有的是由于唱腔旋律的需要；有的是由于上下文的衔接配置，形成的自然音变；还有的是由于徽、汉、豫方言残迹的韵律化而形成的音变。

京剧还使用一些方音。至今在念白中还保留了很多方音词汇。如“到哪儿去”的“去”字读如“克”；虚词“吧”读如“呗”等。以上可以见出京剧在语音上不避方音。

京剧中的念白可以说是非常生动地体现了其语音修辞特色。以京剧中的“风搅雪”为例，“风搅雪”为京剧念白形式之一，亦作“风绞雪”或“风交雪”。这是韵白与京白交互使用的念白形式。韵白适于表现严肃、端庄、沉着、稳重的气氛，京白宜于抒发轻快、活跃、亲切、自然的情绪。同一人物在同一场戏里，根据不同的情节、处境，性格的发展，身份的转换，人物关系的变化，巧妙而准确地交替使用京白和韵白，谓之风搅雪。例如王瑶卿在《双阳公主》中即运用了“风搅雪”的念白。《打严嵩》中的严侠，在表现其谄上骄下的语气时，分别使用韵白与京白，是典型的“风搅雪”念白的例证。

京剧中节奏也具有一定的特色，具有一定的语音修辞价值。京剧是板腔体的音乐结构形式，因此唱词的基本句式是五言、七言或十言，每两句唱词构成一个完整的相互呼应的乐句，故称上下句。京剧中五言的唱词句式较少，一般为七言句式或十言句式。七字句式多由二、二、三字组成，如《失街亭》中诸葛亮所唱“两国——交锋——龙虎斗”等。十字句式多由三、三、四字组成，如《捉放曹》中陈宫所唱“听他言——吓得我——心惊胆怕”等。又如京剧《空城计》马连良唱段：

> 我本是卧龙岗散淡的人，评阴阳如反掌博古通今。先帝爷下南阳御驾三请，料定了汉家（的）业鼎足三分。

这种十音节句的停顿为：三三四形式。

再就“数板”而言，“数板”是京剧中一种用拍板节制、拍节整齐、节奏感很强的朗诵体的念白。句式、字数无定，五、七言较多，句中多衬字，也有长短句。数板来源有二：一是源于民间说唱的快板书和数来宝等体式，但数板节奏较快板书舒缓；一是源于昆曲的乾念曲牌（即不配笛子伴奏，旋律单调平板的曲牌）。数板多用于丑角，起首二字及结尾数字多重复一遍。如《六月雪》的禁婆上场念：

我做——我做禁婆子管牢囚，十个人见了九个人愁。有钱的，是朋友；没钱的，打不休来骂不休。哪怕犯人跟我做对头——做对头！①

京剧唱念之所以声情并茂，动听感人，为群众所喜爱，在一定意义上就在于它积极地运用和创造了上述种种语音修辞的手法和方式。

二、话剧中的语音修辞

话剧是戏剧的现代新发展。它以对白作为构建自己艺术形态的基本手段，所以它很重视话语说法上的语音修辞。这一点与影视剧中的对白艺术是相通的，甚至是相同的。

第一，谐音的运用。有时因为特殊剧情的需要，话剧使用谐音修辞手段，对于剧情的发展大有裨益。例如曹禺的《雷雨》：

鲁大海　（挣扎）放开我，你们这一群强盗！

鲁侍萍　（大哭）这真是一群强盗！（走至周萍的面前）你是萍……凭——凭什么打我的儿子？

① 吴同宾．京剧知识手册［M］．天津：天津教育出版社，2001.208~219

上例即以“萍”与“凭”在语音上的相同，迅速改换了话题，从而扭转形势，也就避免了可能出现的尴尬。这实际上是以语音修辞上的努力改变了旧语境，生成了新语境。例如老舍的《龙须沟》：

娘子　那还能不填上呢？留着它干什么呀？老太太，对街面上的事您太不积极啦！

大妈　什么鸡极鸭极的，反正我沉得住气，不乱捧场，不多招事。

……

娘子　自从他得着这点美差，看自来水，夜里不定叫醒我多少遍，一会儿，娘子，鸡还没打鸣儿哪？

大妈　他可真鸡极呀！

上例用“鸡极”谐“积极”，形成飞白，富于谐趣。

第二，音节上的复叠。例如老舍的《龙须沟》：

我们这儿有五福。我们门前修了暗沟，后院要填平老阴沟，一福。前前后后都修上了大马路，二福。我们有了自来水，三福。将来这里成了手工业区，大家有活做，有饭吃，四福。赶明儿个金鱼池改为公园，做完了活有个散逛散逛的地方，五福。

这里“一福”“二福”“三福”“四福”“五福”中的“福”连续复叠5次，幸福之情溢于言表。此外，前面连续使用“我们”两次，后面不远处又有一例“我们”作主语，后面的“我们”并没有承接前面的省略，这种特殊位置上音节上的复叠在话剧中也是较为常见的，并使之具有快板的韵味。最后叠音词“前前后后”“散逛散逛”也颇具口语色彩。再如老舍的《茶馆》：

> 王利发　唐先生，你外边蹓蹓吧！
>
> 唐铁嘴　（惨笑）王掌柜，捧捧唐铁嘴吧！送给我碗茶喝，我就先给您相相面吧！手相奉送，不取分文！

其中，连用了“蹓蹓”“捧捧”“相相”等叠音词。

此外，词语的重复出现，也是值得重视的。例如老舍的《茶馆》：

> 二德子　甭说打洋人不打，我先管教管教你！

上例“管教”重复使用，有助于表现二德子咄咄逼人之势。

> 松二爷　（接表）好体面的小表！
>
> 刘麻子　您听听，嘎登嘎登地响！（老舍《茶馆》）

上例“听听”是单音节动词的重叠，形成一个动词拷贝式（即“重动”），而“嘎登嘎登”则是双音节动词的重叠。

> 秦仲义　来看看，看看你这年轻小伙子会作生意不会！（老舍《茶馆》）

上例“看”先重复一次，形成一个“重动”，然后“看看”再整体重复一次，有助于人物的性格和当时心理的刻画。

> 坐一坐！有您在我这儿坐坐，我脸上有光！（老舍《茶馆》）

上例“坐”重叠了1次，并且中间附加一“一”字，“一”此时没有实在的词汇意义，主要是完足音节。

> 秦仲义　嗯，顶大顶大的工厂！那才救得了穷人，那才能抵制外货，那才能救国！（对王利发说而眼看着常四爷）唉，我跟你说这些干什么，你不懂！（老舍《茶馆》）

上例“顶大”重复使用，有助于描摹人物当时情绪的激越。

> 秦仲义　用不着，我愿意蹓跶蹓跶！（老舍《茶馆》）

上例“蹓跶”重复1次，形成了动词的拷贝式，有助于语气的改换。

以上词语的复叠形式多为双音节的重叠使用，之所以如此，主要是因为现代汉语是以双音节词为主。另外，这些词语在重复使用时不需要附着其他词语，这与元代戏曲和杂剧中的重叠形式不尽相同。另外，重叠使用的也多为动词，这大概缘于话剧的动作性。

第三节 影视剧中的语音修辞

与戏剧相似，同为以剧本为脚本的舞台艺术，影视剧是伴随着近现代声光电技术兴盛的一种综合艺术，从这个意义上说，影视剧是传统戏剧的近现代发展产物。因此，戏剧和影视剧，着眼于语音修辞，可以视为同一类文体，即戏剧影视剧文体。影视剧（这里尤指影视剧剧本）中的语音修辞成功与否，在一定程度上决定了演员的表演成功与否。成功的影视剧语音修辞在一定程度上有助于观众欣赏电影电视艺术，理解其主题。由于电影和电视剧在语音修辞上似没有太大的差别，而电影作为一种艺术形式应该说比电视剧更为成熟，虽然其体制要短小一些。所以这里主要讨论电影中的语音修辞。

影视剧中的语音修辞可以从话外音解说词和对话两个方面集中体现出来。

一、影视剧话外音解说中的语音修辞

一般说来，影视剧话外音在语音上是十分讲究的。根据相应影片的性质，即根据特定的题旨，其语调语速会有不同的反映。

对激动人心的场面的解说，可以在语调上高亢一些，语速上稍慢一些，每个句子不宜太长，例如对于有关“航天员上天”的纪录片。

对一些不愉快场景的解说则应相对放低语速，语调可以低沉一些。例如：

> 灵车队，万众心相随。哭别总理心欲碎，八亿神州泪纷飞。（电影《敬爱的周恩来总理永垂不朽》解说词）

以上解说词语速慢，语调低沉，而且每句用韵。“对”“随”“碎”“飞”押韵。

对于一般介绍性的场景，则可按照一般记录速度，以较为平稳的语调。例如：

> 在长白山里，有这么一位乡邮员，他的名字叫李云飞，大伙儿都叫他小李子。别看他年纪不大，可是干乡邮员这个工作已经有八年了，在这八年中，不论春夏秋冬，不管风霜雨雪，他的双腿从没有停过，在山路上走了二十九万八千里，等于绕地球走了三圈半，现在他正在走第四圈。咱们就说说这个时候发生的故事……（《张天民电影剧本选·鸿雁》）

以上每个句子的音节数不多，句子在线性组合序列上都不太长。另外，从语气上看，这种解说词的语气比较平稳，多用陈述句，即均为陈述语气，此处无一例疑问、反诘、感叹语气。此外，每个句子的音节数相对整齐。

影视剧解说词在语气上一般不使用祈使、疑问，较少使用感叹，多用陈述语气。因此在语调上一般比较平缓。

二、影视剧对白中的语音修辞

影视剧中的对白往往是剧情展开的决定性因素，其语音修辞一般综合运用了语音修辞上的各种手段，表现在诸如语音停顿、音节的错综、语速快慢的调节、语气词的使用等方面。

这里我们即以《张天民电影剧本选·自豪吧，母亲》为例，对电影剧本对白中的语音修辞做一简要说明。

这一幕基本上由对话组成，而且感情比较激烈和复杂，语言在此极富传情性，而且，尤其重要的是这里对话的一言语主体韦江波双目失明，此种情景下“语音”的重要性就尤为突出了。

侯方背着韦江波走在草坪上。伏在战友的肩上，韦江波似乎又回到了孩提时代。

韦江波：“放下我！”

侯方：“不到地方。”

韦江波：“你说军长都得听梁珊珊的，那她不成司令员了？”

侯方：“司令员要住院也得听她的。她是护士。”

韦江波：“我虽然看不见她，可我觉得出来，要是她瞪我的时候，我脸皮就发烧。她那眼睛还是那样大、那样亮、那样美吧？”

侯方：“不是很大，小酒盅子似的。可也不见得怎么美。”

韦江波：“你们干部子弟，啊，咱们班长除外，就是爱看不上人。”

侯方：“严格地说，你不也是干部子弟吗？你爸爸是担架队队长。”

韦江波：“那算什么干部？临时性的。我是‘战士’‘社员哥们儿’、你的‘江大伯’……”

侯方把他放在一张长椅上：“副班长，别寒碜我了，我改了。我现在特别尊敬你，你是个高尚的人！我恨不得，如果能行的话，恨不得把我的眼睛挖下来一只，给你移植上。可惜，现在的医学科学还没发展到这一步。”

韦江波：“你已经给了我了。你给我读报、念小说、写信、洗衣服、洗脸、洗脚，背着我散步、上厕所、晒太阳，给我讲你所看到的一切，讲电影，你讲的跟我亲眼看见似的。”

侯方：“哎，你别说了，注意看电影。玉兰树下有两个战友，一个缺左臂，一个缺右臂，两人都叼着烟卷，正在合作划火柴。一个拿盒儿，一个拿火柴，你看，他们划上了。一下，两下……没配合好，火柴折了，又开始了。你往上，我往下，糟糕，没碰上。哎，老兄！”他向两个伤员喊：“我替你们点吧！”

一个伤员说：“不用啦，我们得锻炼。将来，我们俩还要合作弹钢琴哩！”

侯方和韦江波都乐了。

韦江波："那我就当一个瞎子阿炳，给他们写一个钢琴曲子。就写咱们班长蹚雷……嘿嘿，不行，咱文化低。"

侯方："瞎子阿炳是哪个大学毕业？怎么不行？拿出打仗不怕死的劲头，咱们什么都能干。"

韦江波："革命战士是什么都能干！啊，梁珊珊来了。"

侯方抬头看看，果然是梁珊珊，她白大衣的下摆飘动着，黑皮鞋发出笃笃的响声，正向这里走来。侯方像是明白了什么似的，对韦江波说："真怪，你怎么就听得出来是她？是不是有什么第六感觉？"

韦江波脸红了，掩饰地："瞎子的耳朵比你们好人的眼睛还好使。"

梁珊珊拿着一封信，老远叫道："小侯，信。"

侯方站起来："我家里来的？不，不可能，妈妈不知道我爱在这儿。"

梁珊珊把信在侯方眼前一晃，又藏在背后："猜对了才给你。"看看信皮："铁路公安处。"

侯方坐下："哼，我又没在火车上作案。"

梁珊珊又晃晃信："信皮儿上印着菊花。"

韦江波："我猜着了，是女的写的，得念给我听。"

侯方："我侯方从来不交女朋友，上学的时候专跟女同学打架。"

梁珊珊："哼，够英雄的！我看你也猜不着，给，二病房有人叫你去。"

侯方塞起信："一会儿再念给你们听，坦克兵叫我。"

梁珊珊："叫你背他上厕所吧，一群小封建！"

侯方跑走。梁珊珊坐下。韦江波有点局促不安。

韦江波："也不是什么封建，照顾伤员这个活计，又脏又累，女同志干不合适，往后，我主张卫生员、护士都换男的……你甭又拿眼睛烧我。"

梁珊珊果然是在瞪他，听到这话扑哧乐了。

韦江波："显摆你有一双大眼睛呗！"

梁珊珊："羡慕吗？我可以给你！"

韦江波："别胡说！她长在你脸上好看，长在我脸上就不像样子了。"

梁珊珊："真的，我想，科学家、医学家们，要知道你韦江波为了祖国献出了最珍贵的眼睛，他们一定加紧努力，快快搞成盲人定位器，甚至可能进行眼器官移植手术。会给你一双眼睛。"

韦江波："那当然好。可是我不先要，我不着急，咱们的老首长也有眼睛不好的呢，先给他们。"

梁珊珊："小韦，你真好！"

韦江波："好什么，一个瞎子。"

梁珊珊："不许你这么说！"

韦江波不言声了。

梁珊珊："我还想问你一个问题。"

韦江波："问吧。"

梁珊珊："不了。"

韦江波："唉，你这人！"

梁珊珊："问就问，可不许跟任何人讲！"

韦江波："是，服从命令！"

梁珊珊："将来，我说的可是将来，你……你找朋友吗？"

韦江波："朋友？我有侯方，还有……"

梁珊珊："你打什么岔！女朋友！"

韦江波一下怔住了，他两眼呆呆地对着前方，好半天不说话。

梁珊珊："说呀！"

韦江波："不，不，我是个小销子，我没有这个权利！"

梁珊珊急切地争辩起来："你有，你有！你为什么没有，你应该有！"稍停后，又说："我知道，你把我们这样的女孩子，想象得庸俗不堪，你以为在我们浅薄的头脑里，只有男孩子漂亮的外表，所谓的'物质基础'——电视机什么的，还有他们老子的地位、级别和财产。你错了，你不知道生活里还有另一样的人，有无私、无畏、纯洁和美好。会有人不要权力世袭，做一个普通的人，一心一意地伺候你，给你一双眼睛，扶助你走人生的道路。在你有一双明亮的黑眼睛的时候，她偷偷地喜欢你。今天，她还是那样，偷偷地……至死不变！"

"珊珊，你！……"韦江波摸索着，一把抓住梁珊珊的手，但是，又忽地放开，"啊，不，不！"扶着椅背，艰难地站起来，背对梁珊珊，说："你不要胡思乱想，这不可能……我虽然没有眼睛，可看得见你的心。正因为这样，我求你，以后不要再接近我，事情总会过去的。我不要你可怜我，不要！我是个战士，没有眼睛也是个战士。我要永远一个人生活下去，我能自己走路。”转过身，伸出宽厚的手掌，想要给珊珊抹去眼泪：“你，哭了？……”

梁珊珊躲避开韦江波的手，含着满眼委屈的泪水，跑开去。

韦江波听到她那笃笃的脚步声。

侯方迎面走来，叫一声“珊珊！”梁珊珊没有理他，侯方不解地走近韦江波，看看他的脸色，问：“你的脸怎么这么红？她又拿眼睛烧你了？”

韦江波摸到对方，伏在他的肩上，捶打他的后背，痛苦地：“这是不应该的呀！”

这一幕的情景语境是：长椅、草坪、四周是波萝蜜和玉兰树的院内。主人公梁珊珊和韦江波的关系比较特殊：本来互有爱慕之情，但是韦江波的身体残疾，他既爱梁珊珊，又不愿连累她，因此，他的内心是十分复杂和矛盾的。梁珊珊对韦则是一往情深，并且心地善良的她暂时还未能充分理解她所爱的人彼时的良苦用心。

在此语境下，以上对白粗略地看一共有54个话轮，其中前18个话轮是一个较为完整的话轮序列。此外，共有4次不需衔接的停顿。而且有些本身较短的句子也用了停顿，如韦江波对梁珊珊说的“你，哭了？”自然情况下“你哭了”是一个主谓句，十分简短，一共才3个音节，没有多大必要停顿。

在对话中较多运用了语气词。例如：“吧”“啊”“哼”“呀”“哎”“呗”等。

在对话中还用到了音节的复叠形式。例如“啊，不，不！”“不，不，我是个小销子，我没有这个权利！”等句子中的“不”的复叠。

在成句音节数上比较自由，弹性较大，省略的音节较多，例如："小侯，信。"实际上该句的完全形式可以是："小侯，这是你的信。"但是因为语言环境的补充，"这是你的"这些成分可省，并不影响交际。

影视剧中的对话往往常用停顿、省略、追加等语音修辞手段。再如《张天民电影剧本选·但愿人长久》中的一个片段：

> 呼延子谦："老伯，我是呼延子谦。地质研究所的。"
>
> 罗蘅："等等，哪个？呼延……子谦！啊呀！你就是子谦！我的天！听说你回来了。你活着，活着！"放下花镜、衬衣和针线，郑重其事地拥抱，拍拍肩膀，由离远一点打量着对方，"欧毅生前常提到你……"
>
> 呼延子谦："老伯！您？"
>
> 罗蘅："哦！我，罗蘅。喏，欧霞，欧毅和乔梦的独生女，娇惯得很。小霞叫伯伯。"

上例中几乎连续使用了"等等""哪个？""您？"等独词句，这些独词句可以说是语词省略的一种极端形式。在停顿上，停顿的位置有时也比较随意，例如："哦！我，罗蘅。喏，欧霞，欧毅和乔梦的独生女，娇惯得很。小霞叫伯伯。"即不断以虚词介入省略。上例还用到了复叠，例如"你活着，活着！"即十分传神。之所以如此，跟人物之间的关系和特定的场景有着十分重要的关系。而人物之间的关系和场景即属于语境。

以上表明，影视剧中的语音修辞十分注重语境的作用，一方面语音修辞要适应甚至依赖特定的语境；另一方面，成功的语音修辞又有助于语境的营造。

第五章

其他文体的语音修辞

除了诗歌、散文、戏剧影视剧、小说等文体，汉赋骈文、词曲等文体的语音修辞也值得注意。将后者列入“其他文体”，主要是因为从历时角度看，汉赋、骈文和词曲为特定时代兴盛的文体，由于语言文学内部和外部的原因，其历史连续性没有诗歌、散文、戏剧、小说强。

第一节 汉赋、骈文语音修辞

诗歌、散文、戏剧和小说，是现代常见的四种文体，在文学话语发展史上，还有一些文体过去某一个时代曾是主流，而随着时代的发展，由于语言文学内外诸多因素的共同作用，后面不再常见了，例如汉赋和骈文。汉赋、骈文可以说是界于韵文和散文之间的文体。这种文体在语音修辞上的表现形式大抵可以首先从其音节上的配置考察。

一、汉赋、骈文与四音节格式（“四言”）

至此我们可以简单勾勒一下一个具有独立语气的话语单位——句子（诗行）——的音节整体配置情况的历时发展。《诗经》以四言为主，汉赋及沿用至今的成语，也大都为四字格。直到近体诗格律的形成，五、七言才开始在汉语诗行中占主导地位。及至宋元以后的杂言体和“五四”以来的白话体新诗，四言格式逐步“式微”。

同时值得注意的是，“虽然，如今散文、口语中四言格盛行，但那和古代的四言句是两个不同层次的语言单位。古代以四字句为常见，现代汉语以四字短语为常见”[①]。之所以两者均以“四言”，即4个音节为一个相对独立的音节配置，在一定程度上是汉语本身的语音特点使然，因为“汉语往往两个字为一音步，四个字就形成一个基本节奏单元”[②]。此外，从言语使用主体的表达和接受而言，四字格读起来好听、好记，便于言语主体感知，因而为人们所喜闻乐见。有鉴于此，“一些成语典故往往由二、三字格或多字格，调整为四字格”[③]。

如果说先秦散文在语音修辞上十分注重“吟诵”，则汉大赋和骈文在语音修辞上可以概括为其非常重视“朗诵”，注重语音上的朗朗上口，格外关注其听觉效果。

赋，就其源头而言，可追溯到《诗经》六义中的“赋”，那时它是一种表现方法，并没有自己独特的外在的语音表现形式。较之《诗经》，紧承其后的《楚辞》在篇幅上有所增大，并且在修辞上，尤其是语音修辞上融入了一些散文的形式，于是韵散结合。因此，在语音修辞这个意义上不妨说《楚辞》是赋的“先声”。

大致说来，赋，作为一种文体历经了由骚体赋而汉赋的发展，赋在宋玉的手上已趋于成熟。在宋玉的作品中开始出现了主客问答这一赋体最具特点的表现形式。枚乘《七发》标志着汉赋的定型，它是一种半诗半文的文体，它铺陈写物，不歌而诵。扬雄的赋应该是具有一定的代表性的。

赋在音节上往往以四言为主，往往两句一对，在语音整体上较为

① 吴洁敏等．汉语节律学[M]．北京：语文出版社，2001.93

② 吴洁敏等．汉语节律学[M]．北京：语文出版社，2001.93

③ 吴洁敏等．汉语节律学[M]．北京：语文出版社，2001.93

严整。例如扬雄的《逐贫赋》：

扬子遁居，离俗独处。左邻崇山，右接旷野，邻垣乞儿，终贫且窭。礼薄义弊，相与群聚，惆怅失志，呼贫与语："汝在六极，投弃荒遐。好为庸卒，刑戮相加。匪惟幼稚，嬉戏土沙。居非近邻，接屋连家。恩轻毛羽，义薄轻罗。进不由德，退不受呵。久为滞客，其意谓何？人皆文绣，余褐不完；人皆稻粱，我独藜飧。贫无宝玩，何以接欢？宗室之燕，为乐不槃。徒行负笈，出处易衣。身服百役，手足胼胝。或耘或耔，沾体露肌。朋友道绝，进宫凌迟。厥咎安在？职汝为之！舍汝远窜，昆仑之颠；尔复我随，翰飞戾天。舍尔登山，岩穴隐藏；尔复我随，陟彼高冈。舍尔入海，泛彼柏舟；尔复我随，载沉载浮。我行尔动，我静尔休。岂无他人，从我何求？今汝去矣，勿复久留！"

贫曰："唯唯。主人见逐，多言益嗤。心有所怀，愿得尽辞。昔我乃祖，宣其明德，克佐帝尧，誓为典则。土阶茅茨，匪雕匪饰。爰及季世，纵其昏惑。饕餮之群，贪富苟得。鄙我先人，乃傲乃骄。瑶台琼榭，室屋崇高；流酒为池，积肉为崤。是用鹄逝，不践其朝。三省吾身，谓予无諐。处君之家，福禄如山。忘我大德，思我小怨。堪寒能暑，少而习焉；寒暑不忒，等寿神仙。桀跖不顾，贪类不干。人皆重蔽，予独露居；人皆怵惕，予独无虞！"言辞既罄，色厉目张，摄齐而兴，降阶下堂。"誓将去汝，适彼首阳。孤竹二子，与我连行。"

余乃避席，辞谢不直："请不贰过，闻义则服。长与汝居，终无厌极。”贫遂不去，与我游息。

赋的构造，如上例，以四言成句，基本上两两相对。这样在语音音响上给人以铺排流利而节调生动的美感。

还有四六错综使用的，也值得重视。例如张衡的《归田赋》：

游都邑以永久，无明略以佐时；徒临川以羡鱼，俟河清乎未期。感蔡子之慷慨，从唐生以决疑。谅天道之微昧，追渔父以同嬉。超埃尘以遐逝，与世事乎长辞。

于是仲春令月，时和气清，原隰郁茂，百草滋荣。王雎鼓翼，仓庚哀鸣。交颈颉颃，关关嘤嘤。于焉逍遥，聊以娱情。

尔乃龙吟方泽，虎啸山丘。仰飞纤缴，俯钓长流。触矢而毙，贪饵吞钩，落云间之逸禽，悬渊沉之魦鰡。

于时曜灵俄景，系以望舒。极般游之至乐，虽日夕而忘劬。感老氏之遗诫，将回驾乎蓬庐。弹五弦之妙指，咏周孔之图书。挥翰墨以奋藻，陈三皇之轨模。苟纵心于物外，安知荣辱之所如。

以上主要是四言句和六言句交错成文。其中，“王雎鼓翼，仓庚哀鸣。交颈颉颃，关关嘤嘤”综合运用叠音拟声等语音修辞手法。

二、赋在语音修辞上对韵文、散文的影响

赋在语音修辞上对中国韵文的影响是十分深远的。诚如朱光潜所言：“中国诗走上‘律’的路，最大的影响是‘赋’。赋本是诗中的

一种体裁。”[①] 赋的基本特点简单说就是：“篇幅较长，辞藻较富丽，字句段落较参差不齐，所以宜于诵不宜于歌。”之所以如此，主要是因为表达者常常是以赋描写事物，而世间事物形形色色，所以描写起来往往要极尽铺张之能事，才能曲尽情态。因此在一定意义上可以说：“一般抒情诗较近于音乐，赋则较近于图画，用在时间上绵延的语言表现在空间上并存的物态。诗本是‘时间艺术’，赋则有几分是‘空间艺术’。”[②] 无论人们将诗赋看作是“时间艺术”还是“空间艺术”，两者均与语音须臾不可分离，在这个意义上说它们都是语音的艺术。很难想象，没有诵读的诗赋，其艺术审美价值何以发挥！

着眼于宏观，在一定意义上似乎可以说，散文发展史首先是散文的语音修辞发展史。这即是说，语音修辞，尤其是音节的配置和繁简等发展变化管控到散文的发展格局和走向。事实上，先秦散文本以散体单行为主导，但是到秦汉之际，散体渐渐消落，而骈体勃然兴起，以至酿成铺采成章、体物写志的汉赋。东汉以后，抒情小赋活跃一时；齐梁之际，骈赋盛行，嗣后流衍而成为唐代律赋，声韵和对偶的讲求几乎登峰造极。然而物极必反，至中唐有唐代古文运动的兴起。历宋元明清，传薪添火，余绪未绝。20 世纪初期，文风巨变。“选学妖孽，桐城谬种”在“五四运动”中受到严厉的批判。[③] 于是，骈赋在 20 世纪遭遇到了“灭顶之灾”。

① 朱光潜．诗论［M］．北京：生活・读书・新知三联书店，1984.202
② 朱光潜．诗论［M］．北京：生活・读书・新知三联书店，1984.203
③ 刘跃进．赋到沧桑——中国古典诗歌引论［M］．北京：清华大学出版社，1998.11

三、骈文在声调上的渐趋"互为平仄"

骈文在语音修辞上相对于赋而言，与内容的关系更远，在语音形式上与诗等韵文更为类似。骈文在原则上只着重于字句齐整和音节的铿锵，即骈文更为关注音节上的严整，而在韵脚押韵方面却较为自由，不太受拘束。

这里要说明的是，骈文也不是严格意义上的散文，毕竟，"骈文和散文，最能在形式上见出它们之差异来的，是散文以单行的辞句发为文章，而骈文所以能成为一种特殊的文体，是因为它的句式对偶的缘故"[①]。两者的区别恐怕主要是文体上的，而在语音修辞上，两者的区别却不是主要的，所以我们在讲语音修辞时将骈文归结为散文类。

骈文和散文至少在起初都不太重视声调上的平仄问题，至少是不太严格重视这种声调上的配置。它们首先关注的是音节上的调整适用，而不是像韵文那样将一个音节的声、韵、调分析得格外细致、缜密。例如，紧接汉代骈文、大赋之后的"声律论"的首倡者之一——沈约，在其具体的散文语音修辞实践上也未能做到"调平仄"。诚如有论者所指出的，"文章中声音的不调和，不但在沈约之前是如此，即沈约本人是发明文章声律的，也不能完全使句调平仄起来"。这里所说的"文章"主要是指广义的散体文，如果我们以"调平仄"的首倡者的文章为例，似乎更可以真切地考察其时骈文的声调调整适用情况，尤其重要的是，由此"便可以断定声律在那个时候还未曾臻达成熟时期"[②]。如沈约的《为武帝与谢朏敕》：

吾以菲德（仄），属当期运（仄），鉴与吾贤，思隆治

① 蒋伯潜，蒋祖怡．骈文与散文 [M]. 上海：上海书店出版社，1997.163
② 蒋伯潜，蒋祖怡．骈文与散文 [M]. 上海：上海书店出版社，1997.189

道，而明不远烛，所蔽者多，实寄贤能，匡其寡暗。尝谓山林之志，上所宜宏，激贪厉薄（仄），义等为政（仄）。自居元首，临对百司，虽复执文经武（仄），各修厥职（仄），群才竞爽（仄），以致和美（仄）。而镇风静俗（仄），变教论道（仄），自非箕颍高人，莫膺兹寄，是以虚心侧席，属想清尘。不得不屈兹独往（仄），同此濡足（仄），便望释萝袭衮（平），出野登朝（平）。必不以汤有惭德，武未尽善，不降其身，不屈其志，使璧帛虚往，蒲轮空归，倾首东路（仄），望兼立表（仄），羲轩邈矣（仄），古今殊事（仄）！不获总驾崆峒，依风问道，今方复引领云台，虚己宣室，纡贤之愧，载结寝兴。

这一篇文章，大体上说起来虽是平仄间用，但仍有不少平顿、仄顿连用的地方，这即是说在沈约为代表的齐梁时代（沈约生活于441年—513年），平仄并未真正相间。譬如上例仄顿最多的时候，竟一连有六句之多。这表明，文章讲求声律是有一个过程的，是渐趋成熟的。直到庾信时才逐渐使平仄的调配成熟起来。有意思的是，庾信生活于513年—581年，即梁武帝天监十二年（513年）至隋文帝开皇元年（581年）。沈约、庾信两人的生活年代正好巧合地衔接了起来，并且至隋代的开元止。可以说，庾信的赋在语音修辞上集六朝之大成，并且对隋唐近体诗的产生发展有重要的影响。现在以庾信的《为梁上黄侯世子与妇书》为例：

昔仙人导引，尚刻三秋；神女将疏，犹期九日。未有龙飞剑匣，鹤别琴堂，莫不衔怨而心悲，闻猿而下泪。人非新市，何处寻家？别异邯郸，那应知路。想镜中看影，当不含啼；栏外将花，居然俱笑。分杯帐里，却扇床前，故是不思，何时能忆？当学海神，逐潮风而来往；勿如织女（仄），待填河而相见（仄）。

上例只有最后相邻两个句子的句末在用韵上是相同的（仄韵），余则平仄相间。由上例可知调和音节的演变已经渐趋于规律化了。“不过，当时这种方法虽为一般人普遍地采用，但并没有一定的规律，以为骈文的声调必须互为平仄方可成立，否则便不能成为骈文。本来，调和音节，发现了平顿、仄顿之后，就有了一个遵循的规范。后来因为四六文应用到公牍、试卷上去，不能不订立一种格调，于是平顿之后必须要仄顿来顶接，仄顿之后必须相承以平顿，便成为绝对严格的定律了。”[①] 但是这终究不应成为散文在语音修辞上的一种桎梏。于是，就有了唐代的古文运动。

事实上，骈文在唐古文运动之前已渐渐式微。到清代刘大櫆的时代，骈文又有重新振兴的趋势。与他同时的胡天游，即为骈文能手。明清时代，又出现了八股文。八股，又称“四书文”“经义”“时文”，原是骈文的分支变种，而在写作法则上往往摄取古文文法。但是，八股文在格律上的要求已经不是主要的了，它主要讲究的恐怕是篇章结构方面的问题了。

① 蒋伯潜，蒋祖怡．骈文与散文 [M]. 上海：上海书店出版社，1997.190~191

第二节 词曲语音修辞

宋词、元散曲、元杂剧等是宋元时期的较为典型的言语作品，相应的，这段历史时期在语音修辞上具有代表性的成果也是宋词、元散曲、元杂剧。宋词和元散曲的渊源关系尤近。从语音修辞的角度，着眼于整个汉语语音修辞史，我们试将宋词和元散曲概括为一个大的部类置于整个语音修辞史中考察，径名之为词曲语音修辞。不妨说，宋元时期在语音修辞上的典型形式是词曲语音修辞和元杂剧语音修辞。

汉语语音修辞史上，宋代繁荣兴盛的宋词又是特定历史时期语音修辞的一类典型。词是所谓“诗余”。作为一种典型的具有时代代表性的艺术作品，词产生于中唐，发展于五代，盛行于两宋。徐矩《事物原始》云：“词始于李太白《菩萨蛮》等作，乃后世倚声填词之祖。”在诗歌发展史上，李白的《菩萨蛮》被认为是“百代词曲之祖”（郑樵《通志》）。比起《竹枝词》《杨柳枝》和《欸乃曲》，李白的《菩萨蛮》《忆秦娥》是标准的词。[①]

从历时发生上看，作为一种韵文，词与诗是有渊源关系的。可以说，词从诗演变而来，又有其自身特点。王力给词下的定义是：“一种律

① 夏援道．诗词曲声律浅说［M］．武汉：湖北教育出版社，2000.69

化的、长短句的、固定字数的诗。”[①]具体说来，词源于乐府和近体诗。或者可以说，词的来源有两端：就其音乐性而言，即从“被诸管弦”一方面来说，词是源于乐府的；就其语辞格式而言，从格律一方面来说，词是源于近体诗的。

曲是词余，在一定意义上是词的发展，是词的放大。“元代韵文的主要形式是散曲，它是继唐诗、宋词之后勃然而兴、卓然有成的一种新的诗歌体裁，它与元杂剧共同构成了元曲的繁荣。散曲也被人称为‘词余’，它与词的关系是相当密切的。”[②]曲也讲究“知韵”和“造语”，“知韵”坚持以大都（北京）音为标准，而“造语”便是提倡以北方方言为基础。关汉卿、郑光祖、白朴、马致远的作品是戏曲语言的典范。关、马等人的作品证明，这种与“乐府语、经史语”并列的“天下通语”，既不同于“书生语”（文言），又有别于“市语、方语”（乡音）。金元戏曲，本为适应当众表演的需要而创作，其唱词宾白的设计，也以接近口语、便于演员上口、便于听众接受为准则。

有鉴于词与曲的近乎天然的联系，也就可以着眼于宏观，将两者不再做严格的区分，以探讨其语音修辞诸端。

一、词曲语音与语境的关系尤为密切

与诗相比较而言，似乎可以说宋词更注重上下文语境，注重所填写的“辞”与“声情”或“调情”之间的适应关系。“所谓‘声情’或‘调情’，就是由一阕词的音韵、句式、长度等特点形成的一种独特的整

① 夏援道．诗词曲声律浅说［M］．武汉：湖北教育出版社，2000.69
② 罗斯宁，彭玉平．宋辽金元文学史［M］．广州：中山大学出版社，1999.368

体性的音韵——抒情效应。”[①] 不妨说，这种独特的整体性的音韵——抒情效应在某种意义上即词的语音修辞效果。

词曲不但诉诸上下文语境以凸显一定的修辞效果，还集中体现了语音与情景语境的密切关系。在我们看来，情景语境最终体现为人的主体感受和情绪情感状态，表达者甚至接受者的主体感受和情绪情感状态是语境的主导因素。在宋词语音与语境的具体关联上，或者可以说，宋词的语音等形式要素与词的表达者的主体感受和情绪情感状态等具有一定的象似关系。例如要表达比较激越的情感时往往选择《念奴娇》《满江红》《贺新郎》之类，而要表现一些轻柔艳丽的内容时，则往往会选择《菩萨蛮》《浣溪沙》《蝶恋花》等。清代谢章铤曾就此论述说："填词亦应选调，能为作者增色。如咏物宜《沁园春》，叙事宜《贺新郎》，怀古宜《望海潮》，言情宜《摸鱼儿》《长亭怨》等类，各取其与题相称，辄觉辞笔兼美。虽难拘以一律，然此亦倚声家一作巧处也。其他，《西江月》《如梦令》之甜庸，《河传》《十六字令》之短促，《江城》《梅花引》之纠缠，《哨遍》《莺啼序》之繁重，傥非兴至，当勿强，以其多拗，多俗，多冗也。"[②] 以上所列举与其说是词牌的选择模式，不如说是语音修辞适应特定题旨情境的一种具体体现。

或者说，宋词中一个词牌就是一个设置了语音的语境。词牌以一种模式化的方式将特定语音组合匹配固定下来。特别是音节节奏、音节数目、停顿，甚至语调等都在特定的词牌下是相对固定的，这其实就是一个语境。这与诗有所不同，尽管诗也有特定的格律，比如五言、七言、押韵、拗救、粘对等，但是这种情形未必与表达者的情绪情感

① 谭德晶．唐诗宋词的艺术[M]．上海：学林出版社，2001.204

② 谭德晶．唐诗宋词的艺术[M]．上海：学林出版社，2001.205

直接相关联。比如，同样的离愁别绪诗人可以选用五言，也可以选用七言，可以用平起，也可以用仄起等。

二、词曲语音与音乐

相对于律诗，宋词与音乐的结合更为紧密。但从历时的角度来看，两者是不可同日而语的。“唐人多以律绝为乐章，这是人所共知，而且共同承认的事实。律绝这种诗体和当时风行的外族音乐，实各有其来源与性质。就来源说，外族的音乐输入多在北朝，而律绝的演成则自南朝。就性质上说，外族音乐的声音多繁变，而律绝的字句极整齐。”①

律绝和音乐这两种来源和性质都不同的东西，由于社会文化的发展和言语使用者（含表达者和接受者）的审美、叙事的需要，“骤然配合在一起，自然要发生龃龉。在这种情形之下，第一步的办法，便是由乐工于演奏时杂上‘散声’，使整齐的诗句变成参差的”。例如唐玄宗的《好时光》，依刘毓盘《词史》说，应是：

宝髻宜宫样，脸嫩体红香。眉黛不须画，天教入鬓长。莫倚倾国貌，嫁取有情郎。彼此当年少，莫负好时光。

乐工增加上“散声”（“偏”“莲”“张敞”“个”等字），便成了长短句，即成为词：

宝髻偏宜宫样，莲脸嫩体红香。眉黛不须张敞画，天教入鬓长。莫倚倾国貌，嫁取个有情郎。彼此当年少，莫负好时光。

① 陆侃如，冯沅君．中国诗史 [M]. 济南：山东大学出版社，1996.450

显然，这种办法，只能算是一种权宜之计，对于诗篇和音乐的龃龉仍然不能彻底除去，于是富于创造性的民间诗人便进一步，于整齐的五七言形式之外，依照声音繁变的乐调，创作句法参差的新歌辞，即采用以句法迁就语音的办法解决律绝与音乐两者之间的龃龉。“这种新歌辞的创作便是词的诞生。敦煌发现的无名氏词便是这类作品”，“这一件事情实在是诗史上一次变化。这次变化开始于 8 世纪前期。到 8 世纪末，9 世纪初，已征服了许多文人。”[①] 这样，在一定意义上似乎可以说词是律诗与音乐“龃龉”的产物，实际上是两者辩证作用的“化合物”。

总之，由于社会经济、文化教育的发展，由于人们审美怡情、叙事认知的需要，“由于民间诗人的创造，加上外族音乐的影响，在诗史上便产生新的体裁。至于那些词出于《诗经》、乐府、杂言等说法，都是不妥当的”[②]。从词的来源上看，词的音乐性自不待言，换言之，词在语音修辞上的效果是其“生命线”。

虽然不好说现代歌词直接源于宋词，但是现代歌词与音乐的关系与之一脉相承。

与词曲相类似，现代歌词也是以演唱的目的而使用的。在语音修辞方面，现代歌词也常常用韵，使用衬字等。

首先，现代歌词中使用衬字，以完足音节、舒缓语气、加强节奏感等。例如奚秀兰演唱的《洪湖水浪打浪》：

洪湖水呀浪呀么浪打浪啊，洪湖岸边是呀么是家乡啊。

清早船儿去呀去撒网，晚上回来鱼满舱。

① 陆侃如，冯沅君．中国诗史 [M]. 济南：山东大学出版社，1996.451

② 陆侃如，冯沅君．中国诗史 [M]. 济南：山东大学出版社，1996.451

四处野鸭和菱藕，秋收满畈稻穀香，人人都说天堂美，怎比我洪湖鱼米乡。

洪湖水呀长呀么长又长啊，太阳一出闪呀么闪金光啊。

共产党的恩情比那东海深，渔民的光景一年比一年强。

以上出现衬音的虚词“呀么”“呀”“么”“啊”等。

第二，现代歌词常常也讲究押韵，例如乔羽的《家在苏州》[1]：

山打扮着苏州，
水打扮着苏州，
湖光山色装点着苏州的窗口，
吴侬软语诉说着苏州的温柔。
岂止半亩方塘，
也有烟波渔舟；
岂止小桥流水，
也有大厦高楼。
古有古的神韵，
今有今的风流。
问君何事最惬意？
家在苏州。
家在苏州啊，家在苏州，
宜人风景，一步一回头。

上例偶句入韵，首句入韵，韵脚为“州”“口”“柔”“舟”“楼”“流”“头”。

① 曾宪瑞．2003中国年度最佳歌词曲[M].桂林：漓江出版社，2004.37

第三，现代歌词也往往不避音节上的复叠，并注重多种语音修辞手段的综合运用。例如乔羽的《哪吒上下篇——为电视动画片〈哪吒〉作》①：

虽然这是一个神话，
这里的天地实在广大。
这里有很多很多善良的朋友，
也有很多很多难缠的冤家。
天上地下，风云变化。
最好的朋友他是谁？
他的名字叫哪吒。

又如：乔羽的《哪吒上下篇——为电视动画片〈哪吒〉作》：

是他、是他、是他，是我们的朋友哪吒。
上天他比天高，下海他比海大。
有时他很聪明，有时他也犯傻。
他的个头跟我一般高，
他的年纪跟我一般大。
哪吒爱我，我爱哪吒，
我们快快乐乐、高高兴兴、风风火火、热热闹闹，共度青春年华。

上例“很多很多”“是他、是他、是他”“我们快快乐乐、高高兴兴、风风火火、热热闹闹，共度青春年华”多处使用叠

① 曾宪瑞．2003中国年度最佳歌词曲[M].桂林：漓江出版社，2004.37

复。而且，“哪吒爱我，我爱哪吒”还形成音节上的回环。此外，“上天他比天高，下海他比海大”是对偶。最后，该歌词也是押韵的，而且上下两段均押“发花”韵，韵脚分别是“话”“大”“家”“化”“吒”“傻”“傻”“华”等。

如上所述，语音修辞在现当代歌词中也是不可或缺的，有其修辞价值。

三、韵的通押

词的押韵已经不再像律诗那样严格了。大概事物发展到登峰造极之后就势必得有一个缓冲。唐代的律诗发展到登峰造极之处，此后，作为长短句的词应运而生。

就用韵而言，词曲讲究通押。即词的用韵比之于律诗、绝句稍要宽些，与古体诗的宽韵相近，不但相邻的韵可以通押，就是不相邻，但相近的韵往往也可以通押。“唐代诗人写词，用的是诗韵。五代以后，随着词的创作而形成了与诗韵稍有别的词韵。”[①]

词韵即词的用韵。“词的用韵并不依某一官定韵书（如唐诗之依《切韵》《唐韵》《广韵》），而是依当时汉语言中的实际语音来押韵。”[②]需要说明的是，词其实也有专门的韵书，只是这种专门词的韵书是后来的事，是后人研究（特别是清儒）词曲的成果，而往往并不是作为当时词人创作的规范。

一般说来，唐代完全依照诗韵写词。当时，有些词跟近体诗差不多。

① 夏援道．诗词曲声律浅说［M］．武汉：湖北教育出版社，2000.81
② 杨仲义，梁葆莉．汉语诗体学［M］．北京：学苑出版社，2000.135

如刘禹锡的《浪淘沙九首》其一：

九曲黄河万里沙，浪淘风簸自天涯。如今直上银河去，同到牵牛织女家。

这就是一首七绝诗。

词韵的通押还表现在其韵脚是可平可仄的。这与通常押平声的律诗不尽相同。例如欧阳修的《南歌子·凤髻金泥带》：

凤髻金泥带，龙纹玉掌梳（“鱼”韵）
走来窗下笑相扶（“虞”韵）
爱道画眉深浅入时无（“虞”韵）

弄笔偎人久，描花试手初（“鱼”韵）
等闲妨了绣功夫（“虞”韵）
笑问鸳鸯两字怎生书（“鱼”韵）

这首词用了《词韵》第四部“鱼、虞”平声韵。像这样用平声韵的词常见的有：《忆江南》（或称《江南好》）、《渔歌子》（单调）、《捣练子》《八声甘州》《忆王孙》（单调）、《临江仙》《鹧鸪天》《水调歌头》《沁园春》《满庭芳》《一剪梅》《唐多令》《行香子》《江城子》《破阵子》《望海潮》《春光好》《木兰花慢》《长相思》《少年游》《潇湘夜雨》等。[1]

但是，宋代以后，仄韵的词要多于平韵的词。例如柳永的《雨霖铃·寒蝉凄切》：

① 夏援道．诗词曲声律浅说 [M]. 武汉：湖北教育出版社，2000.82

寒蝉凄切（“屑”韵）
对长亭晚，骤雨初歇（“月”韵）
都门帐饮无绪，留恋处，兰舟催发（“月”韵）
执手相看泪眼，竟无语凝噎（“屑”韵）
念去去，千里烟波，
暮霭沉沉楚天阔（“曷”韵）

多情自古伤离别（“屑”韵）
更那堪，冷落清秋节（“屑”韵）
今宵酒醒何处？
杨柳岸，晓风残月（“月”韵）
此去经年，应是良辰好景虚设（“屑”韵）
便纵有千种风情，
更与何人说（“屑”韵）

这首词共十韵，用词韵十八部入声韵，全是仄脚。这类仄韵脚的词较多，常见的有：《卜算子》《蝶恋花》《木兰花》《满江红》《贺新郎》《念奴娇》《竹香子》《永遇乐》《钗头凤》《踏莎行》《点绛唇》《后庭花》《鹊桥仙》《洞仙歌》《水龙吟》《千秋岁》《齐天乐》《摸鱼儿》《青玉案》《好事近》《祝英台近》等词。

四、音节的错综

词在音节的整体布局和分配上呈错综之势。它不像诗骚的相对整齐（主要以四言为主）和古体诗的以五言为主；也不像近体诗，近体诗的句式整齐，音节的句外停顿整齐，分五言、七言，属齐言体。词的句子有长有短，属杂言体。

词在音节上的错综形成特定的语音停顿,通常词句内切分有:“2+3”和“3+2”“1+4”“4+3”“3+4”，还有“1+6”式的一字逗。如刘辰翁的《兰陵王·丙子送春》第二叠：

> 春去。最谁苦？但箭雁沉边，梁燕无主，杜鹃声里长门暮。想玉树凋土，泪盘如露。咸阳送客屡回顾，斜日未能度。

以上的句内停顿，可表示为：[（2+3）+（1+4）+（4）]+（4+3）+[（1+4）+4+（4+3）+（2+3）]

此外，八字句和九字句有切分为“3+5”“2+7”的，使后面出律句。但词体更多的切分为句末的三字脚。如《忆秦娥》《长相思》《鹧鸪天》等。[①]

尽管词在音节上常常发挥错综之能事，但是有不少词，仍然保留着从律诗绝句脱胎出来的“胎记”。例如张志和的《渔歌子·西塞山前白鹭飞》：

> 西塞山前白鹭飞，桃花流水鳜鱼肥。青箬笠，绿蓑衣，斜风细雨不须归。

① 吴洁敏，朱宏达．汉语节律学[M].北京：语文出版社，2001.248

又如晏殊的《浣溪沙·一曲新词酒一杯》：

一曲新词酒一杯，去年天气旧亭台，夕阳西下几时回？

无可奈何花落去，似曾相识燕归来，小园香径独徘徊。

以上《渔歌子》就是由句句入韵的绝句变来的，《浣溪沙》完全是由六个律句组成，不同的是平仄的粘对不像律诗那样讲究。[①] 以上似已表明，作为词的押韵，已经不再像律诗那么严格了，尽管它与律诗还有一些“瓜葛”。

音节的错综还主要表现在戏曲和散曲对“宾白”的语音锤炼和重视上。这一情形在宋元之后不断发展。元代以后，戏曲语言上存在着一种重“曲”轻“白”的倾向。而到了李渔（1611 年—1679 年）时代，则十分注重“宾白”，即要用简易的话语让戏剧的受众能够听得懂，明白晓畅，简单地说就是要念得顺口，听得明白。

从周德清到沈璟，都把音律放在词采之上，汤显祖以“曲意”为重，提出比沈璟更为合理的看法，应是词采先于音律。到王骥德，才发现还有一个东西凌驾于词采、音律之上，那就是“格”。

不仅是“曲文”，而且连“宾白”，也都显现出音乐美来。这种现象先由王骥德指出，到李渔大畅其旨。李渔作《音律第三》，分九个细目来论述“曲文”的音节，其中不乏独到见解，如：鉴于《中原音韵》把“鱼”“模”合为一韵会造成“字句聱牙，声韵逆耳”的不良后果，他提出“鱼 [y]”“模 [u]”当分的合理建议；发现上声字“入曲低而入白反高”的规律，他要求慎用上声；“此声利于幽静之词，不利于发扬之曲”。

① 夏援道．诗词曲声律浅说 [M]．武汉：湖北教育出版社，2000.89

中国传统古诗，包括唐诗基本上都是齐言的，如《诗经》的四言，汉魏时的五言，以及后来的七言，都是齐言的。但词的出现，打破了韵文的这一传统。词的句式由一字句到十一字句都有。例如：

归，目断吾庐小翠微。斜阳处，白鸟傍山飞。（袁去华《归字谣·归》）

新月又如眉，长笛谁教月下吹？楼倚暮云初见雁，南飞。漫道行人雁后归。意欲梦佳期，梦里关山路不知。却待短书来破恨，应迟。还是凉生玉枕时。（晏几道《南乡子·新月又如眉》）

苹满溪，柳绕堤，相送行人溪水西，回时陇月低。烟霏霏，风凄凄，重倚朱门听马嘶，寒鸥相对飞。（张先《相思令·苹满溪》）

阑干十二独凭春，晴碧远连云。千里万里，二月三月，行色苦愁人。谢家池上，江淹浦畔，吟魄与离魂。那堪疏雨滴黄昏。更特地，忆王孙。（欧阳修《少年游·阑干十二独凭春》）

林花谢了春红，太匆匆。无奈朝来寒雨晚来风。胭脂泪，留人醉，几时重。自是人生长恨水长东。（李煜《相见欢·林花谢了春红》）

从音节上看，词曲的语音要求音节铿锵，形成错综。

五、声调的复杂化及演化

声调的复杂化是就声调的使用而言的。事实上，如果是就声调本身的发展而言，不是复杂化了，相反是简单化了，集中体现为此时入声的消失，即入派三声。值得注意的是，这里所说的声调情况主要是就汉语共同语而言的，不包括一些方言。

复杂化则是相对于律诗和近体诗等而言的，即词既讲究平仄，又注重“四声”。而如前文所述，律诗在声调上主要讲究平仄问题，古体诗则主要讲究四声问题。

正如有论者所指出的：“词在平仄、用韵上与格律诗的最大不同，也是最复杂的一点，是诗只分平、仄，仅此便可诉诸口唇、音声和谐，而词则既讲平仄，又讲四声，‘不可遇仄而以三声概填’（万树《词律》）。否则便不合曲谱，难以配乐歌唱，所谓‘本押仄声韵，如押上声则协，如押入声则不可歌矣’（李清照《词论》）。”①

具体而言，一般情况下，既讲平仄又须严守四声的地方，主要是转折处或结尾处，这些地方往往是接受者需要特别注意的地方，堪称焦点，也就是词句的表达重点。万树《词律》说：“名词转折跌宕处，多用去声。”“当用去者，非去则激不起，用入则不可，断断勿用平、上也。”《词律·发凡》说：“尾句尤为吃紧，如《永遇乐》之‘尚能饭否’，《瑞鹤仙》之‘又成瘦损’，‘尚’‘又’必仄；‘能’‘成’必平；‘饭’‘瘦’必去；‘否’‘损’必上，如此然后发调。末二字若用平上，或平去，或去去、上上、上去，皆为不合。”

与词在声调上类似，曲的声调也呈复杂化之势。从隋唐到金元，大都（今北京）音的声调已起了很大的变化，这反映在关汉卿、王实甫、

① 杨仲义，梁葆莉．汉语诗体学[M]．北京：学苑出版社，2000.135

郑光祖、马致远等戏曲大师的作品里，是不用平、上、去、入，而用阴、阳、上、去的了，即“入派四声”了。此时也既讲究平仄，又注意四声。

诗文分平仄，而词分五声，又分六律，亦分清浊轻重。如《声声慢》《雨中花》《喜迁莺》，既押平声韵，又押入声韵。《玉楼春》本押平声韵，押上、去声，又押入声。本押仄声韵，如押上声则协，如押入声则不可歌。

词的音调方面的一个重要特点是大量押仄声韵。在唐诗中，一般是押平声韵，平声韵响亮、和谐、悠长，在齐言的，并不以音韵作为抒情的主要因素的唐诗中，它的存在是合理的。[①] 曲词中还有一定的尖团音，这些较为特殊的语音在诗中是不常见的。

进一步具体说来，词的声调由唐而宋大致经历了这样的演化过程[②]：唐时，温飞卿已分平仄；宋初，晏同叔以江外方音，配《花间》旧曲，去声之辨，乃益分。例如晏同叔《瑞鹧鸪》：

特染妍增世人，报道江南别样春。

其中的“世”“样”皆为去声。

随后，柳三变分上去，尤严于入声。清真用四声，益多变化；其施于警句者，有似于元曲之“务头”。所谓“务头”，疑元人方言，或似今语“要点”，也大概相当于当代语用学中所谓“表达重点”或“焦点”。至南宋，方千里、杨泽民诸家，拘泥四声。最后，词的声调辨五音，分阴阳，已然成熟。

① 谭德晶．唐诗宋词的艺术 [M]. 上海：学林出版社，2001.210

② 夏承焘．唐宋词字音之演变．见：王小盾，杨栋．词曲研究 [M]. 武汉：湖北教育出版社，2004.176

六、音节的联绵和复叠

词曲在音节上也使用联绵词，通过叠音以传情达意，寄兴造势。

例如："王十朋《九华山》诗：'鸟声依树克丁当。'自注：'山中有鸟啼声曰克丁当。'白仁甫《梧桐雨》杂剧：'吉丁当玉马檐头闹。''吉丁当'状檐头玉马声。崔涯《嘲妓》诗：'更著一双皮屐子，纥梯纥榻出门前。''梯''榻'双声，加纥纥重言，以状拖皮屐之声。董解元《西厢》：'晚风儿淅溜淅冽。''溜''冽'双声，加淅淅重言，状风声。任华《怀素上人草书歌》：'飘风骤雨相激射，速禄飒拉动檐际。''速''飒'双声，'禄''拉'双声，间用以状风雨交至之声。元无名氏《神奴儿》杂剧：'他两个一上一下，直留支剌唱叫扬疾。''直''支'双声，'留''剌'双声，亦间用以状吵闹之声。元无名氏《杀狗劝夫》杂剧：'则被这吸里忽剌的朔风儿，那里好笃簌簌避。又被这失留屑历的雪片儿，偏向我密蒙蒙坠。将这领希留合剌的布衫儿，扯得来乱纷纷碎；将这双乞量曲律的肐膝儿，罚他去直僵僵跪。兀的不冻杀人也么哥！兀的不冻杀人也么哥！越惹他必丢匹搭的响骂儿这一场扑腾腾气。'郑光祖《倩女离魂》杂剧：'将水面上鸳鸯忒楞楞分开交颈，疏剌剌沙鞴雕鞍撒了锁鞓，厮琅琅汤偷香处喝号提铃，支楞楞争弦断了不续碧玉筝，吉丁丁珰精砖上摔破菱花镜，扑通通东井底坠银瓶。'这都是利用这些双声叠韵的词语以尽拟声之妙。"①

除了联绵词的使用，宋元词曲中还大量使用叠音词。比较典型的有李清照的《声声慢·寻寻觅觅》：

寻寻觅觅，冷冷清清，凄凄惨惨戚戚。乍暖还寒时候，

① 郭绍虞．郭绍虞说文论［M］．上海：上海古籍出版社，2000.235~236

最难将息。三杯两盏淡酒，怎敌他，晚来风急？雁过也，正伤心，却是旧时相识。满地黄花堆积，憔悴损，而今有谁堪摘！守着窗儿，独自怎生得黑？梧桐更兼细雨，到黄昏、点点滴滴。这次第，怎一个愁字了得！

其中连用叠音词“寻寻觅觅，冷冷清清，凄凄惨惨戚戚”。14叠字中，“以齿上音占大多数，就可知此词运用之妙，全在这些声母相近的字联在一起，于是读来也觉声情中所表现的兼有悽清惨戚之感而已”[①]。这种齿上音占大多数，与曲词里的尖团音等就比较接近了。

又如元代张可久的一些双调即大量使用了叠音词，以之为基础实现了语音上的复叠。例如：

唤西施伴我西游，客路依依，烟水悠悠。（张可久［双调］《折桂令·村庵即事》）

洗黄尘照眼沧浪，古道依依，暮色苍苍。远寺松篁，谁家桃李？旧日柴桑。红袖倚低低院墙，白莲开小小林塘。过客徜徉，题罢新诗，立尽斜阳。（张可久［双调］《折桂令·村庵即事》）

翩翩桂旗，隐隐莲峰。（张可久［中吕］《满庭芳·山中杂兴二首》）

风姿澹然，琼酥点点，翠羽翩翩。（张可久［中吕］《满庭芳·山中杂兴二首》）

愁春未醒，芳心可可，旧友卿卿。（张可久［中吕］《满庭芳·山中杂兴二首》）

① 郭绍虞．郭绍虞说文论［M］. 上海：上海古籍出版社，2000.239

营营苟苟，纷纷扰扰，莫莫休休。厌红尘拂断归山袖，明月扁舟。留几册梅诗占手，盖三间茅屋遮头。（张可久[中吕]《满庭芳·山中杂兴二首》）

萧萧秋雨后，片片夕阳中。（张可久[越调]《寨儿令·道士王中山操琴》）

笑语云云，图画真真，一朵楚台云。（张可久[越调]《寨儿令·道士王中山操琴》）

望长安，前程渺渺鬓斑斑。（张可久[双调]《殿前欢·秋日湖上》）

泠泠仙曲紫鸾萧，树树寒梅白玉条，飘飘野客乌纱帽。（张可久[双调]《湘妃怨·乐闲》）

以上语音的联绵和复叠，有助于音节的谐和，有助于语流的流畅，有助于韵致的凸显，取得了良好的语音修辞效果。

七、语音的象似

词曲的象似与律诗的象似比较起来，或许少了一些象征性，但更多了叙事性，其默认的前提是音义之间的关联。正因声象、义象互有关联，所以有些语词，一方面足以状客观之事，一方面又足以达主观之情。

例如："'赳赳'，于声象中即有雄武之意；如'慌慌'，于声象中也有乱攘之意；因此，组合起来，成'乱慌慌''雄赳赳'诸语，就觉得表达的意象也格外明确。洪昇《长生殿》四十三出'怎那硬撑撑钗盒也无寻处'，邹兑金《空堂话》杂剧'世间只有那乌沙是硬邦邦的'，'撑撑''邦邦'，在声象中也有硬义。明无名氏《金雀记·玩灯》'轻拂拂花梢弄影'，孔广林《女专诸》杂剧'则被俺必丢疋搭的巧言儿将你便轻松松罩'，'拂拂''松松'，在声象中也有轻义。他如'烘烘''茸茸'都有热闹之义，可与热闹诸字联缀为词。洪昇《长生殿》十出'热烘烘气夯胸脯'，沈自征《簪花髻》杂剧'暖茸茸软苔茵着地随'，康海《中山狼》杂剧'他闹茸茸前合后偃射雕坡'。'仆仆''喷喷'都有气息之义，也可与气息之字联缀为词。董解元《西厢》'气仆仆走得掇肩的喘'，又'香喷喷地软揉揉地酥胸如雪'。在这些举例里边，还可说这些重言叠字，本身就有意义，所以一与这些语词联缀，就更显出比况形容的作用。"①

这里是通过叠音词以音节的复叠形式来象似特定意境，显然是调动了多种语音手段（叠音、象似等）。再比如苏轼《次韵赵令铄惠酒》："门前听剥啄，烹鱼得尺素。""剥啄"，敲门声，而且"剥啄"为叠韵，且"剥"为双唇音，十分便于发音。

再比如李清照《声声慢·寻寻觅觅》中，舌音和齿音共计 57 字，占总字数（音节数）97 字的 58%。这些舌音和齿音分别是：

舌音：难，淡，敌他，地，堆，独，得，桐，到，点点滴滴，第，得。

齿音：寻寻，清清，凄凄，惨惨，戚戚，乍，时，最，息，三，盏，酒，怎，正伤心，是，时，识，积，憔悴损，如，谁，守，窗，自怎生，

① 郭绍虞．郭绍虞说文论 [M]. 上海：上海古籍出版社，2000.238~239

细，这次，愁字。

之所以大量使用舌音和齿音，“当是有意以啮齿丁宁之口吻，写其郁悒惝恍之情怀”[①]。而这“有意以啮齿丁宁之口吻，写其郁悒惝恍之情怀”正是一种音义、声情上的象似。

以上这些，比上古时对声音的普通摹拟和魏晋至隋时的相对简单的象似又进了一层。

八、ABB 式叠音词的大量使用

ABB 式叠音词，堪称元曲在语音的调整适用上的一大特色。诚如赵克勤《古代汉语词汇学》所言：“元曲中用得最多。”[②] 例如：

> 密匝匝蚁排兵，乱纷纷蜂酿蜜，急攘攘蝇争血。（马致远［双调］《夜行船·秋思》）

其中的“密匝匝、乱纷纷、急攘攘”。

> 明晃晃马镫枪尖上挑，白雪雪鹅毛扇上铺。（睢景臣［般涉调］《哨遍·高祖还乡》）

其中的“明晃晃、白雪雪”。

① 夏承焘．唐宋词字音之演变．见：王小盾，杨栋．词曲研究 [M]．武汉：湖北教育出版社，2004.202
② 赵克勤．古代汉语词汇学 [M]．北京：商务印书馆，1994.57

醉厌厌良夜迢迢，记席上樽前。（张可久［双调］《折桂令·村庵即事》）

其中的“醉厌厌”。

倚高寒渺渺愁余，昨夜南楼，今日西湖。（张可久［双调］《桂令·村庵即事》）

其中的“寒渺渺”。

呀，因此上美甘甘风月久相违，冷清清云雨杳无期。（张可久［中吕］《粉蝶儿·春思》）

其中的“美甘甘、冷清清”。

天长雁影稀，月落山容瘦，冷清清暮秋时候。（卢挚［双调］《沉醉东风·重九》）

其中的“冷清清”。

暖溶溶玉醅，白泠泠似水。（王实甫［朝天子］《西厢记·长亭送别》）

其中的“暖溶溶、白泠泠”。

总之，以上这种“ABB”形式接近口语，用于元曲中“本色当行”。

结语

以上所述汉语语音修辞史以文体嬗变为契机和标志，展示了汉语语音由自然美向艺术美转换的历程。汉语语音修辞史表明，什么时候有修辞，什么时候就势必有语音修辞；哪里有语音的艺术，哪里就有语音修辞。

“凡有文藻，即须明声韵”，隋代陆法言《切韵·序》所做的这个论断，点明了文藻（经过加工后的文学语言）须求之于声韵适用的原则。也就是说，追求文学语言的艺术美，就一定要懂得语言的声韵结构及其运用规律。语音美正是语言美的基本要素和必要条件。

汉语自身的特点与语音修辞的发展

汉语语音修辞充分利用了汉语言文字，尤其是语音方面的习惯及体裁形式遗产，并在这种“利用”过程中形成了汉语语音修辞史。

汉语语音修辞史与汉语自身的特点关系密切。语音修辞的发展，一方面经约定俗成后确立下来，形成一些语音使用上的“规范”，形成汉语的一些特点；另一方面，汉语自身的一些特点也会影响汉语语音修辞的发展。比如就语音修辞的一种较为典型的形式——对偶——而言，古汉语没有什么形态变化可让字句伸缩自如，便于对偶；更由于单音节语素占绝对优势，双音节词又只是单音节语素的组合，因而字句对偶就易于整齐划一。而西洋语言却不然，“西文单音字与复音字相错杂，意象尽管对称而词句却参差不齐，不易对称”[①]。可见，在汉语里，对偶确立的过程，就是对称法则从意象方面推广到词句方面的过程。而词句方面的对称首先是，似乎也主要是语音音节上的对称。

汉语是有声调的语言，有声调是汉语的一个重要特征。汉语语音修辞常常以韵语韵文的形式体现出来。韵文中的声、韵、调经调整适用后，可以形成语音的艺术美，体现于韵脚的谐和、音节的配置、节奏的安排、虚词的使用等方面。

① 朱光潜．诗论[M]．北京：生活·读书·新知三联书店，1998.206

汉语中元音音素占优势，因此，乐音的成分比较大。韵和韵母主要是由元音音素构成的。古代汉语中的“韵”“摄”，近代汉语中的“辙”，现代汉语中的“韵母”均与元音相关。而押韵则主要是追求韵脚的和谐，韵脚的和谐即主要是利用了音节中主要元音的发音上的某些共性。

无论古代汉语有无复辅音（对于这个问题学界还存在争议），但是有一点是毫无异议的：汉语语音发展到现代，在一个音节的内部，没有复辅音，即在一个音节的构成中不论哪个部位，都没有两个或三个辅音连在一起的现象。因此，汉语音节的界限分明，音节的结构形式比较整齐。[①] 汉语音节结构中辅音的这种特征，为语音修辞上音节的匀称均衡、调整适用提供了可能。

汉语语音修辞是一个开放的体系。首先，它是声、韵、调这个系统的功能的发挥，是声、韵、调历时演进并和谐互动的过程。其次，它与汉语自身的特点密切相关。比如现代新诗的节奏单位主要是双音节为主，三音节为一个节奏单位的情形也是有的，但其中往往会有虚词，特别是助词，如“的”“着”“了”“啊”及儿化等。一个节奏单位往往以双音节为主，这主要是与现代汉语词语的构成以双音节为主有关。

汉语语音修辞与汉语在语法上的特点也密切相关。汉语在语法上的一个重要特点就是有语气词并且语气词比较丰富，使用频率也较高。包含语气词的虚词的适用具有较强的表音效果。有些拟声词更是可以经过调整适用而直接取得形象生动的语音修辞效果。有些拟声词摹拟事物情状，以象似认知的方式实现语音修辞的审美效果。

① 黄伯荣，廖序东．现代汉语（增订三版）[M]．北京：高等教育出版社，2002.10

文体的演变与语音修辞的发展

汉语语音修辞的发展与文体之间也是相辅相成的。一定的文体常常有一定的语音修辞特点，而文体又常常是在不断发展的。文体的发展势必带动语音修辞的发展。正因为如此，我们在追溯汉语语音修辞史时，即以历史时期为经，以特定历史时期典型文体为纬，经纬交织。需要特别说明的是，由于历史文献浩如烟海，故我们只能从汗牛充栋的文献材料中选取有代表性的加以考察。但这样就难免挂一漏万，好在我们只是试图对修辞史做点“铺路”的工作，具体精微的考辨，则有待来者。

汉语语音修辞与汉语文学创造及其体式密切相关。比如诗歌的格律，大致是由节奏的构造、押韵的方式以及音调等因素组成的，其中尤以节奏的安排为格律的重心。中国古典诗之所以有着不可磨灭的艺术魅力，很重要的一点就在于把诗的境界建立在格律化的节奏类型（如音节均衡、平仄相间等）上面，能充分满足读者的审美要求。这实际上是文学审美之于语音修辞上的需要。

由此亦可反观语音修辞对文学创作的重要意义。正是这样，刘勰在《文心雕龙·声律》篇里切实地论证了语音修辞对于文学创作的极端重要性。他指出：

故言语者，文章关键，神明枢机，吐纳律吕，唇吻而已。

这里“言语”是指语言的音响；文，文采；章，鲜丽；神，精神；明，畅爽；即语言的音响是文学作品文采鲜丽、精神畅爽的关键。

语音是文学创作者运用语言传情达意到对方的物质手段，也是人们领略、感受语言艺术的物质凭借。所以刘勰说：“音以律文，其可忽哉！”文章的展开，其律动是由语音来控制、调节和体现的。

音乐及文化交流等语言外要素与语音修辞的发展

汉语语音修辞还与音乐的关系十分密切。比如宋词、元曲、京剧等本身是可歌的，现代歌词自不待言。音乐在一定程度上促进了语音修辞的良性发展。

我国诗歌特别讲究音乐旋律的运用，因为音乐旋律有个“得天独厚”的特点，就是：“它的节奏的起伏，音调的宏纤，恰合人心的精微的变化。”[①] 诗歌即运用特定的语言，尤其是语音的节奏、节拍、抑扬顿挫创造悦耳怡心的话语作品，以便更好地抒情达意，审美养性。因此，动听、悦耳、易记、易唱等艺术效果就是诗歌语言的题中应有之义。

散文也与音乐有密切的关系。散文也可以讲究音步，注重节拍、节奏，注重整散错综，注重音节上的审美化配置。散文发展史上不少散文读起来朗朗上口，听起来铿锵悦耳，脍炙人口。散文也可直接地，充分自由地，自如地调动各种语音资源摹拟器乐的声音，描绘各种较为壮阔宏大的场面，给人听觉上的临境感。

汉语语音修辞的发展受到外来文化的影响也比较深。比如汉代随着佛经的传入，梵汉翻译过程中反切注音方式的出现，使汉语语音的

① 朱光潜．文艺心理学[M]．合肥：安徽教育出版社，1996.300

解析更精确了，平仄的出现及运用也就有了可能。再比如，近现代西学东渐之际，西方的“言文一致”及其文字的表音性先后促使中国出现了“诗界革命”和“白话文运动”，前者主张“我手写我口”，后者主张文学改良等，均对汉语语音调整适用的发展史直接产生了影响。

语音传递方式与语音修辞的发展

语音传递方式的嬗变也对语音修辞的发展有一定的影响。按其出现的先后，大致说来语音传递方式有如下几种：口耳相传，借助纸质媒介传递，借助电子媒介传递。随着科学技术的不断发展，我们有理由预言：势必还会有新的传递方式产生。

当然，传递方式的嬗变是渐变的，不是突变的，并且，旧的传递方式往往与新的传递方式之间可以兼容，它们是并用共存的。从这个意义上说，与其说是语音传递方式的嬗变，不如说是传递方式的增多。只是，在一定的时代，某种传递方式占据着一定的主导地位。比如，先秦主要是口耳相传，汉代以及其后随着造纸术的发明和推广，纸质媒介即大量应用于语音的传递。纸质媒介扩大了语音修辞的适用范围，并使语音相对确定和固定，有益于人们的交际，有助于提高语音修辞效果。而近年来，随着计算机和国际互联网技术的日新月异，电子媒介在语音传递中渐有超越纸质媒介之势，这又给语音修辞带来了一些新景象。

语音的传递方式无疑与语音的输入“装置”和输出“装置”密切相关。在输入和输出“装置”上，口耳相传主要是人的自然感官；而纸质传递的主要“装置”是特定的书写工具，书写工具的发展总的说来经历了由“硬”（篆刻刀等）而“软”（毛笔等）而再“硬”（钢笔、圆珠笔、铅笔等）的发展历程。现今电脑输入则主要是借助于电脑键盘，这亦可看作是“硬”的“装置”。如前文所述，网络语言中谐音修辞的广泛应用及其演进或者就与这种输入“装置”有关。

以上所述之语音传递方式与社会生产力的发展是密切相关的，而这种种语音传递方式与语音修辞又有着互动的影响和作用，这也就反映出语音修辞与时俱进的社会性。

附录Ⅰ

附录 ①

现当代相声等曲艺中的语音修辞

现当代曲艺也大量借助语音的调整适用表情达意，也常常能在语音修辞上有所讲究。与语音修辞较为密切的现代曲艺通常包括相声、小品、快板等。

相声是现当代的一种语言艺术。这种语言艺术相对于近年兴起的小品而言，在体制和表演时间上简短一些，在道具的使用上、演员的构成上要简单一些。也可以说，小品相对于相声似乎更着意于视觉表演性，虽然两者都比较注重听觉表演性。在某种意义上似乎可以说，相声在语音修辞上的一些技巧可以涵盖小品。因此，我们将主要考察现当代相声中的语音修辞，兼及小品和快板等。

这里，我们主要以如下相声为例说明相声语音修辞上的一些特色：《扒马褂》（刘宝瑞、侯宝林、孙玉奎合说，并由刘宝瑞、侯宝林、孙玉奎整理，网上发表时间：2004年4月28日8点54分，中华相声网），《白事会》（马三立、王凤山演出本，相声仓库管理员根据天津泰达版《马三立相声全集》录音打字整理，网上发表时间：2002年11月5日12点57分，中华相声网），《大保镖》（马志明、黄族民合说，网上发表时间：2002年11月29日7点46分，中华相声网）。

前两个相声的表演者侯宝林、马三立等已属家喻户晓的艺术家，第三个相声，据2005年9月22日18点32分的考察，中华相声网（www.xiangsheng.org）上的浏览次数为173129次，居“热门排行”的首位。因此，这些相声应该具有一定的典型性。

音节的复叠

相声中音节的复叠首先仍然是单音节的近距离或零距离重复使用。例如：

（1）

甲 无常了，亡故了，不在了；没了，没有了；完了，完事了，完事大吉了；吹了，吹灯了，吹灯拔蜡了；嗝儿了，嗝儿屁了，嗝儿屁着凉了；撂了，撂挑子了；皮儿了，皮儿两张了；土了，土典了；无常到了，万事休了，俩六一个幺——眼儿猴了——！

《白事会》

上例一口气连用了23个“了”，语速较快，趣味横生。

（2）

甲 由打树林里，噌噌噌噌！窜出二百多名喽罗兵。

乙 这么多人？

《白事会》

上例象声词“噌”重复使用4次，描摹动作之快，比较形象。

（3）

甲　你是让刀砍着、斧剁着、车轧着、马趟着、牛顶着、狗咬着、鹰抓着、鸭子踢着……

乙　停！停！怎么跑到卖药的那儿去啦？

《白事会》

上例“停”作为一个独词句，连用两次，但中间的时间停顿很短，显得十分干练。

相声中音节的复叠，尤其表现为句子的重复使用。例如：

（4）

甲　嗳……你这是怎么回事啊？

乙　哎……二位！二位！有话慢慢说，怎么回事啊？（把二人分开）

丙　要马褂儿！

《扒马褂》

上例中的“二位”连呼两遍，“怎么回事啊？”亦前后连说两次，这些都比单单使用一次，更易于引起观众的注意。

（5）

甲　我不懂，不懂你这话，不懂！不懂！

乙　嘿！干脆告诉您，没了！

《白事会》

上例中的“不懂”作为有独立语气的句子重复使用两次，加上此前作为句法成分的“不懂”共重复使用4次，十分传神。

（6）

乙　怎么写呀！

甲　没词儿呀？我教给你，我教给你。

《白事会》

其中的“我教给你”作为一个句子重复使用两次，“甲”的得意之情溢于言表。

此外，快板中也常常用到音节上的复叠。例如：

（7）

为护宝，他背井离乡整十载，

为护宝，和家人十年不曾把面逢。

为护宝，他在大街要过饭，

为护宝，他给地主打过工。

为护宝，担惊受怕四处逃，

为护宝，忍饥挨饿受欺凌。

陈红旭《护宝》

上例一口气连用了六个“为护宝”，既连贯，又丰富了内涵，同时增强了语势。

语音的停顿

相声表演在很多时候得借助于停顿转移或改变话题，甚至有时还可以以语音停顿吸引观众的注意力。例如：

（1）

甲　噢！你说咱们那天吃饭飞上一只烤鸭子来？不错！有这么回事。

乙　又有这么回事啦！那我问你吧，这烤鸭子怎么飞上来的呢？

甲　是这么回事，那天我们在……啊……（问丙）哪儿吃的？

丙　前门大街，“都一处”啊！

甲　唉！对啦！啊……你知道吗？“都一处”是在前门大街，一拐弯可就是鲜鱼口，口里不是有个卖烤鸭子的便宜坊吗？因为他那儿卖烤鸭子，是从他那儿飞出来的。

《扒马褂》

上例即有多处句内停顿，以“啊”作为提顿的言语标志。再如：

（2）

甲　怎么刮出去的？你听着呀！他不是……他这个……啊！他那个井啊！横是水浅了，压不住了，刮出去了！

乙　不像话！那算是干井也刮不出去呀？

《扒马褂》

上例以“这个”和“啊”作为停顿的标志，这里的“这个”相当于现代语用学中所说的“话语标记”，没有实际的词汇意义，用在这里相当于一个衬字。

类似地，曲艺类小品中也可见语音上的停顿例。例如小品《戒烟》：

（3）

看什么？你们以为我要捡这烟头儿？太小看人了，我能满地捡烟头儿吗？我不捡，我不捡——我不捡谁捡。

其中的“我不捡”重复使用3次，并且三者在停顿上有所不同，后两个“我不捡”经停顿后形成跳脱，具有较好的语音修辞效果。再如小品《罪证》：

（4）

女　（本能地）嗨……啊，喜欢，喜欢！

男　看这样子，你不是中国人吧？

女　嗨……啊，不是，我是……

男　还是位外国朋友，欢迎，欢迎！

上例小品对话综合运用停顿、复叠，增强了表现力。

拟声语词的使用

相声作为一种比较典型的语言表演艺术，常常以口技和拟声为能事。所以相声中往往大量使用各类拟声词，以增强表演的趣味性和对观众的吸引力。例如：

（1）

丙　这就走，再说两句。（向乙说）吃完饭，就回来啦，天热呀，夜里睡不着，就听外边“嘟嘟嘟”儿！

丙　哎！你知道我爱玩儿蛐蛐儿呀，我赶紧起来，拿着扦子，罩子，到院里这么一听啊，“嘟嘟嘟”儿。

丙　开开门到门口儿这么一听，这蛐蛐儿“嘟嘟嘟”儿跑啦！

丙　跑车站去了。追到车站，再一听，这蛐蛐儿“嘟儿嘟儿”到杨村了！

丙　怎么样啊！逮着了！弄线拴回来了。（甲脱马褂搭在丙的肩膀上，丙不知道还说）明儿您到我们家瞧瞧去，叫唤得可好听了：嘟儿嘟儿。

《扒马褂》

上例连续使用了拟声词“嘟嘟嘟儿”“嘟儿嘟儿”摹拟蛐蛐的叫声，音响形象较为逼真。

（2）

乙　怎么找哇？

甲　找哇！各处找，登报，登报！寻人！街上贴上告白条，路口、胡同口、电线杆子上，你不用大张纸，就用这么大张纸就行。你写个寻人小广告的告白条，找！是没有了不是？是没有了你就这么找，你写呀！

甲　打那个大锣，那么大大锣，当、当、当、当、当、当、当、当，嘀！敲得震天震地的，掐尸的、入殓的四位师傅们，到床板那儿把你父亲这尸首……

《白事会》

上例以“当”摹拟打锣的声音。

（3）

甲　把老头儿送去一百块钱，人家知道什么模样呀？老头儿多了，河边公园大椅子上坐着，那老头儿三五十个，呼啦呼啦都去了……

乙　啊？我呀？

《白事会》

上例“呼啦呼啦”形容人多，是一种较为抽象的拟声词。

（4）

甲　（甲继续说）“老头儿完啦！”你哥哥就一愣：“啊？！

老头儿死啦？！”你大哥一听，当时，“哗——”，哭了！

乙　有这么哭的吗？有这么哭的吗？“哗——”，滋儿挺远，这是尿了这是！

甲　你大哥泪如涌泉，这叫泪如涌泉，“哗——”……

乙　没这么多眼泪！

甲　叭嗒叭嗒……

乙　还叭嗒叭嗒。

甲　掉了十一个眼泪儿。

《白事会》

上例“哗”和“叭嗒叭嗒”摹拟掉眼泪的声音，带有较强的夸张意味。

（5）

甲　……托起来，“请大爷！”就叫你大哥。让你大哥过来干嘛？托着你父亲的脑袋。

乙　这叫长子抱头。

甲　对了！长子抱头就托好了。“师傅们！准备！”嗒嗒嘀、嘀嘀嗒嘀……都准备好了。“请大爷！起家伙！起家伙！打！起！”嘀啦嘀嗒、嘀啦嘀嗒、嘀嗒嘀、嗒嘀嗒嘀、嗒—嘀—嗒——

乙　散戏了这个！

《白事会》

上例中使用的拟声词“嘀啦嘀嗒”“嘀嗒嘀”“嗒—嘀—嗒——”在语音形式上在不断变化。

（6）

甲　摆了大四方桌子、八仙桌子，六个八仙桌子挨着，摆这么一大条儿，两边和尚都坐满了，敲打的乐器有吹管子的、吹笙的、打九阴锣的、打铜的那个镲、打铜钹的，夸、抬夸、抬夸、抬夸、抬夸、抬夸、夸、抬夸、抬——，当间坐一个，当间坐的那个和尚戴着个五佛冠（注：毗卢帽），那帽子有五个小佛爷儿。

乙　对。

《白事会》

上例用“夸、抬夸、抬夸、抬夸、抬夸、抬夸、夸、抬夸、抬——”摹拟各种乐器的声音。

（7）

甲　头一篇，“焰口施食”十六本的头一篇的词是：“道场成就，赈济将成。斋主虔诚，上香设拜。坛下海众，举扬圣号。”这是前六句啊，当间这大和尚（起唱）：“道场成就，赈济将成。斋主虔诚，上香设拜。坛下海众，举扬圣号。苦海滔滔孽子召，迷人不醒半分毫，世人不把弥陀念，枉在世上走一遭。施得功德，再惹茗香，再伸召请，召请亡灵来赴会，趁此上莲台。一心召请啊哎——嘣、嘣、嘣、嘣、嘣、嘣、嘣、嘣、嘣、嘣、嘣、嘣、嘣、嘣、嘣、镗——远观山有色，近听水无声，春去花还在，人来鸟不惊。施得功德，再惹茗香，再伸召请，召请清封蹬死狼（登仕郎）、踹死狗、压死耗子、踢死猫，此夜今宵来受甘露法食。哎……”

乙　等等、等等……（乙用扇子打甲的头）……

《白事会》

上例以“嘣、嘣、嘣、嘣、嘣、嘣、嘣、嘣、嘣、嘣、嘣、嘣、嘣、嘣、镗——”这一连串的拟声词拟声。

（8）

甲　各界亲友送殡的两千多位，送殡的亲友胸前都戴着白纸花。两个白帷幕，白帷幕里头有两个人架着你哥哥，有两个人搀着你兄弟，这哥俩头戴麻冠，身穿重孝，手拿哭丧棒，你哥哥左手还扛着引魂幡，哭得是泣不成声。洒纸钱的北京的“一撮毛”，拿纸钱“嗒——”这一洒节节高，三层开花满天星。大官罩过来了，“的、的、的、当、当、当、当”两个打响尺的倒退着走，“当、当、当、当、当、当、当、当”，八十人杠“唰、唰、唰、唰”走得是又齐济，又稳当。官罩过去，有六十辆洋马车，里边坐着家属女眷跟着送殡。

乙　嘿！

《白事会》

上例综合运用了拟声词“嗒——”“的、的、的、当、当、当、当”“唰、唰、唰、唰”，富于表现力。

（9）

甲　咳，倒是有点功夫。说完话这么一矮身儿，使了一个“旱地拔葱”，噌！上去了。

乙　嘿！还真有两下子。

甲　我当时噗哧一乐。

乙　哎，你乐什么呀？

《大保镖》

上例使用了“噌”和“噗哧”这两个拟声词，煞是可爱。

（10）

甲　我这儿刚要练刀，忽然间来了块黑云彩，嘎啦啦一个响雷，“唰——”下起雨来了。

乙　变天儿了。

《大保镖》

上例使用了“嘎啦啦”“唰——”摹拟打雷和下雨的声音。

（11）

甲　走到半夜，过一道黄沙岗，前边儿一片密松林。这时候就听“柔——啪！”一声箭响，呛啷啷啷一棒铜锣响娇脆，哎呀！

乙　怎么了？

甲　原来有了贼（音：则）了。

乙　嗨……你就甭上口了，不就有贼了吗？

《大保镖》

上例使用了拟声词“柔——啪！”“呛啷啷啷”分别摹拟箭响和铜锣响。

（12）

甲　一摸着刀把，唰唰！两把刀全抽出来了！

乙　这回用上了！

甲　左手刀磕开贼的铁棍儿，右手刀使了个“海底捞月”，就听“砰哧”一声，红光迸溅，鲜血直流，斗大的脑袋掉在地下叽哩咕噜乱滚！

《大保镖》

上例用“唰唰”摹拟抽刀的声音，“砰哧”摹拟砍脑袋的声音，以“叽哩咕噜”摹拟脑袋在地下滚动的声音。这显然是一种想象的拟声。

类似的，小品中还常常有语用主体之间特定语音的仿拟，这也似乎可看作是一种广义的拟声，也同样值得重视。例如：

（13）

男　……你的，日本人，花姑娘的，死啦死啦的，开路一马斯！

女　……我知道，你恨日本人！

《罪证》

上例男表演者仿拟的即当年侵华日军的语气、语调，在此语境下使用的拟声，无疑有助于表达小品中人物对日本军国主义者的深恶痛绝。

与上例类似，快板中也有语词的音译形式被有意拟声形成谐音的。例如：

（14）

那个同志说：“这个名字怎么这么别扭？这是美国顾问。他叫莱早斯，说白了就是来找死呀！”

《金玉宴》

上例将“莱早斯”拟声谐音成“来找死”，于幽默诙谐中显示了语音修辞的艺术魅力。

以上拟声语词在相声等曲艺中的适用大大增强了口语色彩，并使之贴近了民众生活，有助于人们基于音响形象的联想和想象，大大增强了相声等曲艺的艺术表现力，是相声等曲艺成为人们喜闻乐见的艺术形式的必要条件之一。

叹词、语气助词的运用

《白事会》《扒马褂》《大保镖》中叹词、语气助词的使用情况也是特别值得我们注意的。这里所说的“叹词”其实更多的时候并不是真的发表感慨，并不都是用以表示赞叹、喜悦、愤懑、悲伤等情绪情感。相声中的叹词，有时更像我们前面所说的衬字，它们或者表示提请对方（搭档）注意，或者提请观众注意，或者简单应答，或者表示某种情绪情感等。有关叹词、语气助词的使用，我们对《扒马褂》《白事会》《大保镖》等做了一穷尽式统计。这里先举以《大保镖》中的例子说明之。

1. 啊：39 例

例如：

（1）

甲　提我，提我差点儿啊。

（2）

乙　是啊？

（1）中的“啊”表示肯定，起强调作用。（2）表示疑问。

2. 哎：14 例

例如：

（3）

乙　哎，身体得好。

（4）

甲　哎，要提我师父，可是大大的有名。

（3）中的“哎”表示简单应答。（4）中的“哎”是另一话题的标志，相当于发语词。

3. 唉：1 例

例如：

（5）

乙　唉，石秀的扁担暗藏着兵器，里边还有一杆枪呢。

（5）中的“唉”稍带惊讶情绪，同时也希冀引起别人注意。

4. 喔：14 例

例如：

（6）

乙　喔，兵刃都练过什么？

（7）

乙　喔，您师父是谁啊？

以上两例中的“喔”均表示简单地对搭档的应答。

5. 呀：35 例

例如：

（8）

乙　你这身体呀，你这身体就一般了。

（9）

乙　您都练过什么呀？

（8）中的“呀”表示停顿。（9）中的“呀”表示疑问。

6. 嘿：7 例

例如：

（10）

甲　嘿，你把这些兵器拿来，摆在我的眼前，我一样一样都能把它——

（11）

乙　嘿——！听你这一说，还真像个练家子。

（10）中的“嘿”用以舒缓语气。（11）中的“嘿”表示惊叹。

7. 喽：5 例

例如：

（12）

乙　练喽！

（13）

甲　卖喽。

（12）与（13）中的“喽”表示招呼，希冀他人注意自己的行为。

8. 呢：20 例

例如：

（14）

乙　那你呢？

（15）

乙　那么拳脚呢？

以上“呢”均表示疑问。

9. 嗨：10 例

例如：

（16）

乙　嗨，那值当的吗？您说他是哪儿的人吧。

（17）

乙　嗨……你就甭上口了，不就有贼了吗？

以上“嗨”可看作是舒缓语气，并表示停顿。

10. 吧：14 例

例如：

（18）

甲　先说他的家乡住处吧，就吓你一溜跟头。

（19）

乙　行了行了，就甭“他老人家”了。不虎岭儿吗？我知道那地方，大概有个百十来户人家吧，净是卖粽子的，对吗？

（18）中的“吧”有一种商量的意味。（19）中的“吧”表示揣度。

11. 呵：4 例

例如：

（20）

乙　呵，本来嘛。

（21）

乙　俩小粽子！呵呵呵……

（20）中的“呵”表示一种得意的情绪。（21）中的“呵”也表示一种快乐的积极情绪。

12. 吗：19 例

例如：

（22）

乙　行了行了，就甭“他老人家”了。不虎岭儿吗？我知道那地方，大概有个百十来户人家吧，净是卖粽子的，对吗？

（23）

乙　喔，有人请你们吗？

（22）中的“吗”表示反诘。（23）中的“吗”表示疑问。

13. 嘛：9 例

例如：

（24）

乙　还是粽子啊！江米小枣儿嘛。

（25）

乙　呵，本来嘛。

（24）与（25）中的“嘛”均表示肯定，并有强调和希冀对方认可的意味。

14. 咳：1 例

例如：

（26）

甲　咳，倒是有点功夫。说完话这么一矮身儿，使了一个“旱地拔葱”，噌！上去了。

（26）中的“咳”表示惊讶，并希望别人注意。

15. 嚯：2 例

例如：

（27）

乙　嚯，还拉个云手。

（28）

甲　嚯，够高啊！

以上两例中的“嚯”均表示出乎意料，含有一定的惊叹意味。

16. 哦：9 例

例如：

（29）

乙　哦，是是是。要碰上劫道儿的你们哥俩顶得住吗？

（30）

乙　哦？你怎么上去呢？

（49）中的“哦”表示应答和遵从。（50）中的“哦”则表示惊疑。

17. 嗯：3 例

例如：

（31）

甲　没有架势。

乙　嗯！

（32）

甲　我哥哥一瞧有贼。

乙　嗯！

以上两例中的“嗯”均表示简单认可和回答。

18. 啦：17 例

例如：

（33）

乙　怎么不通情理啦？

（34）

乙　哦，鞋上去啦？！

以上两例中的“啦”都用以加强语气并表示疑问。

19. 嗬：3 例

例如：

（35）

甲　到上边我一瞧啊，嗬！摆了这么一桌全羊席。

（36）

甲　嗬！我这高兴。

以上两例中的“嗬”表示惊叹，并都带有较强的喜悦情绪。

20. 哟：4 例

例如：

（37）

甲　你想他这岁数，他练多少年了！练到这份儿说得过去。

乙　哎哟哟哟。

（38）

乙　哎哟哟哟。

甲　可以，可以，还不错。

以上两例中的“哟”均带有一定的夸张色彩，是情绪夸张的自然传递。

21. 呔：2 例

例如：

（39）

甲　呔！

乙　嘿！

甲　呔！

乙　嘿！

以上两例中的“呔”均表示认可，并有一定的惊叹意味。

22. 呗：1 例

例如：

（40）

甲　废话，反正都是牛呗。

（40）中的“呗”表示对对方的一定程度的不满，并带有一定的自我解嘲的意味。

23. 哪：4 例

例如：

（41）

乙　什么您哪？

（42）

甲　压分量了，这怎么练哪？我说：“伙计，带我们哥俩上厕所。哪儿？啊？楼底下？你带路。”我们哥俩跟着伙计打楼梯下来了。

以上两例中的“哪”均表示不以为然。

24. 哈：4 例

例如：

（43）

乙　哈，这牛也吃里爬外。

甲　完了完了，坏了坏了，吾命休矣！

（44）

乙　等死吧。

甲　一抱脑袋，哈哈哈，我又乐了。

（43）中的“哈”表示有些意外。（44）中的“哈”表示高兴的情绪。

25. 哇：2 例

例如：

（45）

甲　我放下武器，你饶我不死！哇呀呀呀……

（46）

乙　好厉害——不不不，行了！别哇呀了！

（45）和（46）中的“哇”均用以拟声。

以上是对《大保镖》中的叹词和语气助词的示例。下面不妨进一步从总体上考察《扒马褂》《白事会》《大保镖》中的叹词和语气助词使用总用例情况。其总体数据统计如下：

《扒马褂》的用例情况：

啊，54 例；哎，10 例；唉，4 例；嗳，8 例；吧，24 例；呗，0 例；嗒，1 例；哈，0 例；嗨，0 例；嗐，4 例；呵，0 例；啝，4 例；嘿，0 例；啦，40 例；喽，2 例；吗，44 例；嘛，0 例；哪，26 例；呢，1 例；嗯，0 例；噢，15 例；噻，1 例；哇，0 例；喔，0 例；呀，51 例；哟，4 例。

《白事会》的用例情况：

啊，45 例；哎，18 例；唉，17 例；暧，0 例；吧，14 例；呗，

0例；哈，0例；嗨，1例；呵，0例；嗬，5例；嘿，8例；啦，11例；喽，0例；吗，16例；嘛，18例；哪，2例；呐，8例；呢，14例；嗯，10例；噢，1例；哇，18例；喔，0例；呀，2例；哟，4例。

《大保镖》的用例情况：

啊，39例；哎，14例；唉，1例；嗳，0例；吧，14例；呗，1例；呔，2例；哈，4例；嗨，10例；呵，4例；嗬，3例；嘿，7例；嚯，2例；咳，1例；啦，17例；喽，5例；吗，19例；嘛，9例；哪，4例；呢，20例；嗯，3例；噢，0例；哦，9例；哇，2例；喔，14例；呀，35例；哟，4例。

要之，《扒马褂》中共使用叹词和语气助词293例，《白事会》中用到212例，《大保镖》中用例243例。《扒马褂》《白事会》《大保镖》中所用到的叹词和语气助词共31个，主要用以表示语气、口气，亦用以衬音和表示应诺等。按照这些特殊助词被使用的次数从多到少依次排列为：啊，138例；呀，88例；吗，79例；啦，68例；吧，52例；哎，42例；呢，35例；哪，32例；嘛，27例；唉，22例；哇，20例；噢，16例；嘿，15例；喔，14例；嗯，13例；哟，12例；嗬，12例；嗨，11例；哦，9例；呐，8例；嗳，8例；哈，4例；嗐，4例；呵，4例；呔，2例；嚯，2例；呗，1例；嗒，1例；咳，1例；喽，7例；噻，1例。

除了相声，小品中也大量使用叹词和语气助词。例如我们前面所提及之小品《罪证》，即高频使用了“嗨”“啊”“噢”等虚词，并且，这些虚词常常独立成句，形成独特的独词句。这些都有利于描绘现场语境，刻画人物性格和表现人物心理，具有较好的语音修辞价值。

非陈述语气的凸显

我们对《扒马褂》《白事会》《大保镖》中句子的语用类型进行了粗略的统计。结果显示如下：

《扒马褂》共5850个音节中，问句162例，祈使句和感叹句207例，陈述句95例。

《白事会》共7620个音节中，问句159例，祈使句和感叹句203例，陈述句210例。

《大保镖》共5293个音节中，问句130例，祈使句和感叹句130例，陈述句220例。

以上表明，相声中的非陈述语气丰富多彩，远多于陈述语气。而非陈述语气应该说对语音修辞的运用更为丰富多彩，由此可见语音修辞之于相声的重要意义。以上叹词、语气助词及非陈述语气再与相声演员丰富的面部表情和得体的动作等副语言特征匹配起来，相得益彰。

附录II

网络语言中的语音修辞

附录 Ⅱ

随着国际互联网技术的迅猛发展，随着电脑逐步进入寻常百姓家，网络语言也俨然成为网络“世界”及现实世界的重要的交际工具。这里所说的网络语言实乃网络汉语，主要是指人们在国际互联网上使用的汉语语言符号。网络语言中语音上的调整适用同样值得关注。不妨说，网络语言中的语音修辞在特定的语用主体（网民）中更具灵便性和随拟性。

在一定意义上可以说手机（移动电话）短信是网络语言的一种典型形式。手机在信息社会中因其给人们沟通交流上所带来的前所未有的便捷，很快在人们的日常生活中流行开来。利用网络技术以交际双方的手机为输入端和接收端，可以以文字的方式传递一定篇幅的信息。以手机短信（短消息）的方式进行交流可以进一步消除时间和空间的隔阂，大大地提高了人们交际的效率。一般说来，手机比电脑（含台式和笔记本电脑）更便于携带，且不需要专门的电脑知识即可使用，可谓老少咸宜。因此，相对而言，手机短信在网络语言中更具便捷性、广泛性和实用性，故我们主要以手机短信为例讨论网络语言中的语音修辞现象。

手机短信常常可以分为备用的和实用的两类。备用的往往是互联网网络系统事先“预制”的，可供手机使用者选用，主要用于问候、寒暄、娱乐等。而实用的则主要是针对性更强的“说事”。当然，这种分类未必严密，我们之所以做这种分类主要是为了讨论问题方便。事实上，随着手机软硬件的日新月异，手机功能日趋复杂和先进，可能还会出现其他类型的短信，对此我们可以予以跟踪研究。而实用类的短信则因其太个人化，类似于电报，或类似于传统纸质信函，在语料的采集等方面多有不便。这里就主要讨论手机备用短信的语音修辞。

似乎可以说手机短信带有一种“返祖”倾向，许多“定型”的短信，尤其是一些问候型的，有一定韵律。应该说，手机备用信息是五花八门的，其在语音的调整适用上常常杂取种种语音手段。

手机备用短信等网络语言中的用韵

手机短信中有一部分是讲究韵律的。有的部分押韵，有的全部押韵。例如：

（1）

秋已至，天转凉，鸿雁下，斜阳落，红花谢，绿林黄，莫忘添衣裳。桂树茂，菊散香，徐风携清凉，中秋多安康。

其中，“凉”“黄”“裳”“香”“康”押韵。不是每句入韵，并且前面六个三字格并用，即三字一顿，人们甚至由此可以联想到古典词曲里的意境。该备用短信极富感染力，作为中秋节的问候信息，自有其生动的语音修辞效果。类似的如：

（2）

星星悄悄划过就像我的泪水滴落！只想说一句话：“圣诞快乐！”平安夜，舞翩阡。雪花飘，飞满天。心与心，永相牵。

作为平安夜的祝福语，该短信第一句可说是句内押韵，即“过”与“落”相押，后面的三字格，偶句押韵，颇为传情。

（3）

你是从小缺钙，长大缺爱，身披麻袋，头顶锅盖，穿着短裤系着腰带，光着上身打着领带。

该短信作为一俏皮俗语，句句押韵，具有一定的搞笑效果。

（4）

本人年方20，人见人爱，花见花开，车见车爆胎！上知天文地理，下知鸡毛蒜皮，每外出行走，常引美女回头，帅哥跳楼！

作为一俏皮俗语，该短信中间换韵，首句不入韵。“爱”“开”“胎”押韵，“理”“皮”押韵，“走”“头”“楼”押韵。

手机备用短信等网络语言中音节的复叠

备用短信里也大量使用音节的复叠取得特定的语音修辞效果。例如：

（1）

想用阳光温暖你，用星光装点你，用美酒陶醉你，用美食满足你，用烟花灿烂你，用幸福淹没你，可我不做上帝很久了，只能用短信祝福你：中秋快乐！

（2）

知道我想啥吗？想你！知道为啥想你？因为喜欢你！知道为啥喜欢你吗？因为你有味道！知道为啥有味道吗？因为你是月饼！呵呵！祝你中秋节快乐！

（3）

朝朝暮暮月月季季年年，明明白白痴痴傻傻怨怨；爱爱恨恨情情愁愁恋恋，你你我我依依永永远远！

（4）

白雪儿飘飘，鹿铃儿敲敲，甜蜜的平安夜又来到。小手儿摆摆，舞姿儿漫漫，快乐的圣诞节多美好！

例（1）连续6次重复使用“用……你”，给人印象深刻，兴味盎然。例（2）“知道”“想”“啥”“你”多次重复使用，而且其中的“想你”“喜欢你”作为整体邻近重复，生动活泼。例（3）则利用音节的超常规复叠，具有一定的夸张色彩，带有几分文字游戏的味道，在句子音节构成上也是匀称的。

手机备用短信等网络语言中音节的匀称

音节的匀称，往往体现出一定的节奏美，而在节奏美中显示出语音修辞的效果。例如：

（1）

所谓幸福，就是有一颗感恩的心，一个健康的身体，一份称心的工作，一位深爱你的人，一帮信赖的朋友。当你收到此信息，一切都随之拥有，预祝中秋愉快。

其中，“一个健康的身体，一份称心的工作，一位深爱你的人，一帮信赖的朋友。当你收到此信息，一切都随之拥有”每个相对较大的停顿都是7个音节，而且“一颗感恩的心，一个健康的身体，一份称心的工作”连续三句其句内节奏是一致的。

（2）

一别之后，两情相牵，三餐乏味，四季无光，五谷不辨，六神无主，七颠八倒，究竟为何？十分相思！百般无奈。

上例作为一俏皮俗语,每个大的语音停顿均为四字格,虽然不入韵,但是较为巧妙地将数字“一、两(二)、三、四、五、六、七、八、九(究)、十”嵌入，连贯而流畅，其中还用到了“究”与“九”的谐音，耐人寻味。

手机备用短信等网络语言中谐音的适用

手机备用短信中还常常利用谐音手法。例如前例中的“究竟为何”的“究”谐“九”。此外，还较多利用一些特殊意味的词“音译”，具有一定的幽默效果。例如：

（1）

您的手机从今日起已具备买月饼功能，预定请拨110，送货拨119。如有疑问，请与本中心联系，网址：三达不溜点不坑你坑谁点坑么！提前祝你中秋快乐！

其中，“三达不溜点”即“www.”，“坑么”即“com”，而“坑”本身又是商业买卖中的行话，这与买月饼这一特定的主题又联系了起来。

（2）

欧买搭菱！买低儿，爱拉服油，眯死油馊麻曲，爱旺特吐磕死油，爱你的油，爱旺特吐踢曲油，嗷！抗氓被逼！磕死眯！踏曲眯！抗氓！（十级英语）

这一条短信对应的英文是：“Oh ,my darling! My dear! I love you. Miss you so much, I want to kiss you. I need you. I want to touch you. Oh, come on baby. Kiss me, touch me. Come on!”本句在一定意义上可以说是这一段英文形式的音译。虽然整个信息格调未必高尚，但是在语音修辞上亦可制造一定的幽默效果。

网络语言多种语音修辞手段的综合运用

当然，手机备用短信等网络语言在很多时候综合运用了以上诸种语音修辞手段。例如：

（1）

以真诚为半径，以尊重为圆心，送你一个中秋圆圆的祝愿：愿爱您的人更爱您，您爱的人更懂您！好事圆圆，好梦连连，祝中秋快乐，月圆人更圆。

上例即综合运用了音节的复叠和音节的匀称，作为一问候语，给人以温馨的同时，又给了接受者美的享受。

（2）

娱乐越来越多，愉快越来越少；食品越来越多，食欲越来越少；恋爱越来越多，爱情越来越少。

上例也是综合运用音节的匀称和音节的复叠，读来有趣，给人以俏皮的感觉。类似的如：

（3）

一家和和睦睦，一年开开心心，一生快快乐乐，一世平平安安，天天精神百倍，月月喜气洋洋，年年财源广进。新春快乐！

上例是作为一春节问候语而备用的。其中，“一”反复使用。“和和睦睦”“开开心心”“快快乐乐”“平平安安”是叠音词的连用。“天天”“月月”“年年”则是时间词的重叠。它们在音节上也是较为匀称的。

（4）

有情之人，天天是节。一句寒暖，一线相喧；一句叮咛，一笺相传；一份相思，一心相盼；一份爱意，一生相恋！

上例也是在音节的复叠和音节的匀称上颇具特色的显例。

手机短信一般都不宜，也不太可能长篇大论，主要是囿于手机显示屏之空间的狭促。此外，手机短信的书面性比较强，这些都对手机短信在语音的调整适用上有着较大的影响。此外，手机备用短信中也有不少不文明、不健康甚至庸俗的信息，这是我们应该摒弃的。

需要说明的是，由于是备用信息，所以这些信息通常在不同使用者之间传播，又由于这些信息传播的范围比较广，而且手机备用短信本身就是以互联网网络的方式传播的，这就很难考证、确定其出处，所以这里都难以注明其相应的出处。应该说，这也是手机备用短信的一个特点吧。

谐音方式的大量运用

最后，网络语言中也大量使用谐音的方式表情达意，较为典型的有下列几种情形：利用数字的汉语读音谐音；利用字母的读音谐汉语自然语言的读音；汉语自然语言之间的谐音。

我们先看利用数字的汉语读音谐自然语言读音的情形。例如：

“5454”谐音：我是我是。

“886”谐音：拜拜了。

“530”谐音：我想你。

“5201314”谐音：我爱你一生一世。

“59420”谐音：我就是爱你。

“1573”谐音：一网（往）情深。

以上谐音，主要是利用汉语中某些阿拉伯数字的读音与相应自然语言的读音上的相近而建构的。之所以大量使用阿拉伯数字并利用其读音，恐怕跟网络上的书写工具，即与电脑键盘有关。电脑键盘上有数字符号，但没有直接的汉字符号，目前在电脑输入方法中还没有十分成熟的汉字直接输入法，但是数字符号是可以直接输入的。

除了以数字读音谐汉语自然语言读音，网络语言中还有大量的字母谐音以及自然语言间的语音相谐。例如：

“网络寻呼机”软件“I seek you”（我找你）谐音成为：ICQ。“斑竹”就是“版主”的谐音。据说“因为智能拼音库里‘版主’这个词得自己造，又费时又费力，输入汉语拼音 ban zhu 时‘斑竹’先显，‘版主’成‘斑竹’也就顺理成章了”[①]。类似的，以“大虾”谐“大侠”指网络技术高手，如此谐音的一种较为积极的理解是：“写‘大虾’不仅快捷，而且能说明那些高级网虫因为长期操作电脑、弯腰弓背形如大虾的样子。”如此，亦不乏形象感。此外，也有一些谐音具有一定的戏谑的功用。例如，有人开玩笑说“泰坦尼克号”可以输成“太太你可好”。[②]类似的，有人发手机短信“元旦鱼块”祝贺收信人“元旦愉快”，“鱼块”与“愉快”语音相谐，且在意义上也有一定的关联：一般而言，吃鱼块应该不是一件不愉快的事吧？类似的，网络语言中，有时还将对某人或某事或某物入迷的人称为“粉丝”或“玉米”，其中的“粉丝”是英语“fans”的谐音，“fans”在英语中乃“狂热爱好者”或“入迷者”之意，而“玉米”应该是“入迷”的谐音。这种情形的谐音先音译，然后在汉语中找出一个可以有“理据”的对应词。

这些生动活泼、富于情趣的谐音话语，正是语音修辞的艺术产品。

以上谐音对言语主体具有一定的选择性，往往是青年网民使用较多。进一步说，网络语言中的谐音均对语境有较强的依赖性。事实上，不妨说网络环境自身就是一种语境，包括电脑输入方法的引入与革新等都可看作是人们言说方式的语境嬗变（这里尤指语音环境），只不过人们的修辞行为对这种语境并不是简单的消极“适应”，而是对语境的积极利用，甚至有时还是对语境的创造，表达与语境之间实现了某种真正互动。

① 刘海燕．网络语言[M].北京：中国广播电视出版社，2002.105
② 刘海燕．网络语言[M].北京：中国广播电视出版社，2002.105

主要参考文献

[1] 陈望道 . 修辞学发凡 [M]. 上海：上海教育出版社，1997.

[2] 陈光磊 . 修辞论稿 [M]. 北京：北京语言文化大学出版社，2001.

[3] 管燮初 . 左传句法研究 [M]. 合肥：安徽教育出版社，1994.

[4] 郭建勋 . 楚辞与中国古代韵文 [M]. 长沙：湖南师范大学出版社，2001.

[5] 郭绍虞 . 郭绍虞说文论 [M]. 上海：上海古籍出版社，2000.

[6] 何丹 .《诗经》四言体起源探论 [M]. 北京：中国社会科学出版社，2001.

[7] 洪亮吉 . 北江诗话 [M]. 北京：中华书局，1985.

[8] 胡奇光 . 文笔鸣凤——历代作家风格章法研究 [M]. 北京：语文出版社，1990.

[9] 黄伯荣，廖序东 . 现代汉语（增订三版）[M]. 北京：高等教育出版社，2002.

[10] 蒋伯潜，蒋祖怡 . 骈文与散文 [M]. 上海：上海书店出版社，1997.

[11] 梁启超 . 中国之美文及其历史 [M]. 北京：东方出版社，1996.

[12] 刘跃进 . 赋到沧桑——中国古典诗歌引论 [M]. 北京：清华大学出版社，1998.

[13] 陆侃如，冯沅君 . 中国诗史 [M]. 济南：山东大学出版社，1996.

[14] 朴宰雨 .《史记》《汉书》比较研究 [M]. 北京：中国文学出版社，1994.

[15] 启功 . 诗文声律论稿 [M]. 北京：中华书局，2000.

[16] 戚世隽，董上德 . 明清文学史 [M]. 广州：中山大学出版社，1999.

[17] 戚雨村等 . 语言学百科词典 [M]. 上海：上海辞书出版社，1993.

[18] 施议对 . 词与音乐关系研究 [M]. 北京：中国社会科学出版社，1985.

[19] 舒济 . 老舍演讲集 [M]. 北京：生活・读书・新知三联书店，1999.

[20] 孙立，师飚 . 先秦两汉文学史 [M]. 广州：中山大学出版社，1999.

[21] 谭德晶 . 唐诗宋词的艺术 [M]. 上海：学林出版社，2001.

[22] 王国维 . 王国维文学论著三种 [M]. 北京：商务印书馆，2001.

[23] 王力 . 汉语史稿 [M]. 北京：中华书局，1980.

[24] 王力 . 诗词格律十讲 [M]. 北京：商务印书馆，2002.

[25] 王力 . 诗经韵读 [M]. 上海：上海古籍出版社，1980.

[26] 王能宪 . 世说新语研究 [M]. 南京：江苏古籍出版社，1992.

[27] 王锳 . 古典诗词特殊句法举隅 [M]. 北京：新华出版社，1999.

[28] 文鹏，姜凌 . 中国现代名诗三百首 [M]. 北京：北京出版社，2000.

[29] 吴洁敏，朱宏达 . 汉语节律学 [M]. 北京：语文出版社，2001.

[30] 吴同宾 . 京剧知识手册 [M]. 天津：天津教育出版社，2001.

[31] 王小盾，杨栋 . 词曲研究 [M]. 武汉：湖北教育出版社，2004.

[32] 夏传才 . 诗经语言艺术新编 [M]. 北京：语文出版社，1998.

[33] 夏援道 . 诗词曲声律浅说 [M]. 武汉：湖北教育出版社，2000.

[34] 许金榜 . 中国戏曲文学史 [M]. 北京：中国文学出版社，1994.

[35] 杨仲义，梁葆莉 . 汉语诗体学 [M]. 北京：学苑出版社，2000.

[36] 遇笑容 .《儒林外史》词汇研究 [M]. 北京：北京大学出版社，2001.

[37] 袁行霈 . 中国诗歌艺术研究（增订本）[M]. 北京：北京大学出版社，1996.

[38]【日】泽田总清 . 中国韵文史（上）[M]. 王鹤仪编译 . 上海：上海书店出版社，1984.

[39] 郑家治 . 古代诗歌史论 [M]. 成都：巴蜀书社，2003.

[40] 郑铁生 . 三国演义叙事艺术 [M]. 北京：新华出版社，2000.

[41] 赵克勤 . 古代汉语词汇学 [M]. 北京：商务印书馆，1994.

[42] 朱东润 . 中国历代文学作品选 [M]. 上海：上海古籍出版社，1979.

[43] 朱光潜 . 谈文学 [M]. 上海：上海文艺出版社，2001.

[44] 朱光潜 . 诗论 [M]. 北京：生活 · 读书 · 新知三联书店，1984.

[45] 朱光潜 . 文艺心理学 [M]. 合肥：安徽教育出版社，1996.

后 记

这部书稿的“原型”是《中国修辞史·语音修辞史》，该稿曾经相对独立地和其他内容一起作为《中国修辞史》的上卷，由吉林教育出版社于2007年出版，该版次的出版合同已期满，现将原稿修改后由西南师范大学出版社单行出版，以更方便读者检阅。

借此次新版，我们对原稿做了较大幅度的修改。首先，调整了原稿的整体框架，原来以汉语语音修辞史的分期为主线组织主体结构，现在改为以文体为主线组织主体框架结构，安排章节。其次，个别细部也做了一些调整，比如将现代散文和现代小说分开描写，将相声等曲艺语音修辞、网络语言的语音修辞作为附录附于书后，以期在逻辑上严密一些。此外，总体增加了一些语料，删除了个别未必典型的语料。

感谢西南师范大学出版社及责任编辑何雨婷女士，同时感谢吉林教育出版社及张景良编审、庞博女士，谢谢编辑老师们的辛勤付出。感谢《中国修辞史》的另一位主编宗廷虎先生及其他著者。与《中国修辞史》撰写团队的愉快共事，是我们宝贵的回忆。

《文学话语的语音修辞：历时视角》虽然在研究视角上有一

点儿独特之处，在素材上有一些是自己的新发现，在描写和解释方面尚有一些自己的做法和看法，但也参阅了不少前贤时修的论著，谨此一并致谢。

最后，需要说明的是，由于我们所占有的材料和学术视野十分有限，拙著还不是真正意义上的语音修辞史著作，而只是从历时视角对文学话语语音修辞所做的一点蜻蜓点水式的探讨。从历时视角考察文学话语的语音修辞，我们虽然先后做了一些工作，但仍甚为粗糙，还需广大读者朋友批评指正，不吝赐教。

张春泉

2017 年 3 月 16 日